本书获江苏理工学院社科基金项目"当代德国儿童文学中的瘟疫书写研究"(KYY20506)资助

赫尔曼·黑塞
小说的现代青春叙事研究

吴华英 著

吉林大学出版社

·长春·

图书在版编目(CIP)数据

赫尔曼·黑塞小说的现代青春叙事研究 / 吴华英著
. —长春：吉林大学出版社，2023.10
ISBN 978-7-5768-2603-6

Ⅰ.①赫… Ⅱ.①吴… Ⅲ.①黑塞（Hesse, Hermann 1877—1962）—小说研究 Ⅳ.①I516.074

中国国家版本馆CIP数据核字（2023）第225554号

| 书　　　名：赫尔曼·黑塞小说的现代青春叙事研究
| HE'ERMAN·HEISAI XIAOSHUO DE XIANDAI QINGCHUN XUSHI YANJIU

作　　　者：吴华英
策划编辑：黄国彬
责任编辑：赫　瑶
责任校对：闫竞文
装帧设计：姜　文
出版发行：吉林大学出版社
社　　　址：长春市人民大街4059号
邮政编码：130021
发行电话：0431-89580028/29/21
网　　　址：http://www.jlup.com.cn
电子邮箱：jldxcbs@sina.com
印　　　刷：天津鑫恒彩印刷有限公司
开　　　本：787mm×1092mm　　1/16
印　　　张：12.75
字　　　数：210千字
版　　　次：2025年1月　第1版
印　　　次：2025年1月　第1次
书　　　号：ISBN 978-7-5768-2603-6
定　　　价：78.00元

版权所有　　翻印必究

目 录

绪论 …………………………………………………………………… (1)

第1章　德国文化传统中的青春叙事 ………………………… (9)

1.1　青春、青春期及青春叙事 ……………………………… (9)
1.1.1　青春与青春期 ………………………………………… (9)
1.1.2　青春期与现代工业社会 …………………………… (12)
1.1.3　青春叙事 …………………………………………… (15)

1.2　德国工业革命与"中产阶级的孩子们" ……………… (18)
1.2.1　德国工业革命与社会变迁 ………………………… (18)
1.2.2　"有教养的市民阶层"的兴盛与青年运动 ……… (22)

1.3　德语文学中的青春叙事 ……………………………… (25)
1.3.1　传统青春叙事 ……………………………………… (25)
1.3.2　现代青春叙事与青春期小说 ……………………… (29)

1.4　作为青春叙事文本的黑塞小说 ……………………… (32)

第2章　黑塞小说中的现代青春困境 ……………………… (36)

2.1　冲突与"迷失" ………………………………………… (36)
2.1.1　《在轮下》与迷失自我的汉斯 ……………………… (36)
2.1.2　在二元对立世界之间游离的青春期少年 ………… (40)

2.2　现代性焦虑 …………………………………………… (49)

2.2.1　焦虑作为现代性社会的基本特征 ……………………… (49)
　　　2.2.2　汉斯的焦虑 …………………………………………… (52)
　　　2.2.3　焦虑的产生与现代性欲望 …………………………… (56)
　2.3　爱无能 ………………………………………………………… (66)
　　　2.3.1　青春期认同危机与爱情 ……………………………… (66)
　　　2.3.2　黑塞小说中的青春期爱情与"爱无能" …………… (69)
　　　2.3.3　爱无能与现代社会"母性"的缺场 ………………… (75)

第3章　黑塞小说叙事主体的自我建构 ……………………… (83)

　3.1　行"恶"作为对抗理性的手段 …………………………… (83)
　　　3.1.1　黑塞小说中的"恶" ………………………………… (84)
　　　3.1.2　"恶"与对父亲的反叛 ……………………………… (88)
　3.2　超越善恶对立的"未来人" ………………………………… (92)
　　　3.2.1　黑塞关于"未来人"的想象 ………………………… (92)
　　　3.2.2　"辛克莱"通往自我的道路：神道与魔道的统一 … (96)
　3.3　调和善恶矛盾的"幽默"拯救 …………………………… (103)
　　　3.3.1　荒原狼的内心分裂：精神与世俗的鸿沟 ………… (104)
　　　3.3.2　荒原狼的"幽默"拯救：弥合对立极之间的冲突 … (108)
　3.4　理性与感性的和解作为最高精神体验 …………………… (113)
　　　3.4.1　"艺术家困境"与感性生命的失落 ……………… (113)
　　　3.4.2　理性与感性的和解 ………………………………… (117)

第4章　黑塞小说叙事主体的社会认同 ……………………… (123)

　4.1　黑塞关于个人与社会关系的思考 ………………………… (124)
　　　4.1.1　黑塞的个人主义 …………………………………… (124)
　　　4.1.2　"成熟"的本质 …………………………………… (128)
　4.2　《东方之旅》和《玻璃珠游戏》中的入世与服务主题 … (130)
　　　4.2.1　"欲长寿者必服务"：黑塞晚期小说的服务主题 … (131)
　　　4.2.2　"他必兴旺，我必衰微"：克乃西特的献身 ……… (136)

4.3 黑塞的整体性世界观与服务主题 …………………………………… (142)
  4.3.1 作为整体的世界 ……………………………………………… (142)
  4.3.2 "入世"的个人性与集体性之争 …………………………… (145)

第5章 黑塞青春叙事的文化批判与现实救赎 ………………………… (150)

5.1 黑塞对"美国化"和"副刊时代"的批评 …………………………… (150)
  5.1.1 黑塞对"美国化"的批判 …………………………………… (151)
  5.1.2 "副刊时代" ………………………………………………… (154)
5.2 黑塞的理性批判 ………………………………………………………… (157)
  5.2.1 黑塞对"理性者"和"进步"的批评 ……………………… (158)
  5.2.2 黑塞对语言理性的质疑 ……………………………………… (161)
  5.2.3 黑塞对技术理性的反思 ……………………………………… (165)
5.3 黑塞青春叙事的现实救赎 ……………………………………………… (167)
  5.3.1 青春叙事对黑塞的自我救赎 ………………………………… (167)
  5.3.2 黑塞青春叙事的社会救赎 …………………………………… (171)

结语 …………………………………………………………………………… (177)

参考文献 ……………………………………………………………………… (181)

绪　　论

赫尔曼·黑塞于 1877 年 7 月 2 日出生于德国西南部黑森林士瓦本地区巴登·符腾堡州的小城卡尔夫，1912 年起在瑞士居住，1923 年加入瑞士籍，1962 年 8 月 9 日在瑞士堤契诺地区的家中逝世，享年 85 岁。

黑塞是 20 世纪世界上被阅读得最多的德语作家之一。他的作品被翻译成五十多种文字在全世界各地流传，还在 20 世纪 60 年代的美国引发"黑塞热"，并成为嬉皮士的精神偶像，在亚洲的韩国和日本也广受关注。而且只要是世界政局动荡不安、战争频发的年代，就会出现黑塞接受的高潮，比如两次世界大战之后的德国、越战时期的美国。黑塞于 1946 年 8 月获德国歌德奖，同年获诺贝尔文学奖，评委给予他很高的评价，"自从里尔克和盖奥尔格去世以后，他就是当代德国首屈一指的诗人。他……超过我们时代所有的诗人"，"他的小说表明，他是当代思想深邃的哲学家和无畏的批评家，正是基于这一点，黑塞获得诺贝尔文学奖当之无愧"。[①]

黑塞一生笔耕不辍，从第一篇诗歌问世（1886 年 12 月）到去世为止[②]，他的创作生涯持续了 76 年之久。而且他的创作内容也非常丰富，包括诗歌、散文、杂文和长中短篇小说等。黑塞是从创作诗歌进入文坛的[③]，他的生命也止于诗歌。他一直坚持自己是个诗人——这是他从 12 岁时起对自己的身份定下

---

① 赫尔曼·黑塞. 荒原狼[M]. 李世隆，刘泽珪译. 桂林：漓江出版社，1986：459-464.
② 他去世的当天还创作了诗歌《枯枝哀歌》。
③ 1899 年黑塞出版处女作——诗集《浪漫主义之歌》。

的基调:"我要么成为一个诗人,要么什么都不是。"[①]黑塞一生出版的主要诗集有《在途中》(1911年)、《孤独者的音乐》(1915年)、《危机》(1928年)、《夜的慰藉》(1929年)、《生命之树》(1934年)、《新诗集》(1937年)、《花枝》(1945年)等。除此之外,还有一些重要的中短篇小说和杂文及政论文,包括散文集《午夜后一小时》,中短篇小说《美丽的青春》《克诺尔普》《克林格索尔的最后夏天》《克莱因与瓦格纳》《内与外》《东方之旅》等,杂文及政论文《查拉图斯特拉的回归》《世界史》《战争与和平》《洞察混沌》等。同时黑塞还是一个文学评论家和画家,他为报纸杂志写了大量的书评,并创作了很多绘画作品,有一段时间他甚至以卖画来补贴家用。

但黑塞真正为大众所熟知的身份是小说家。他虽然非常热爱诗歌,但真正使他成为知名作家,奠定他在文坛地位的却是他的长篇小说。1904年第一部长篇小说《彼得·卡门青德》(Peter Camenzind,又译作《乡愁》)出版之后,黑塞的作家身份得以确认,之后他以小说家的身份闻名于世,而诗人的身份反而受到忽视。他著名的长篇小说包括《在轮下》(Unterm Rad,1906年)、《盖特露德》(Gertrud,1910年,又译作《生命之歌》)、《罗斯哈尔德》(Rosshalde,1914年,又译作《骏马山庄》或《艺术家的命运》)、《德米安》(Demian,1919年,又译作《彷徨少年时》)、《悉达多》(Siddharta,1922年,又译作《席特哈尔塔》或《流浪者之歌》)、《荒原狼》(Der Steppenwolf,1927年)、《纳尔齐斯与歌尔德蒙》(Narziss und Goldmund,1930年,又译作《知识与爱情》)。其中《玻璃珠游戏》(Das Glasperlenspiel,1943年)是他最后的长篇,也是最重要的集大成之作。

黑塞在其漫长的一生中经历了很多世界历史大事,从德意志帝国威廉二世、第一次世界大战及德国战败、魏玛共和国的建立及资本主义世界经济危机,到第二次世界大战、德国成为世界的罪人并分裂成两德,以及俄罗斯苏维埃联邦社会主义共和国的建立及共产主义在东方的胜利,等等。黑塞虽然移居瑞士,但他与德国的精神纽带从未断过。他对德意志帝国发动的第一次世界大战以及纳粹德国都持坚决的反对态度。他站在"人"的立场反对战争,

---

① 弗尔克·米歇尔斯.黑塞画传[M].李士勋,译.上海:上海人民出版社,2008:47.

反对任何对人和人性的戕害行为。一战期间黑塞写了大量时政评论和杂文，反对战争，呼吁和平。

黑塞虽然对政治很关注，但他的小说中并不写这些时事风云。作为世纪变迁的见证人，他并不直接写种种历史大事，而只用细腻的笔触深入个体内心，描写这个诸神消逝的时代里孤独个体自身的分裂、无处为家的彷徨、灵魂焦灼的苦痛。更为显著的是，他的绝大多数中长篇小说都是写一个孤独的人从少年走向成年的精神历程。他们多是有天赋的青春少年，他们从青春期开始的迷茫、冲突到经历各种事件，自我教育，自我发展，最后发现自我，实现自我。他们经历内心混乱的"认同危机"，不断探索自我，最终走向成熟。即使有些小说如《罗斯哈尔德》和《荒原狼》写的是中年知识分子或艺术家，但小说中都必定有主人公对其青春期阶段的回忆，这些回忆性的青春叙事也成为理解小说人物发展的一个密钥。可以说，青春叙事是黑塞小说创作的一个显著特点，或者说，黑塞的小说叙事就是青春叙事。

而他的青春叙事走的是"内向之路"，并非外部大事件的宏大叙事，不涉及政治风云，不涉及社会事件，没有复杂的人物关系、曲折的故事情节，只有一个青少年个体的内心危机、困境及自我成长的历程。黑塞也因此长期被人误解为只局限于个人的问题，不关心时事。尤其是黑塞本人也经常在各种场合宣称自己是一个不关心政治的人，一个"非政治"的人。[①] 所以，很多人就想当然地批判他只是一个蜷缩在象牙塔里，不关心世界疾苦的作家。

对黑塞的误解一直持续了很长时间，他在德国本土经常被忽略被批判，即使1946年获诺贝尔文学奖之后，反对、批判和攻击的声音仍然没有停止。直到20世纪60年代，美国大学生运动兴起，黑塞的《荒原狼》被青年嬉皮士们奉为"圣经"，美国"黑塞热"反而影响到德国本土文学界，至此，德国对黑塞的接受和研究才进入一个新的阶段。人们开始关注他除小说作品之外的其他文字，他的大量政论文字和杂文被发掘出来，人们才发现，黑塞实际上并

[①] 1917年8月4日黑塞写给罗曼·罗兰的信中说："把爱献给政治事务的尝试对我来说是不幸。" 1918年6月在写给Wilhelm Mueholm的信中黑塞宣称："我自己几乎完全是非政治的"。引自 Aus der Betrachtung "Bücher-Ausklopfe"[M] // Volker Michels. Politik des Gewissens: Die politischen Schriften 1914—1932. Band 1. Frankfurt a. M.: Suhrkamp Verlag, 1977: 250. 此外黑塞还在其他诸多场合表达过自己对政治的厌恶与疏离。

非他自己所说的是一个"非政治"的人,他对政治、对世界大事、对国家命运、对人类的命运非常关注,而且他的政治意识还非常敏锐。

这个时候,人们也才开始重新审视黑塞的小说创作道路。继承了德国浪漫派精神传统的黑塞最关心的是个人。对作为个体的人的问题的探索是黑塞一生创作的主线,"由于个人的境遇,探索个体如何在人生进程中克服周围环境和他人制造的障碍,寻找和走上一条真正属于自己的、与众不同的发展自我的道路并从而赋予生命一个属于自己的意义,可以看作黑塞全部文学创作的主题"。[①] 他关心的是个人,但是他从来没有停止思考个体如何在社会中存在的问题,尤其是还带着自然感性天性的年轻人如何面对这个理性至上的现代性社会的问题。

在现代社会中,在威廉二世德意志帝国、纳粹帝国的时代,在战争的时代,在技术和理性至上的时代,人的自然天性受到抑制,人的存在受到威胁,黑塞感受到这种威胁,他并没有躲避,而是奋起反抗,正如诺贝尔文学奖颁奖辞对他的评价所说:"一旦他认为神圣的东西受到威胁,就会由梦想家变成斗士。如果忽视这一点,就可能把他当成浪漫主义诗人。"[②] 只不过黑塞的反抗并非革命意义上的斗争,他选择的是个体性的斗争,走的是个体自我完善进而影响社会的路径。可以说黑塞的小说叙事不仅仅只是青少年个体内在的自我成长和个性完善,他后期的著作反映了他关于青少年成长成熟的终极理念,即一个有完善个体的青年进入社会,影响世界,改变世界。

对黑塞的研究已经走过百余年。论者多关注到他对个体"自我"的书写,却较少从"青春期危机"的角度探讨黑塞作品中人物的内心困境和个体成长;论者重视探讨黑塞作品中主人公自我的成长,却忽略了黑塞对主人公与外在世界建立联系的努力,忽略了黑塞想要建构青少年个体与社会完整和谐关系的努力,忽略了黑塞"青春叙事"的现实观照。本书结合社会文化学、发展心理学及黑塞的青春期危机和认同理论,在德国社会和文化传统的大背景下,展开以黑塞的小说为主,以诗歌、散文、杂文、书评、传记为辅的互文式阅

---

① 马剑. 黑塞与中国文化[M]. 北京:首都师范大学出版社,2010:自序,4.
② 赫尔曼·黑塞. 荒原狼[M]. 李世隆,刘泽珪,译. 桂林:漓江出版社,1986:564-569.

读和整体批评，探讨黑塞的青春叙事与德国传统文化的关联，探讨黑塞作品中主人公青春危机与德国工业现代化、与文明现代性的互文关系，从而探讨黑塞通过其青春叙事所反映的现代性批判思想，以及对理想社会、理想人类的建构精神。

本书在对黑塞的小说文本进行深入解读的过程中，挖掘出很多被读者和研究者忽略的细节，比如主人公青春期母亲的缺位，主人公对青春期爱情的回忆，小说对牧师形象与鞋匠形象的比较，等等，通过对这些细节的深入解读，探讨其中黑塞对现代理性社会的批判。此外，本书并非孤立地研究黑塞，而是在研究中处处贯穿比较意识。如在谈到对艺术家困境的描写时与黑塞同时代作家托马斯·曼比较，黑塞与其他浪漫派作家的创作及思想比较等，以期通过这种比较发现黑塞创作的独特性。本书把黑塞放在历史的纵横坐标上进行考察，比如对德国青春期小说、成长发展小说及其他现实主义小说中个人与社会关系的发展历史的考察，对文学中的"恶"的历史发展的梳理，等等，以期在历史的发展脉络中凸显黑塞的历史地位和价值。

本书主要由绪论、正文和结语三部分组成，其中正文部分共5章，各章内容如下：

第1章探讨黑塞青春叙事得以发生的社会、文化背景及文学传统。首先是关于青春、青春期及青春叙事的概念内涵梳理，并对其与工业现代性的关系进行阐释，认为青春期、青春叙事都是现代性社会的产物，并反映了现代社会的问题。其次，分析现代工业革命带来的社会变迁及作为"中产阶级的孩子们"的年轻一代对现代性的反叛。在此基础上，梳理德国传统青春叙事的主体形式——德国成长发展类小说，以及其在20世纪的变体——青春期小说，并分析这类青春叙事中个体与社会的关系。本章最后通过对黑塞小说创作内容的梳理，确认黑塞小说的青春叙事文本特征。

第2章分析阐释黑塞的小说叙事中青少年主人公所面临的现代青春困境，包括冲突和迷失、现代性焦虑与爱无能三个部分。黑塞小说中的青少年个体在找寻自我、实现自我身份认同的过程中，被父辈的工具理性的世俗欲望，或者父辈的正统世界所规训，与少年的自然天性相冲突，游离于光明与黑暗、感性与理性、精神世界与世俗世界之间，在二元对立的世界中迷失，内心产生冲突。正统的理性世界的规训力量过于强大，青春期个体无法对抗，因此产生焦虑。父辈的工具理性教育、社会世俗欲望等规训都在强化这种焦虑感，甚至宗教也无法给予这些青春期个体心灵的慰藉。黑塞小说中的爱情通常是以失败告终，这些失败的爱情代表主人公认识自我、重构自我的努力失败了。以理性为上的现代性社会对爱情的戕害不仅体现在直接阻碍爱情，更体现在对现代人"爱的能力"的负面影响，而且这些影响往往以一种不易被察觉的方式体现。爱无能成为现代工具理性社会的一个典型特征。

第3章探讨黑塞小说的叙事主体追寻自我、建构自我的方式。黑塞的青春叙事不只是停留在对现代性困境的展示，他及作品中的主人公对现代性威胁的反抗首先体现在自我建构上。本章首先通过对黑塞小说中"恶"的世界的分析，指出"行恶"就是对理性世界的反叛，也是对感性生命的吁求。其次以黑塞创作转折期的重要小说《德米安》为研究对象，分析"恶"的世界（或"黑暗世界"）对主人公辛克莱建构完整自我的作用，并通过分析黑塞在同时期评论陀思妥耶夫斯基作品中"未来人"的文章，指出辛克莱自我建构的终极形象具有"未来人"的特征：超越善恶对立，实现神道与魔道的统一。再次，对黑塞中期重要小说，也是他最受关注的小说之一《荒原狼》进行分析，探讨主人公自我身份意识的发展过程，指出他内心的分裂和焦虑主要在于他为自己设定的精神世界与世俗世界之间的鸿沟，而"幽默"作为他拯救自我、重新面向生活的手段，其实质就是调和并超越善恶对立，弥合个体精神世界与世俗世界之间的冲突。最后，通过分析黑塞的艺术家小说，指出艺术家的生命悖论在于其自身感性天性与社会理性至上之间的冲突；并通过分析黑塞后期小说《纳尔齐斯与歌尔德蒙》中父权理性造成的身份迷误、感性（母性）对身份建构的意义、感性与理性的相互影响等，指出黑塞虽然批判理性，但并不完全否定理性，而是强调要超越理性和感性的对立，进而达到二者的融合统一。

第4章探讨黑塞小说中主体对社会认同的追求。青少年个体的成长发展除了自我身份认同之外，还需要实现社会认同，这是一个"成熟"个体、完整个性的两个互相关联又有区别的层面。本章首先对黑塞晚期作品中的"入世"和"服务"主题进行分析，认为黑塞后期著作中主人公在经历危机、完成自我建构之后，通过服务、献身于世俗世界这种"入世"的方式实现自我的最终成熟和获得完整生命。其次，通过分析黑塞的"整体性"思想以及他关于个体"成熟"的认识，探讨黑塞"入世"和"服务"思想的来源。黑塞认为整体性世界就应该包括光明与黑暗、精神与世俗、善与恶等矛盾，作为社会存在的人的整体生命也应该包括这些矛盾；个体的真正成熟就是能接纳不完美，就是有了为他人服务的思想，就是让自我纳入集体，而不是一味地追求个人主义。本章还辨析了黑塞的"个人主义"思想中包含的现实关怀，指出黑塞的"个人化"和"内心化"并非脱离现实，而是强调个体走向社会之前首先达到自我完善，以完满的自性成为连接世俗世界与精神世界的桥梁，并且指出黑塞的个体是在为世俗服务的过程中实现自身的完整性，最终走向真正的成熟。

第 5 章探讨黑塞青春叙事的文化批判和现实救赎思想。黑塞的青春叙事并非只是关注个体自我，而是有着深刻的文化批判精神和现实救赎意义。本章首先分析黑塞作品中关于"西方的没落"和"副刊时代"的描述和批判；其次深入分析和阐释黑塞青春叙事过程中对语言理性、技术理性及"进步"思潮的反思和批评；最后对黑塞青春叙事的现实政治关怀思想进行阐释。

当代社会关于迷途、堕落、自杀、相残的报道每天充满各种媒体，每每使人心情沉重。人们批判社会物欲的泛滥、道德的沦丧、精神的失落，但每个人仍然"勤奋"地追逐自己所批判的一切。对于还怀抱美好理想的青年来说，对于还有精神追求的人来说，这个社会不存在一块净土，他们的理想无处安身。社会只会继续向前发展，不会回头，也不会为个体而改变。正如黑塞所说，社会从来不会很完美，任何时代都一样。而且，从本质上来讲，社会（集体、团体）的存在本身在某些方面就与个体存在的需求相冲突。那么，个人如何面对这个总是与他对立的社会？尤其是处在青春期阶段的年轻人，他们还存有自然的天性，怀揣美好的理想，这些暂时还没有被世俗所同化的年轻人，他们如何前行？是坚持自我、遗世独立，还是放弃自我、自甘堕落，积极或消极地与社会对抗，抑或保全自我、适应社会？

无论坚持自我还是放弃自我，都需要勇气，要忍受孤独甚至毁灭。保全自我或许是一种对社会的妥协，但同样需要勇气，需要忍受精神分裂的痛苦。总之，个体的一切幸福与苦痛无不来源于社会与外界环境的作用，当代社会环境下的青春期少年所面临的危机和痛苦更是现代性社会的后果。而个体是否承担社会责任,参与人类大命运的问题也是个体对自我存在意义的考量。如此种种与个体密切相关的问题,在20世纪遥远异域的德语作家黑塞及其创作中,或许可以找到一些即便不是最终答案,但至少也是积极追索的踪迹。

第1章　德国文化传统中的青春叙事

青春叙事在德国有着悠久的历史，但真正的兴盛却是在启蒙运动之后，启蒙现代性对青春叙事的内容有着决定性的影响。德国文学传统中的成长发展小说就是典型的青春叙事类型，尤以歌德的"威廉·麦斯特"三部曲为典范。但19世纪德国的两次工业革命带来的社会各领域的巨大变革，以及由此对青少年群体生存环境的影响是黑塞青春叙事得以发生的土壤。

1.1　青春、青春期及青春叙事

说到青春叙事，离不开"青春"二字，而说到青春，又离不开"青春期"这个概念。青春期被当作一个独立的人生发展阶段，这是现代社会才有的，而青年问题（青春期问题）本身就是一个现代性问题，这一点已经得到学界共识。在心理学、社会学等领域对"青春期"概念尤其是"青春期危机"的内涵、本质特征以及产生原因的阐释中，我们可以明确看到青春期是一个与现代性以及现代性危机密切相关的现象。

1.1.1　青春与青春期

"青春"一词在古代汉语语境中最早用来形容春天的色彩，由此引申出"具有旺盛生命力的青年时期"之义。[①] 现代语境中的"青春"一词除了表示青少年时期之外，还包含了"青春期"的意思。在德语里，青春（jugend）一词包含三个层面：一是表示一种青春活力的状态，二是表述生命阶段中的青少年时期，

[①] 倪文杰,张卫国,冀小军. 现代汉语辞海[M]. 北京：人民中国出版社，1994：784.

三是表示青少年群体。英文里的 youth 一词也具有相类似的意义。可见，无论在东方还是西方语境中，"青春"一方面都可以表示一种生命状态、一种充满活力和旺盛生命力的积极状态，也因此为世人所羡慕、推崇、赞赏、吟咏；另一方面，东西方文化中的"青春"都表示一个生命阶段、年龄阶段，表示青少年时期。

医学、发展心理学和社会学对青少年的年龄限制基本都差不多，均认为青少年期开始于 10~12 岁，结束期根据不同的文化和不同的学科领域有所差异，大致是从 18~20 岁到 25~28 岁之间，也有到 30~35 岁结束的。[1] 而这个年龄阶段也是学界关于"青春期"的时间限定。

"青春期"一词德文叫 adoleszenz，英文为 adolescence，二者属于同源词，都来源于拉丁文"adolescere"，意为"成长"或"成长至成熟"，最早在古希腊时期就已出现，这个时候主要还是表示性的成熟。[2] 至启蒙运动时期，现代意义上的青春期开始受到重视。及至 1905 年，青春期研究之父霍尔（G. Stanley Hall，1844—1924）在其两卷本著作《青春期》中第一次把"青春期"当作青年研究的独立对象[3]，"青春期"就成为发展心理学家非常重视的一个生命阶段。现如今，"青春期"作为儿童成长发展的一个独立而特别的阶段，已经成为医学、心理学、教育学、社会学等各学科研究的对象，甚至已是普通父母都耳熟能详的一个概念了。

现代意义上的青春期包含生理和心理两个层面。进入青春期的孩子在生

---

[1] 按世界卫生组织的规定，青春期的年龄范围为 10~20 岁。也有人把这个年龄范围扩展到 25~28 岁之间，这个阶段也被有些学者归为青春期后期或成年早期，其主要任务是建立亲密关系、家庭和繁衍后代。在后现代理论的青春期研究中，也有把青春期延伸到 35 岁左右的，因为"20 至 35 岁的青年人虽然已经获得政治的、文化的以及部分社会的独立性，但是还不具有确定的生活保障性资源"（参见 Carsten Gansel. Zwischenzeit, Grenzüberschreitung, Aufstörung-Bilder von Adoleszenz in der deutschsprachigen[M]. Heidelberg：Universitätsverlag Winter GmbH Heidelberg，2011）。

[2] 关于"青春期"的概念起源参见：斯滕伯格，劳伦斯. 青春期：青少年的心理发展和健康成长[M].戴俊毅，译. 上海：上海社会科学出版社，2007；F. 菲利普·赖斯，金·盖尔·多金. 青春期——发展、关系和文化[M]. 陆洋，林磊，陈菲，译. 上海：上海人民出版社，2009.

[3] 霍尔是第一个对青春期进行系统定义的人，明确了青春期的年龄阶段为 14~24 岁。霍尔之前将青春期"作为童年与发育期之间的空隙，有关青春期的数据已经成为儿童学研究资料的一部分，但并没有被作为一个独立的阶段来解释认定"。参见乔恩·萨维奇. 青春无羁：狂飙时代的社会运动（1875—1945）[M].章艳，等，译. 长春：吉林出版集团有限责任公司，2010：64，67.

第1章 德国文化传统中的青春叙事

理上出现一系列性征变化,即个体表现出身体上"成熟"的特征,也即出现第二性征。与此同时,他们在心理上也会发生相应的变化,体现出系列心理和性格的变化特征。在心理层面上还可以延展到社会文化领域,即儿童的心理成熟是否能很好地适应外在世界,适应社会文化生活,成为一个社会人。也就是说,青春期不仅仅是生物现象,更是社会现象。因此,在英语和德语里分别有两个词来指代青春期的生理和心理两个层面,前者德语用 pubertät 一词来表达(英文为 puberty),而德语 adoleszenz(英文为 adolescence)就被专门用来指青春期的心理和社会文化层面。[①]

性的生理成熟(身体成熟)一般到15岁左右就已经完成,但心理和社会文化意义上的成熟却要晚得多。从医学和心理学的角度看,心理学上的青春期滞后于生理学上的青春期变化,延续的时间也长。从社会心理方面来看,青春期所涉及的年龄阶段更是远远落后于生理上的变化。如前所述,不同时代不同文化对青春期延续的年龄可以延续到30岁左右,甚至更久。

可以看到,青春与青春期概念大致上是重合的。说起青春绕不开青春期这个特定的现象,因此,青春叙事基本上(或者主要)可以说是青春期叙事。

如果说"青春"在中西方文化中都表示一种活力和生命力的话,那么基于现代发展心理学的青春期一词所包含的意思很大程度上指一种危机。青春期的生理与心理发展特性决定了,个体的青春期具有与儿童期完全不同的显著特点。青春期被认为是一个不可避免的、躁动不安、充满压力的时期,甚至在青春期前期还很容易出现"精神错乱和神经机能病"(霍尔),具有焦虑和情绪化的特征(弗洛伊德),是一个"充满内部冲突、心理失衡、行为反复无常"的时期(安娜·弗洛伊德)。[②] 总之,青春期被认为是一个充满危机的阶段。

关于青春期危机尤以埃里克森的研究最为著名。当代最有名望的美国精神分析医生和理论家埃里克·洪伯格尔·埃里克森(Erick Homburger

---

① 德国从文学角度研究青春期的著名学者 Carsten Gansel 在其论文《青春期和青春期小说作为文学研究的对象》中专门梳理了众多学者对这两个词的意义解释。参见 Carsten Gansel. Adoleszenz und Adoleszenzroman als Gegenst and literaturwissenschaftlicher Forschung[J]. Zeitschrift für Germanistik,2004,14(1):141.

② F. 菲利普·赖斯,金·盖尔·多金. 青春期——发展、关系和文化[M]. 陆洋,林磊,陈菲,译. 上海:上海人民出版社,2009:26-30.

Erickson，1902—1994)在其著名的作品《同一性：青少年与危机》一书中专门探讨了青春期的危机问题。他认为青春期是人一生中最重要、最关键，也是最动荡变化的阶段，这个阶段的主要任务就是"同一性"[①]的建立，这个时期的青少年在追问"我是谁""我将会成为怎样的人"的过程中，通常会经历与外在环境的冲突，经历自我怀疑和内心的混乱。如果未能顺利建立自我同一性，则会出现同一性危机，表现特征为迷茫、疏离、孤独、自我怀疑、混乱、焦虑等，甚至更为严重的精神类疾病。所以，可以说青春（期）叙事通常是一种危机叙事。

1.1.2 青春期与现代工业社会

从人类发展史视角来看，青春期是社会的创造物。"从文艺复兴就开始酝酿，紧跟时代前进的步伐，直到现代化建设进入高潮的时候，由家庭、学校和社会进行系统社会化替代一切成人仪式成了必然趋势，向成年过渡不得不延长，经济发展又提供了可能延长的物质条件而出现了青春期。"[②]具体来说，对青春期的重视始于启蒙时期，虽然那个时候人们还没有把它作为一个独立的生命阶段来看。启蒙时期的思想家重视教育，也因此重视青少年儿童的心理和精神状态。卢梭在其作品《爱弥儿》中就已经意识到，青春期对儿童个体的影响不亚于一次重生。及至19世纪，随着工业化和城市化的加速扩大，社会对青春期青少年的关注越来越多，最终于20世纪初经由霍尔的论著被确认为独立的生命阶段。

正如萨维奇所说，青年问题是伴随着西方社会的工业革命、快速城市化与科学技术的大发展而出现的。[③] 青年问题（青春期问题）本身就是一个现代性

[①] 埃里克·H.埃里克森.同一性：青少年与危机[M].孙名之，译.杭州：浙江教育出版社，1998：117."同一性"这个在人文、自然各学科领域广泛运用的概念被埃里克森引入心理学，成为自我心理学和发展心理学中一个非常重要的内容。关于同一性，埃里克森主要是从自我同一性的角度阐发的，他认为同一性就是个体主观体验到的一种感觉，一种"熟悉自身的感觉，知道个人未来生活目标的感觉，一种从他所信赖的人们中获得所期待的认可的内在自信"。也就是说，同一性就是个体感到与儿童时期形成的经验有内在一致性和连续性，因而获得内心的安宁、协调与自在之感。

[②] 谢昌逵.作为社会创造物的青春期——一个人类发展史视角的新解释[J].当代青年研究，2008(10)：18.

[③] 乔恩·萨维奇.青春无羁：狂飙时代的社会运动(1875—1945)[M].章艳，等，译.长春：吉林出版集团有限责任公司，2010.

第1章　德国文化传统中的青春叙事

命题，这已经得到学界的一致肯定。[①] 斯梅尔瑟概括了影响青少年变化过程的三种现代性因素：工业经济、小型核心家庭、学校制度。[②] 埃里克森也把"自我混乱和自我同一性的丧失"作为解释"工业技术发达的美国的新历史问题的一种发展心理学"。[③] 可以说，青年问题和青春期问题与现代西方工业社会的发展密切相关。

如前文所说，青春期有生理和心理/社会两个层面的特征。医学、生物学等领域对青春期的生理特征有明确的研究，此处不再赘述。而人文社会科学领域各学科学者对青春期的研究都非常重视青春期与外部世界的关系，尤其是前者所受外部世界的影响。从青春期研究发展史来看，从最初的生物学理论开始到社会文化学理论，越来越强调外部环境对青春期的影响，包括家庭、社会、文化以及时代和种族的影响。如"学习理论"强调父母的教养方式及同龄人的影响；"社会学理论"强调社会阶层（或者社会经济地位）对青少年成长的建构及造成的困难，如边缘化问题、代际冲突等；"历史学和人类学方法"认为青春期的同一性危机是由工业化和学生时代的延长所导致的社会产物。[④]

正如埃里克森在他的著作中反复强调的"个人生命中的同一性危机和历史发展的现代性危机"不能割裂[⑤]，青春期危机与现代工业社会的危机具有同质性，青春期危机也是现代性的危机。现代性作为一个极其复杂的概念，数十

[①] 参见王彬.青少年问题与现代性[J].中国青年政治学院学报，2010(3)：8-12."青春和青春成长基本上是与现代工业文明共始终的问题"；陆玉林.现代性境域中青年问题的理路[J].中国青年政治学院学报，2012(5)：1-7."青年问题是现代社会所特有的特殊群体的社会性问题，其本身就属于现代性问题，至少也具有现代性色彩"；蓝瑛波.青春期：一个动态的概念[J].中国青年研究，2002(1)：46-48；吴端.近代"青年"观念的形成与展开——以近代日本青年主义发展的过程为例[J].当代青年研究，2010(11)：11-19.

[②] 转引自让-查尔斯·拉葛雷.青年与全球化：现代性及其挑战[M].陈玉生，冯跃，译.北京：社会科学出版社，2007：3.

[③] 埃里克·H.埃里克森.同一性：青少年与危机[M].孙名之，译.杭州：浙江教育出版社，1998：5.

[④] F.菲利普·赖斯，金·盖尔·多金.青春期——发展、关系和文化[M].陆洋，林磊，陈菲，译.上海：上海人民出版社，2009：26-47.

[⑤] 埃里克·H.埃里克森.同一性：青少年与危机[M].孙名之，译.杭州：浙江教育出版社，1998：117.

年来一直为人所争论不休。根据吉登斯的理论，现代性大略等同于工业化的世界。[①] 查尔斯·泰勒提出三个现代性隐忧，包括意义的丧失、道德视野的褪色；工具主义理性猖獗面前目的的晦暗；自由的丧失。[②] 现代工业社会推崇科学、进步、理性，社会中重效益、结果、成绩等，轻情感、价值，工具理性占据社会生活主导地位，价值理性衰落，知识与情感的冲突、技术进步与精神追求的冲突成为社会常态。

工业社会的矛盾也是工业现代性的二律背反，而青春期危机既是这种二律背反的后果，也同时体现了这种现代性危机本身。有人认为青春是现代性的本质，因为"青春"（青年）具有永恒的内在的不满足与变动性，青春的反抗与革命，可以毁灭任何既定体制（如家庭、社会规范、传统文化），革命遂变成不断持续的再革命。青春朝向未来，意味着无限的发展。[③] 然而，跟现代性本身的矛盾一样，青春期除了具有激情、充满活力、富有创造性的一面之外，也具有强大的破坏性，拥有反叛、颠覆、对抗等力量。如果青春个体的自我意识足够强大的话，那他可以实现自我，体现出他的创造和生命力，但在工具理性主导的现代社会中，青春个体更多的是体现出孤独、焦虑、迷失等一系列危机状态。

由此可见，青年问题和青春问题与现代工业社会密切相关。正是由于现代工业化的需要而促使了青春期的产生，也导致了青春期危机的发生。而随着社会向后现代社会的转变和发展，青春期本身的特质也发生了变化，出现了新的形式特点。传统青春期的问题，如发展自我意识、脱离父母、寻找自我身份定位和独立价值、反叛社会既定价值观等，在全球化、信息化、消费性社会中都发生了改变。有研究认为，后现代青春期的特征体现出典型的消费时代的特征，如沉迷消费、享乐主义至上，焦虑、迷失和虚无感，碎片化、

---

① 安东尼·吉登斯. 现代性与自我认同：现代晚期的自我与社会[M]. 赵旭东，方文等，译. 北京：三联书店，1998：16.
② 查尔斯·泰勒. 现代性之隐忧[M]. 程炼，译. 北京：中央编译出版社，2001：12.
③ Franco Moretti. The Way of the World: The Bildungsroman in European Culture[M]. London: Verso, 1987: 4-6.

第1章 德国文化传统中的青春叙事

娱乐化等。①

在现代社会中,青春期少年的心理和社会文化层面上的成熟越来越晚。因为现代工业化社会需要更多的专门技术人才,所以青少年接受教育的时间延长,尤其是随着大学教育的普及,甚至还包括大学之后的教育,青少年进入社会的时间不断推迟,因此青春期覆盖的年龄段越来越长。② 与此同时,随着现代化的程度增强,甚至进入后现代社会之后,青春期青少年所处的社会越来越复杂,所以现当代青少年的青春期阶段所面临的问题也越来越复杂和多样化。也正因为青春期的延长,现代青春期所涉及的人群包括中学生、大学生,以及初入职场甚至入职一段时间的年轻人,是一个庞大的社会群体。因此青春期的问题不仅是"青少年"这个特定群体的问题,也是整个社会的重要问题。青春叙事也是社会问题叙事,具有普遍的社会意义。

1.1.3 青春叙事

青春叙事,顾名思义,就是讲述青春和青春期的故事。作为小说叙事的一种,青春叙事有着悠久的传统,只不过早期青春叙事多半体现为青春崇拜。青春崇拜在人类早期历史中非常常见,"青年人自然天赋的创造力、想象力,使他们比其他年龄段的人拥有更加强盛的劳动力、生殖力、战斗力",在各民族的神话中,"太阳神、酒神、山神、林神、农神、爱神、战神等,几乎都是健壮、聪颖、俊秀的青年男女形象"。③ 古希腊文化留存下来的人体雕塑也鲜明地展现了当时的青春崇拜。

在《中国现代小说的青春叙事》一文中,作者韩笑对"青春叙事"概念内涵做了说明,认为广义的"青春叙事"包括所有涉及讲述青春相关内容的作品,与作家及读者群的年龄身份无关,而狭义的"青春叙事"只局限于青(少)年创

---

① 参见马塞尔·达内西.酷:青春期的符号和意义[M].孟登迎,王行坤,译.成都:四川教育出版社,2011.

② 学者把这种现象称为"青春期延长",并认为这种延长也是现代社会的需要和必然现象。参见:埃里克·H·埃里克森.同一性:青少年与危机[M].孙名之,译.杭州:浙江教育出版社,1998;让—查尔斯·拉葛雷.青年与全球化:现代性及其挑战[M].陈玉生,冯跃,译.北京:社会科学出版社,2007.

③ 田杰.从"青年猴"到"宇宙猿":关于青年的历史叙事与解读[M].上海:华东理工大学出版社,2019:39.

作的关于正在进行的青春世界的作品,也包括当代的一些具体文学类型,比如"青春电影""青春小说"等。论文最后将青春叙事限定为"书写青春生活体验,表现青春情绪状态,并在青春言说中展现时代的发展与社会的意义的文学样式",是作者们"在青春进行时中对青春激情和青春感受的记录,是青春过去后对青春精神、青春品质的怀念和歌颂"。[①] 当然,这篇论文所涉及的是中国文学中的青春叙事,这个概念限定也专门指涉中国文学语境。

也有论者认为青春叙事"以青少年为叙事主体,以青春成长为主题,描写主人公在生理特别是心理成长期的主体生成过程和自我意识的觉醒,其意义不仅涉及生理自然成熟的层面,更涉及社会文化结构对个体的规范与塑造,以及个体自我意识觉醒带来的反抗和困惑";"青春叙事"一方面涉及叙述题材,比如青少年的成长,另一方面也指涉一种"价值载体和生命态度"。[②]

笔者认为第二个概念的限定更接近本研究所述"青春叙事"的本质。笔者认为,青春叙事涉及几个要素:第一,叙事主体为青少年,一般是从青春期开始(大概十一二岁),也有青年(十八至二十多岁);第二,叙事内容围绕青春成长展开,一般有一个较长年限的成长过程(整个青春期),也有只涉及某个阶段某几年的生活经历的;第三,叙事主体一般会经历了自我意识的苏醒、自我认同的探索、经历内心危机并找寻自我的过程;第四,叙事主体的最后结局具有时代性,会随着时代变化而表现出某种特定结局类型,要么是完成自我认同和社会认同,长大成人,要么是认同失败,结局是悲剧。当然,少数青春叙事也体现了青春崇拜的特征。

青春叙事在叙事形式上也有其自身的特征,比如 20 世纪的青春叙事在叙事策略上"常运用固定式内聚焦模式、第一人称叙事以及独白话语,但在细节上又表现出对这些策略的偏移,如叙述视角的伪固定性,人称机制的虚无化以及价值立场的真空"[③],从而体现出一种类别叙事的特征。

概括起来说,青春叙事就是叙述一个青少年主人公的青春成长过程中的

[①] 韩笑.中国现代小说的青春叙事[J].湖北社会科学,2016(4):147-152.
[②] 徐岱,李娟.自我之舞——20 世纪青春叙事的一种解读[J].浙江大学学报(人文社会科学版),2008(3):64-71.
[③] 徐岱,李娟.自我之舞——20 世纪青春叙事的一种解读[J].浙江大学学报(人文社会科学版),2008(3):64-71.

第1章 德国文化传统中的青春叙事

经历，通常是充满内心冲突的危机心理发展过程，主人公的发展大多经历了自我意识觉醒、对现实的反叛、寻找和最终发现真正的自我，最终与外在世界或社会实现和解，实现自我身份认同和社会认同，也有部分青春叙事局限于青春期这个特定阶段，主人公或许没有实现自我，无法实现社会认同，叙事以悲剧结局。青春叙事大多倾向第一人称叙事，也有第三人称叙事，但多为内向化叙事，侧重细腻描述个体内心的丰富情感和个性化思考。青春叙事在东西方文学传统中都存在，都有一个历史发展变化的过程。20世纪之后的青春叙事也具有现代文学和后现代文学的基本特征。

中国文学中的青春叙事是一个非常显著的现象，在中国文化和文学史的传统中，青春通常是值得歌颂的。自1900年梁启超喊出"少年强则中国强"的口号以来，青春叙事可以说作为一种叙事类型贯穿了中国现当代文学史。经由五四运动、辛亥革命，到新中国"十七年文学"，这几个时期关涉青春的叙事大多都是充满激情，表达的是对青春的歌颂，形成了一种具体的叙事模式。[①] 乃至20世纪80年代的知青文学，青春无悔也是一种重要的叙事主题。

改革开放四十多年，中国社会一直秉持的信念就是：青年兴则国家兴，青年强则国家强；中华民族伟大复兴的中国梦，必将在一代代青年的接力奋斗中成为现实。[②] 但20世纪90年代以后，"70后""80后"登上文坛，青春叙事模式发生了改变，社会理想与文学表达发生断裂，社会的青春崇拜仍然存在，而文学中的青春叙事却去理想化、扁平化。21世纪的青春叙事则成为消费社会的重要"策略"，"迷茫青春""残酷青春""吃货青春""旅途青春""血色青春""草样青春"等青春叙事，承载"寻找与迷失、努力与妥协、信任与误解、虚伪与宽容、希望与幻灭、严肃与游戏、逃离与回归"等系列青春情状[③]，体现出一种扁平化、去中心化、去崇高化、消费化的"后青春"叙事的特征。尤其是"80后"作家的青春叙事，叙事空间转向城市记忆，在"后现代文化、亚文化、大众传媒、文化工业的影响下"，书写"对爱情的追寻和追寻不得的忧

---

① 王龙洋. 论"十七年"文学的青春叙事[J]. 青海社会科学，2019(02)：172-175.
② 田杰. 青春叙事中的历史记忆——改革开放40年青年发展与文化现代性[J]. 中国青年社会科学，2018(02)：17-21.
③ 黄琴. 青春叙事的审美伦理悖思[J]. 当代青年研究，2017(06)：53-57.

伤","无法接近信仰、梦想的忧伤"。① 残酷青春成为"80后"文学中一种风格鲜明的小说类型②,体现出鲜明的"拒绝成长"的时代特征和文化色彩。

欧美文学中的青春叙事从古希腊文化以来也一直存在,而最为典型的青春叙事是源自德国的成长发展类小说,关于其起源、概念及特点后文会进一步详述。除了德国的《少年维特之烦恼》《魔山》之外,欧美文学中某些系列经典作品都可以归为青春叙事,比如《罗密欧与朱丽叶》《红与黑》《简·爱》《了不起的盖茨比》《麦田的守望者》等,这些作品涉及青少年成长时期的内心情感、家庭问题、友谊、爱情,以及性别、种族、阶级身份认同困境等多元主题。

1.2 德国工业革命与"中产阶级的孩子们"

"德意志民族虽然是现代性进程的迟到者,但到了19世纪与20世纪之交,德国已经完成工业化,成为举足轻重的强国。然而,工业化的迅猛发展,导致了传统社会结构的瓦解。与之相应,社会的整个精神氛围也发生了极大的改变。"③学者曹卫东教授在他的《德国青年运动》一文中对19世纪末20世纪初德国的社会和大众精神状况做了非常精练的概括。18世纪席卷欧洲的工业革命给社会的各个层面都带来了深远的影响,德国工业革命虽然起步较晚,但在三四十年间完成了英法百年的工业变革,这种快速变革造成的社会震荡更为突出。

1.2.1 德国工业革命与社会变迁

德国的工业革命起步晚,但基于新科技的加持,发展的速度迅猛。德国工业革命开始于19世纪三四十年代,到70年代初结束。俾斯麦统一德国之后,德意志帝国抓住国家统一的有利条件和第二次工业革命的机遇,迅速实

---

① 孙潇,顾珂."呼愁"之伤——"80后"作家笔下的城市青春叙事[J].太原大学学报,2015(03):97-101,119.
② 王铮.从"青春无悔"到"残酷青春"——对新时期以来中国青春叙事变迁的一种考察[D].上海:上海社会科学院,2015.
③ 曹卫东,黄金城.德国青年运动[M]//曹卫东.德国青年运动.上海:上海人民出版社,2013:3.

第1章 德国文化传统中的青春叙事

现从农业国向工业国的转变，一跃成为工业先锋国家。① 在1870至1914年间，德国工业化在工业发展、铁路、交通和电讯等方面取得了肉眼可见的快速成就，大量的工商企业、银行、工厂、矿业公司和铁路公司出现。1835年德国第一条铁路建成，到19世纪末铁路网已经连接了德国所有重要城市。社会净产值从1872年的160亿马克增至1913年的547亿马克，同期的国民人均年收入增加近193%。② 在1913年的时候，德国在世界贸易、银行、保险和航运方面都已成为英国和美国的强大竞争对手。"鲁尔区成了经济潜力极大的工业区。工厂、煤矿和工人居住区如雨后春笋般拔地而起……当时的德国正日益发展成为一个工业国家。"③

德国工业革命的直接成就是，德国的工业化程度加强，生产力大幅度提高，物质财富极大增加，人民生活条件得到改善。这也促使社会的各个层面——社会、生活、观念等各方面都产生了大的变革。德国"从一个'诗人和思想家'的民族转变为以工艺技巧、金融和工业组织以及物质进步为公共生活显著特征的民族"。④

具体来看，德国工业革命在社会生活各个层面的影响有以下几点。

第一，人口快速增长。伴随着工业化的实施，人们的生活条件改善，营养提高，卫生条件、医疗设施得以完善，人的寿命增加，婴幼儿的死亡率递减，这些条件使得人口增长迅速。1914年的时候人口总数从19世纪初的2400万增加到6779万，人口密度以萨克森为例，从1800年的78人（每平方公里）增至1910年的321人。⑤

第二，农村人口向城市迁移。由于工业化的扩张，城市企业的增加，城市出现更多的工作岗位，越来越多的农村人口，尤其是年轻人离开传统的农

---

① 乌尔夫·迪尔迈尔，安德烈亚斯·格斯特里希，等. 德意志史[M]. 孟钟捷，葛君，徐璟伟，译. 商务印书馆，2018：343.
② 乌尔夫·迪尔迈尔，安德烈亚斯·格斯特里希等. 德意志史[M]. 孟钟捷，葛君，徐璟伟，译. 商务印书馆，2018：418.
③ 威廉·格斯曼. 德国文化简史[M]. 王旭译. 桂林：广西师范大学出版社，2017：174.
④ 科佩尔·S. 平森. 德国近现代史：它的历史和文化（上、下册）[M]. 范德一，林瑞斌，何田，译. 北京：商务印书馆，1987：301.
⑤ 科佩尔·S. 平森. 德国近现代史：它的历史和文化（上、下册）[M]. 范德一，林瑞斌，何田，译. 北京：商务印书馆，1987：302.

村社会，向城市迁移。城市化成为一个显著现象，随之而来也出现了许多问题。

第三，青少年的受教育程度提高。由于经济条件的改善，企业对人才的需求增加，社会对儿童本质的认识越来越科学理性，教育也越来越受到重视，尤其是在城市中产阶级市民家庭中表现得更为显著。而很多社会底层的家庭也把教育当作使自己的后代实现阶层跃升的重要途径。

第四，社会传统观念及习俗发生变化。急速工业化也导致社会的急剧变化，工业时代"在目前同时生存的三代人中把完全无法统一的东西综合起来了"。[①] 工业化带来生活条件、环境以及家庭结构的变化，导致社会大众的生活方式、观念以及社会习俗都发生了极大改变。这些变化无疑会对青少年群体产生极大的影响。

第五，追求"有用性"成为社会思潮的主流。人的一切行动都以实用性为指挥棒，一切都要让位于"有用性"。"在现代社会一切超越的东西都必须在'有用性'面前接受拷问。这实际上也是世俗化的社会对于超越的东西的质疑。因为这种超越的东西是与社会现实——世俗化的社会现实完全对立的。"[②]这是工业社会工具理性至上的本质特征。"人们只考虑实物价值，甚少顾及利润追求与伦理——宗教原则的兼容性。德国精神建构时代更注重质的思想，被日益转变为更加关注量和算计。"[③]

第六，文明的倒退。如学者所说，随着德国工业化而来的是，"……通常与工业革命的后果联系在一起的大部分社会、道德和文化问题。这些问题包括健康、疲劳、单调、童工和女工、工时、城市工业中心的拥挤状态、住房、传统家庭关系的外界、大众文化的影响以及由此引起的审美趣味的降低……"。[④] 使审美趣味降低的还有工业化带来的流水线作业、批量复制、单一模仿等。可以说，工业现代化带来了物质文明的进步，但是精神文明却在

[①] 乌尔夫·迪尔迈尔，安德烈亚斯·格斯特里希，等. 德意志史[M]. 孟钟捷，葛君，徐璟伟，译. 商务印书馆，2018：211.

[②] 王晓升. 发达工业社会中的现代性问题——评马尔库塞对发达工业社会意识形态的批判[J]. 南京社会科学，2018(12)：9-17.

[③] 威廉·格斯曼. 德国文化简史[M]. 王旭，译. 桂林：广西师范大学出版社，2017：176.

[④] 丁建弘，李霞. 德国文化：普鲁士精神和文化[M]. 上海：上海社会科学院出版社，2003：338.

第1章 德国文化传统中的青春叙事

倒退,社会现代化的同时,文化现代性的问题也已日益凸显,按韦伯的话说就是文化现代性被文明现代性所压制。

在这些因素的影响下,德国的社会情绪也发生了很大改变。首先体现出来的是社会大众中焦虑不安情绪的蔓延。随着工业化的完成,德国的经济进入了现代化,而政治和思维/理念却还滞留于前现代,于是冲突不可避免。"经济危机、快速工业化与城市化、尖锐的城乡差异、浩大的国内迁徙运动、持续走向巅峰的阶级对峙、所谓来自'帝国敌人们'的威胁,导致普通公民陷入持续性不安之中。"[1]这种不安表现为对未来的不确定,对当下周围的急剧变化的惶恐和无把握感。

其次,社会从有机的传统的社区转向更为疏离、孤立,更为个人主义化的社会。人群涌入大城市寻找生存机会,大城市的生活却是一种"无根的"生活状态。"当工业社会取代了农业社会之后,个体从固态的乡村生活中解放出来,进入流动的城市空间……在其中,个体所面对的都是陌生人,从而也找不到传统的直观的自我认同方式。这种现代性处境,让身处其中的德国人回想起农业社会中的共同体生活,因而也让此时的德国弥漫着一种充满乡愁的精神氛围。"[2]

再次,现代性的二律背反也使社会大众尤其是知识分子面对这个急剧变化的世界产生矛盾的心态。比如对于工厂体制,一部分人热情洋溢地表示欢迎,另一部分人认为它是"埋葬我们的坟墓"[3]。人们一边享受物质财富带来的感官享受,一边感叹精神故乡的消逝,一边沉迷于当下,一边缅怀过去。

总的来说,德国工业革命带来社会物质财富的急剧增加,同时也带来社会文化生活的巨大震荡,对社会群体的情绪产生很大影响,尤其是对自视为德国精神文化代表的"有教养的市民阶层"群体产生很大冲击。

---

[1] 乌尔夫·迪尔迈尔,安德烈亚斯·格斯特里希,等.德意志史[M].孟钟捷,葛君,徐璟伟,译.商务印书馆,2018:240.

[2] 曹卫东,黄金城.德国青年运动[M]//曹卫东.德国青年运动.上海:上海人民出版社,2013:3.

[3] 乌尔夫·迪尔迈尔,安德烈亚斯·格斯特里希,等.德意志史[M].孟钟捷,葛君,徐璟伟,译.商务印书馆,2018:212.

1.2.2 "有教养的市民阶层"的兴盛与青年运动

从 18 世纪开始,"德国的教育改革和工业化的发展"促使德国"有教养的市民阶层"(Bildungsbürgertum)兴起。这个阶层包括通过接受尽可能多的教育而获得公职的非贵族子弟,包括公务员、牧师、教职人员、医生或律师。这个阶层发展出自己独特的精神信仰,"一种使自己在充满权力和世俗实用气息的世界中自我精神贵族化的倾向"[①],尤其是 1871 年后,受教育中产阶级的兴盛,使他们"开始捍卫自身的领导权,重新确立自己作为德意志文化和精神代表的地位"[②]。

概括起来说就是,19 世纪末德国有教养的市民阶层成为社会核心阶层。他们通过教育获得社会地位,也希望自己的后代继续通过教育维持这个阶层的地位,所以他们对子女后代的养育和教育非常重视。

早在 18 世纪,伴随着"有教养的市民阶层"这个新兴市民阶层的兴起,城市市民家庭结构也发生了很大的变化,即"核心家庭私人化"。在这个核心家庭中,住房平面结构发生变化,最为显著的是儿童房的出现,这一现象说明"儿童越来越多地从成人世界里抽离出来",儿童的成长和生活拥有了相对的独立性,"一种特殊的儿童及青少年文学随后发展起来。"[③]这一点也说明儿童已经被看作独立的生命阶段,同时获得了家庭和社会在教育方面的特别重视。

另一方面,在市民家庭的世界中,儿童的家庭教育相对私人化,父母对子女的权威性确立,儿童受到父母的教育或管制,而且一般来说是比较严格的教育管制。一方面是因为新兴中产(市民)阶层为保证自己下一代的阶层身份得以延续,而对儿童的家庭教育和培养成为社会身份再生产的重要途径。另一方面就是现在人们承认,"儿童拥有一种特殊的、与成人明显不同的特征,应该被置于保护之下。……(儿童的社会化)建立在一般'成熟过程'的要

[①] "有教养的德国市民阶层"的兴盛,包括对教育的重视和受教育程度的增加,科技发展对市民阶层的影响,市民阶层的思想观念的变化等内容。参见:方在庆,朱崇开,孙烈,等.科技革命与德国现代化[M].济南:山东教育出版社,2020:36. 童欣.德国历史语境中"Büerger"语义的演变[M]//张建伟.德意志研究 2018.武汉:武汉大学出版社,2019:170-185.

[②] 方在庆,朱崇开,孙烈,等.科技革命与德国现代化[M].济南:山东教育出版社,2020:38.

[③] 乌尔夫·迪尔迈尔,安德烈亚斯·格斯特里希,等.德意志史[M].孟钟捷,葛君,徐璟伟,译.商务印书馆,2018:185.

第 1 章　德国文化传统中的青春叙事

求之上——这种要求既针对道德稳定，情绪稳定及自主性的培养，也针对教养的传授。"[1]这种家庭关系的变化对儿童和青少年的塑造而言产生了多层后果。一方面，青少年儿童受到父母权威的压制，另一方面教育所需的学业任务压榨儿童的生活时间和空间，尤其是相当多的家庭为了保护自己的阶层稳定性，对子女的教育成效提出了过高的要求，从而给他们制造了相当大的压力。而且教育机制的死板及权威服从的要求也限制了儿童的个性发展。可以说，他们"到目前为止只是老一代的附庸，被排除在公共生活之外，被老师们安放在一个被动的角色上的青年们……"。[2]

对家庭后代教育的重视以及家庭中父母对儿童的权威力量发展到19世纪末更为强化。尤其是19世纪末威廉帝国的专制型学校教育对青少年群体产生的负面影响也越来越明显。这个阶段的儿童和青少年在家庭和学校这两个他们生活的主体空间里感到压抑，而时代除了造就这种家庭和学校模式之外，整个现代工业社会如霍尔在他的研究中指出的，"现代都市生活对青少年来说是不自然的、矫揉造作的"[3]，"青少年应该得到一个远离工业社会苛刻要求的庇护所"[4]。可以说这个时期的青少年一方面被整个家庭、社会的教育体制所压制、所束缚，另一方面也正是得益于工业社会的发展以及受教育程度的提高，他们也开始觉醒，他们的自我意识开始发展，开始"尝试着塑造自己的生活，要脱离老一辈的习惯和丑陋的传统，他们追求着一种符合年轻人本性的生活方式，而同时这种方式又提供了一种可能性，使他们的声音能够被严肃地倾听，并作为一个特别的要素加入一种文化的构建中去。浮现在我们所有

---

[1] 乌尔夫·迪尔迈尔，安德烈亚斯·格斯特里希，等. 德意志史[M]. 孟钟捷，葛君，徐璟伟，译. 商务印书馆，2018：185.

[2] Christiane Völpel. Hermann Hesse und die deutsche Jugendbewegung, Eine Untersuchung über die Beziehung zwischen dem Wandervogel und Hermann Hesses Frühwerk[M]. Bonn：Bouvier Verlag，1977：100.

[3] 乔恩·萨维奇. 青春无羁：狂飙时代的社会运动(1875—1945)[M]. 章艳，等，译. 长春：吉林出版集团有限责任公司，2010：67.

[4] 乔恩·萨维奇. 青春无羁：狂飙时代的社会运动(1875—1945)[M]. 章艳，等，译. 长春：吉林出版集团有限责任公司，2010：68.

人面前的，是一个共同的目标：拿出一种新的高贵的青年文化"。[①]

在这种背景下，最终于19世纪末发生声势浩大的青年运动，最为著名的德国"候鸟运动"就是这个青年运动的第一阶段。候鸟运动兴起于1896年，盛行于1899年，至1913年遍布全德甚至波及周边国家如奥地利和瑞士。在此期间由于各种意识形态和利益诉求的不同，各种小团体开始形成，到1913年的时候这些小团体宣布成立统一的团体"自由德意志青年联盟"，并发表"迈斯纳宣言"，宣言强调青少年个体"自己的目的""自己的责任"，追求"内在的真实性"，并宣称"为了这种内在的自由，青年在任何情况下都应参与到一个共同体中"。[②] 从这个宣言就可以看出，反对各种束缚，追求自我和自由，是这个时代青少年们的主要诉求。

事实上此时的团体内部已然形成了两股思潮或派别，即保守派和激进派，前者要求"在漫游中改革生活方式"，后者倡导一种反对家庭和学校的"青年文化"。[③] 而不管是哪个派别，青少年们都渴望脱离父母，反对中产阶级的陈规陋习；反对资产阶级的过分物质化，反对工业文明；他们寻找自身的定位，寻求自由，拒不妥协；他们寻求简单的生活方式，逃离城市，回归自然，通过漫游的方式来探寻一种可能的回归心灵和自我的生活方式。

就其本质而言，候鸟运动是对工业社会物质至上的文化价值观的一种反动，是青年自我教育的形式。[④] 这其中内因是青少年群体追求自我的一种表达，是青春期的反叛精神、创新精神，是他们的激情、他们旺盛的生命力、他们寻找新的身份定位的内在动因。

另一方面，依据曹卫东的说法，青年运动的主体虽然是青少年，但是这些青少年出自有教养的市民阶层，体现的依然是他们的文化价值观。这场运

---

① Christiane Völpel. Hermann Hesse und die deutsche Jugendbewegung, Eine Untersuchung über die Beziehung zwischen dem Wandervogel und Hermann Hesses Frühwerk[M]. Bonn: Bouvier Verlag Herbert Grundmann, 1977: 100.

② 曹卫东，黄金城. 德国青年运动[M]//曹卫东. 德国青年运动. 上海：上海人民出版社，2013: 18.

③ 曹卫东，黄金城. 德国青年运动[M]//曹卫东. 德国青年运动. 上海：上海人民出版社，2013: 18.

④ 邢来顺，吴友法. 德国通史（第四卷）：民族国家时代（1815—1918）[M]. 江苏人民出版社，2019: 491.

动实际上也是青少年所赖以生存的市民阶层的精神诉求,"(青年运动)的理念和话语,表达了这一时期德国市民阶层独特的文化心理。"[1]由于工业革命之后城市新兴资产阶级(资本)的兴起导致"有教养的市民阶级"对自身文化地位产生焦虑感。这个阶层对社会变化感到恐惧,时代的不确定性威胁到其社会地位和价值准则。作为传统文化的代言人,为维护自己的文化优越性和精英身份,他们跟青少年一样,反工业文明和物质文明,批判工业现代性,想要回到过去寻找精神家园。他们"固守自己的道德,将古典教育视为'自在价值',视为根本的身份认同机制。……在这个意义上,候鸟运动的兴起,固然具有代际冲突的青春期心理因素,但从更广阔的文化心理上考量,却也是传统价值在社会转型期寻找新的表达方式的一种路径"。[2]

19世纪末到20世纪初的这场青年"候鸟运动"作为一个重要的思想潮流,对当时及后世的很多文学家、思想家都产生了很大的影响,他们很多人甚至也是这场运动的参与者,他们的创作也与这个思想潮流有着内在精神关联。

1.3 德语文学中的青春叙事

19世纪德国的工业现代化进程及中产阶级社会(尤其是青年群体)的反现代化思潮是20世纪青春叙事得以发生的社会文化背景。但在此之前的德语文学中却有更为悠远的青春叙事传统。不同时期的青春叙事有那个时代的烙印,体现出不同的文化思潮特征。

1.3.1 传统青春叙事

德语文学传统中涉及青春叙事的有发展小说(Entwicklungsroman)、成长小说(Bildungsroman)[3]、教育小说(Erziehungsroman)、学校小说(Schulroman)、青春小说(Jugendroman)等。这些小说类型有很多共同点,这

---

[1] 曹卫东,黄金城.德国青年运动[M]//曹卫东.德国青年运动.上海:上海人民出版社,2013:13.

[2] 曹卫东,黄金城.德国青年运动[M]//曹卫东.德国青年运动.上海:上海人民出版社,2013:14.

[3] "Bildungsroman"有多种译法,国内多表述为成长小说,德语学者谷裕根据研究为其确定的译名为"修养小说"(参见谷裕.德语修养小说研究[M].北京:北京大学出版社,2013)。本书倾向于这个译名,但考虑到读者的阅读习惯,还是采用传统的"成长小说"译名。

也是它们容易被混淆的原因之一,比如主人公都是青少年,以男性为主,大多是一个主人公;都可能涉及十二三岁到 29～35 岁(甚至更远)这个生命阶段;活动区域都可能涉及家庭、学校、社会;主题都可能涉及内心的困惑、苦闷、危机、与父辈(师长)的冲突、爱情以及自我追求等主题;都涉及主人公心理和智力的变化过程(经历)等。

这些类型中尤以成长小说最为典型。这个词首先传入英语世界,出现多种译名,如 novel of education, novel of formation, adolescent novel 等,因为其内涵无法用一个词概括,所以英语里直接引用了德语原词 Bildungsroman。而这个词在中文里有更多表达,如教育小说、成长小说、成长教育小说、成长发展小说、养成小说等,国内多采用成长小说的表述。

众所周知,成长小说是典型的德语文学类型,以歌德的《威廉·麦斯特的学习年代》为典范,并在之后的德语文学、英美文学乃至世界文学中被广泛发展,在我国学界相关研究成果也不少。事实上,成长小说与上述涉及青春叙事的其他小说类型彼此之间关系非常紧密,甚至中文译名还会出现重合的现象。关于这些概念之间的关系和区别的论辩国内有不少成果,本书不再赘述。为避免混乱,本书对此类小说统称为成长类小说。德语成长(类)小说最早可追溯到中世纪的《帕西法尔》,之后是启蒙运动时期维兰德的《阿伽通的故事》,再到歌德的《威廉·麦斯特的学习年代》定型。《威廉·麦斯特的学习年代》被认为是确立了成长小说的范式。之后到 19 世纪,成长发展类小说持续兴盛。

德语传统成长类小说的叙事内容均涉及两个层面,一是叙事主体的自我成长和发展(个体自身),二是叙事主体(个体)与社会的关系。M. H. 艾布拉姆斯认为成长小说的主题是"主人公思想和性格的发展,叙述主人公从幼年开始经历的各种遭遇。主人公通常要经历一场精神上的危机,然后长大成人并认识到自己在人世间的位置和作用……"。[①] 艾布拉姆斯关于成长小说的定义涉及几个要素,即主人公从幼年开始的成长、遭遇精神危机、成熟(长大成人,认清并处理好自身与社会的关系)等。

---

① 艾布拉姆斯. 欧美文学术语词典[M]. 朱金鹏,朱荔,译,北京:北京大学出版社,1990:218-219.

第 1 章　德国文化传统中的青春叙事

如果说艾布拉姆斯关于成长小说的定义更侧重于主人公自身思想和性格的发展和成长,那么其他学者对成长小说的认识则侧重于个体与社会的关系。德语文学研究学者谷裕,她认为,修养小说(成长小说)概念中的 Bildung 一词本身的古典含义就不仅仅只专注于个体和内在,而是特别强调个体与整体、内在与外部实践、私人领域与公共生活的联系,带有强烈的社会和政治诉求。[①] 她认为修养小说(成长小说)"一般有纵横两条线索,纵向是一个年轻人的成长,横向是一个时代的人文景观和生活全景图。两条线索交织,横向为成长提供丰富的阅历,纵向以一个反思的个体对时代进行观察和思考"。[②] 可以看到,在修养(成长)小说以及其他成长类小说中,写个体自我的成长都离不开写社会,即使并非明确地写社会现实,也是通过主人公个体的经历和内在感受来反映社会现实。

人与社会的和解是传统经典成长类小说的一个突出特征。谷裕在分析 Bildung 一词的时候指出,修养小说从 Bildung 这个词的词源本身来看,其叙事的最后结局也一定是达到圆满:Bildung 一词出自启蒙时代,而启蒙思想家认为,"人只要倾听自己内在的声音,跟随天性,就会自然而然地跟随蕴含在自身内部的形式原则,朝先定的目标前行,达到自我实现。在这一过程中虽然会出现错误和迷茫,但结果终将圆满"。[③] 由此可以看出,成长(修养)小说主人公成长历程的最后一定是适应社会,与社会和解,在社会中找到自己的位置。用发展心理学的术语来讲,就是实现了自我的社会认同。

在 19 世纪的德语小说中,人与社会的和解仍然是人生的重要出路。谷裕在其另一部著作《现代市民史诗——十九世纪德语小说研究》中认为,人和人性的问题是 19 世纪德语小说的中心主题,包括两个层面:其一是人的自我发展、自我完善和自我实现问题;其二就是人与社会的关系问题,这两个问题相辅相成。在 19 世纪小说中,主人公虽然"感觉到习俗和传统对人性的压抑,感觉到市民社会的局限与狭隘,不断对自身存在产生怀疑,对现实社会中不合理因素进行怀疑和讽刺",但"不可能逾越自己存在的界限去提倡无限制的

[①] 谷裕. 德语修养小说研究[M]. 北京:北京大学出版社,2013:1.
[②] 谷裕. 德语修养小说研究[M]. 北京:北京大学出版社,2013:前言.
[③] 谷裕. 德语修养小说研究[M]. 北京:北京大学出版社,2013:7.

自由，或对市民社会秩序和伦理道德观念进行批判和颠覆"，这个时期的小说人物大多是"承认人的社会性、接受现实以及为伦理道德辩护"。①

这个结论当然也涵括了19世纪兴盛的成长小说。Susanne在其著作《威廉·麦斯特与他的英国亲戚》一书中认为成长小说主人公经历一系列挫折和不幸，又得到外界引领人或建议者的帮助，最后"经过对自己多方面的调节和完善，终于适应了特定时代背景与社会环境的要求，找到了自己的定位"。② 也有学者认为成长小说就是"主人公成长到不再以自我为中心而是以社会为中心，从而开始形成正在自我时的故事"③，它"要求行与思、改变世界的愿望和完全被社会所接纳之间达到一种平衡"④。

关于成长小说中个体与社会的关系，尤其是主人公最后的结局，他有没有融入社会，被社会所接纳，这些成为成长小说概念本身的争议之一。以巴赫金为代表的一派认为，人的"社会化"是成长小说的基本要素或者说"必然要求"，主人公只有在社会和个人之间建立和谐一致的关系才算完成其"学徒期"，从而真正长大成人。也有人认为，重点是主人公的成长过程，自我教育的过程，只要实现了自我精神的发展，即使最后在个人生活或者社会生活中失败，也可以属于成长小说。⑤ 谷裕把这类小说命名为修养小说也有这方面的考量。

笔者认为，成长小说主人公最后的成长成熟多表现在与自我、与社会和外界达成和解。而如少年维特类型的作品则不被归纳至本系列，应归属于下述的青春期类小说。总的说来，早期成长发展类小说对社会与人的关系持乐观主义态度，在这类小说叙事中，个人与社会紧密衔接，主人公最后都融入了社会，比如成为国家公务员，把工作当作事业来做，等等。

---

① 谷裕.现代市民史诗——十九世纪德语小说研究[M].上海：上海书店出版社，2007：351.
② 转引自买琳燕.走近"成长小说"——"成长小说"概念初论[J].解放军外国语学院学报. 2007(4)：96-99.
③ Roy Pascal. Johann Wolfgang von Goethe "Wilhelm Meister"[A] // Janet Mullane, et al. Nineteenth-Century Literature Criticism (Vol. 20). Detroit: Gale Research Inc., 1989：118.
④ Georg Lukacs. Wilhelm Meister's Years of Apprenticeship as an Attempted Synthesis[A] // Janet Mullane, et al. Nineteenth-Century Literature Criticism. Detroit: Gale Research Inc., 1989(20)：114.
⑤ 孙胜忠.成长小说的缘起及其概念之争[J].山东外语教学，2014(01)：73-79.

第 1 章　德国文化传统中的青春叙事

1.3.2　现代青春叙事与青春期小说

从浪漫派开始,或者说从启蒙运动后期开始,知识界就已出现对启蒙现代性的反思。大多数人推崇启蒙理性带来的积极、乐观和进步精神,推崇工业社会所创造的物质财富,鼓吹物质文明的飞速发展;而少数知识分子看到过度推崇理性对个体精神和情感的压抑,对人的自然天性的摧残,看到现代人的精神痛苦和困境。与此相应,成长发展小说实际上也有两条发展路径,一般来说成长小说中的青春叙事大多带有古典乐观精神和乌托邦理想,尤其是18世纪到19世纪早期,主人公经历了自身的内在冲突之后,大多能与社会达成和解。但自19世纪中期以降,在物质主义、商业思维至上的氛围中,在工作伦理与价值伦理之间,天性重视情感、追求自我的青春个体的发展陷入困境,他们的自我认同和社会认同大多以失败告终,人与社会的关系变得悲观。这种趋势在20世纪的青春叙事中越来越明显。

20世纪80年代左右,西方学者在研究儿童/青年文学的过程中"发现"一种新的文学形式,即"青春期小说(德文为 Adoleszenzroman)"[①]。20世纪50年代《麦田守望者》一书出现,"青春期小说"在美国文学界兴盛,热潮回传至德国,于20世纪七八十年代形成创作热。大量青春期小说的出版推动了研究的发展,形成了专门的理论及研究领域,并于20世纪九十年代在德国成为研究热门。

青春期小说通常为单一主人公形象,且多为中产阶级家庭的男孩(后现代青春期小说中开始出现女性主人公)。其年龄通常是在十一二岁到25～29岁之间(也有人以主人公最终确立自我身份、形成自我意识的时间延后为依据,把年龄扩展到35岁左右)。青春期小说主人公通常会面临或经历系列危机,其问题大多集中在"脱离父母、发展自我价值体系(包括伦理、政治和文化层面)、第一次性经历、建立自己的社会关系(在同龄人群体里建立独立的社会

---

① 英文中表达为 adolescent literature,意为青春期文学。至于德文中的青春期小说和英文的青春期文学是否在内涵上完全对等,学界还存在争议。中国学界也有"青春文学"的提法,也认为青春文学是20世纪80年代出现的新文学形式,但把青春文学归结为主要是由"80后""90后"一代人创作的,主要写学校生活、情感的小说。也就是说普遍认为青春文学主要是由青少年创作,讲青少年生活的小说。而且很多论者认为青春文学没有太多的文学价值。从这个意义上讲,中国青春文学与西方青春期小说的内涵并不对等。

联系、接受或拒绝新的社会角色"等。① 概括起来就是身份危机(我是谁)、爱情危机(通常是失败的爱情)、社会认同危机(与主流社会决裂)。由于青春期的"意义危机和方向迷失"②,青春期小说的主题主要是找寻自我、找寻存在的意义(但这些在后现代青春期小说中已逐渐消失)。青春期小说的结局通常是悲剧,或者至少是开放性的。主人公的努力并没有通向自我认同,也没有获得社会认同,自我的幻灭是常态,自我重构无法实现。总之,青春期小说主人公的问题并没有最终的解决方案。青春期小说在形式上跟德国传统的发展、教育、修养小说类似,不以情节取胜,也无复杂的人物关系,而是以青春期个体为对象,集中描写其内心世界,向读者展示他们的危机和内心纠缠;通常采用第一人称叙述、内心独白的方式,偏好梦境描述和无意识的象征性世界。③

综上所述,青春期小说通常的写作模式是,男性主人公以第一人称独白的形式讲述自己以悲剧为结局的成长过程;讲述其青春期阶段找寻自我的危机经历和内心体验,面对成人社会时的困惑、痛苦,以及灵魂危机和失去方向感。④

青春期小说与前面所述成长类小说有联系也有区别。首先他们都是以青少年男性为主角,但是成长发展类小说写的是主人公一生的成长和发展,侧重于内心发展和成熟的过程,强调自我意识的形成和学习成长的过程。而青春期小说只选取主人公生命中的一个片段(青春期阶段),且侧重写主人公面

---

① Casten Gansel. Adoleszenz und Adoleszenzroman als Gegenstand literaturwissenschaftlicher Forschung[J]. Zeitschrift für Germanistik,2004,14(1):141.

② Beate Schäfer. Adoleszenzroman und Jugendliteratur. Ein Kolloquium des Frankfurter Instituts für Jugendbuchforschung[J]. Julit. Informationen des Arbeitskreises für Jugendliteratur,1991(1):34-40.

③ Heinrich Kaulen. Jugend-und Adoleszenzromane zwischen Moderne und Postmoderne[J]. 1000 und 1 Buch,1991(1):4-12.

④ Beate Schäfer. Adoleszenzroman und Juendliteratur. Ein Kolloquium des Frankfurter Instituts für Jugendbuchforschung[J]. Informationen des Arbeitskreises für Jugendliteratur,1991(17):35. 此外,关于西方青春期小说的介绍还可参见 Carsten Gansel. Der Adoleszenzroman. Zwischen Moderne und Postmoderne[A] // Günter Lange (Hrsg.). Taschenbuch der Kinder-und Jugendliteratur. Band 1. Baltmannsweiler:Schneider Verlag,Hohengehren,2000;Juliane Schulze. Adoleszenz in der Provinz[D]. Düsseldorf:Heinrich-Heine-Universität Düsseldorf,2008.

第 1 章　德国文化传统中的青春叙事

临的问题和挫折,侧重对个体与社会的冲突进行分析和思考,而不在于描述主人公以后成为什么样的人。二者还有一个特别重要的区别就是,发展小说的结局一般是主人公解决问题,完成内心的成长和发展,形成"完美"的人格,并最终实现个体与社会的和解,成为适应当时社会的人。① 而青春期小说最后大多以主人公的失败甚至死亡为结局。

德语世界的青春期小说可回溯到 18 世纪歌德的《少年维特的烦恼》。到 19 世纪末 20 世纪初的世纪转折点时期,青春期小说开始兴盛。这个时期出现系列"学校小说",都可被归为早期现代青春期小说。它们主要写青春期男孩在现代社会中的存在性危机。学校是最佳的故事场景,是一种压抑天性的、专制的、充满刁难和惩戒性的环境,教师通常是权威的、缺乏人性的、冷酷的形象。小说以学生的视角反映他与学校和教师的冲突,他所遭受的压制和痛苦。②

黑塞的《在轮下》就是这个时期的青春期小说典范。除此之外这时期很多重要作家都有作品可以归入此类小说类型,如埃米尔・施特劳斯的《朋友海因》、里尔克的《体操课》、穆齐尔的《寄宿生托乐思的迷惘》等。

早期现代青春期小说的结局通常是悲剧。主人公与学校和教师所代表的成人社会之间的冲突无法解决。他们寻找自我、寻找生命意义的努力通常以失败告终,且大多数以死亡为结局。如果说十八九世纪的发展、教育和修养小说的青春期主人公在追寻自我的过程中也遭受了社会的阻力,但他们最终都实现了自己的目标,找到了自己作为有追求的个体与社会这个集体之间和谐相处的方式,或者说最终都实现了自我,是充满理想和希望的,那么 20 世纪初的青春期小说里主人公就是悲观、失望甚至绝望的,个体与集体的冲突无法解决。因此,这类小说的社会批判意识非常明显。

到 20 世纪 80 年代青春期小说获得新一轮的发展和重视。③ 包括民主德国

---

① 此处可参见 Vito Paoletic. Der Adoleszenzroman heute: eine Herausforderung für Jung und Alt [J]. Libri & Liberi,2018,7(1):95.

② Carsten Gansel. Moderne Kinder-und Jugendliteratur. Ein Praxishandbuch für den Unterricht [M]. Berlin: Cornelsen Seriptor,1999:117.

③ 也有学者把 70 年代民主德国以《少年维特的新烦恼》为代表的系列作品当作新时期青春期小说兴盛的起点。

作家普棱茨多夫(Ulrich Plenzdorf)的《少年维特的新烦恼》,奥地利作家涅斯特林格的《课表》、德国作家奥索乌斯基的《大颤动》、科舍诺的《与克里斯托夫有关的事》(又译作《是谁杀了你》)等。这个时期的青春期小说突破传统的发展、教育和修养小说及早期青春期小说只以男性青少年为主角的传统,开始出现以青春期女性为主角。形式上也出现了一些时代特色,如青少年特有的"行话",小说语言的英语化和夸张等,这些都符合20世纪七八十年代青少年的身份特征。内容上也出现新的时代问题,比如父母离婚对青少年的影响。在主题上,这时期的青春期少年反对传统,反对规范,反对根深蒂固的成人世界的价值观,追寻自我,然而,最终是成人世界占了上风,主人公的抗争以失败告终。

有论者认为,当代青春期小说中不再以同类型小说的传统主题——对自我身份的追寻为目标,叙事的态度不再是拒绝(攻击)性的,而更多表现为一种反讽的特征。这类小说放弃了道德评价,对现代消费社会和媒体社会不再有反叛的立场,而是一种无限制的享乐主义以及对自我的后现代意义上的多面评价。[①] 21世纪青春期小说在后现代语境下得到新的发展,主要表现为在当代社会民主或独裁环境下、全球化环境、移民环境、杂糅环境中青少年对政治和道德身份的看法、成为社会成员的意义、青年一代成为独立自我的建议等等。

1.4 作为青春叙事文本的黑塞小说

黑塞一生中创作了多部长篇和中篇小说,其中绝大多数小说都围绕着青春成长展开。作品的主人公通常是一个男性青少年,都经历了青春期的探索和成长过程。故事围绕这个少年的成长展开,写他面临世俗观念、传统价值观的压力,内心发生冲突,产生危机,陷入精神困境;写他的自我探索,他逃离、追寻,探索自我,寻求自我认同,寻求真理,实现自我救赎。青少年成长过程中的孤独、迷思、焦虑,他们内心的矛盾和挣扎,在黑塞的笔下被

---

① Carsten Gansel. Moderne Kinder-und Jugendliteratur. Ein Praxishandbuch für den Unterricht [M]. Berlin: Cornelsen Scriptor, 1999: 122.

第1章 德国文化传统中的青春叙事

表现得特别深刻。可以说黑塞的小说以其关注青少年的成长为主要特征，属于典型的青春叙事。

黑塞的第一部长篇小说《彼得·卡门青德》写的是少年成长过程中探寻生命意义的故事。主角是一个乡村少年，内心热情丰富，热爱自然，满怀梦想，后来进入都市上大学，但并不喜欢城市里的生活，在那里找不到生活的意义，最终返回乡村，回归自然，通过照顾残疾人波比而找到生命的价值。小说主人公经历一系列内心的危机，最终还是找到了自我，在自然和服务他人中发现自我存在的意义。1910年出版的小说《盖特露德》虽然是以一个女性音乐家的名字命名此书，但小说的主人公却是第一人称叙述者库恩，他通过回忆的方式叙述自己从少年成长为作曲家的故事。

黑塞的早期创作有一部非常重要的小说，即《在轮下》，是写一个少年没有顺利度过青春期，最终死亡的故事。主人公汉斯·吉本拉特是一个十一二岁的少年，出身于普通的小市民家庭，就读于家乡小城的拉丁语学校。因为他天资聪颖，又非常勤奋，成为小城里唯一一个有资格参加邦试的学生。人人都相信他一定能够通过考试。汉斯背负着极大的压力，付出极大的努力，总算顺利地通过了考试，并取得了第二名的好成绩。为了提前为在神学院学习打好基础，在本城牧师和学校教师的要求下，汉斯放弃了难得的假期，又投入勤奋的学习中。伴随着越来越重的学习任务，他的身体越来越差。进入神学院之后，汉斯起初还能认真学习，但是出于天性需要友谊的青春期特征，他与海尔纳结为朋友。这份友谊弥补了他被压抑的天性需求，但是也严重地影响了他的学习。长期的用功和压力严重摧残了汉斯的身体。之后他的境况每况愈下，在海尔纳被学校开除之后，他觉得学习也变得无所谓了，逐渐堕落、沉迷，最后因为严重的神经衰弱症被学校劝退。回乡之后，爱情曾一度唤起汉斯对生命渴望，但后来爱情的失败使他更受打击，后来在去当学徒工不久就因醉酒溺水身亡了。汉斯这个刚刚进入青春期的学生，因为被父亲、学校和社会的功名欲望所压迫，没能顺利走过青春期的心理成熟过程，最终夭折。与其他小说主人公相比，这是唯一一个没有任何反抗意识和行动的个体，也是唯一一个没有形成自我意识的个体。

黑塞创作中期的几部作品如《德米安》《悉达多》《纳尔齐斯与歌尔德蒙》更

是典型的青春叙事。《德米安》是第一人称叙事，主人公"我"——辛克莱是一个十来岁的孩子，出生在一个正派的中产家庭，父母和善，家庭正派。辛克莱在光明的世界中成长，但他自幼对下人的、世俗的、黑暗的世界感到好奇，觉得它们充满诱惑，忍不住想要靠近。辛克莱后来受到一个"坏孩子"的威胁，开始干坏事，偷家里的钱，说谎，在"做恶"的路上越走越远，内心也充满矛盾、冲突和痛苦。这时他的身边出现一个叫德米安的同学，他引导辛克莱重新定义光明世界的世俗道德的意义，重新评价传统、挑战传统，并由此认清自我，最后找到自我。

《悉达多》的背景在印度，主人公悉达多出生于婆罗门家庭，有高贵的出身，良好的家庭氛围，外表英俊，头脑聪明，有美好的光明的前途，所有人都爱他赞美他，但是他并不感到快乐，他想要认识和找到真正的自我。于是他离开家，自己去修行，从做苦行沙门开始，先是精神苦修，后来发现并不能认清自我，于是他进入世俗生活，跟一个妓女体验爱的游戏，跟一个富商学习经商，追逐财富，享受奢侈的物质生活，经历世俗社会的一切之后他又放弃这一切，最后在河边悟道。小说也是一个个体找寻自我，内心成长的故事。

《纳尔齐斯与歌尔德蒙》是黑塞作品中比较少见的明显双主角的作品，主人公纳尔齐斯和歌尔德蒙从小在修道院一起生活，他们一个严肃内敛，追随理性，命定是要献身宗教和神学的；一个情感丰富，热情奔放，热爱生活，热爱自然，热爱一切美好的事物。歌尔德蒙是一个感性的具有艺术家气质的孩子，但是因为他母亲的过错，被父亲送到修道院，认为自己的命运就是为母亲赎罪。纳尔齐斯引导他认识了自己的天性，认识到他属于自然，属于世俗，而不属于思想和神学。于是歌尔德蒙离开修道院去游历，最后成为一名艺术家。这部小说单从实现自我的角度来看，歌尔德蒙才是真正的主角，他通过纳尔齐斯认识到自我的天性，追逐自我并最终实现自我，而后者通过歌尔德蒙的经历反省自我的生命是否完整。

《玻璃珠游戏》是黑塞最后的长篇小说，也是他最重要的集大成之作。小说背景是一个叫卡斯塔里的精英学院，主人公克乃西特从小生活在这个纯粹精神世界和精英世界里，但是在成长的过程中却逐渐对其产生了怀疑，尤其

第 1 章　德国文化传统中的青春叙事

是学院里那个来自外面世俗世界的学生特西格诺利的言谈举止对他产生了致命的吸引力，他也由此对外面的世俗世界产生了好奇，对精英世界存在的基础和未来的命运发出质疑，进而对自己的身份产生质疑，这个过程使他的内心充满冲突和痛苦，但同时这也是他认识自我的过程。克乃西特最后离开卡斯塔里，进入世俗世界，最终死亡。

黑塞的创作中期还有一部非常重要的小说——《荒原狼》，这部作品的主人公是中年知识分子，他觉得自己在这个都市中就像一匹误入人类世界的荒原狼，跟整个社会和人群格格不入，内心崩溃，决心自杀，后来遇到一个酒吧女郎引导他学跳舞，学爱的游戏，并进入魔术剧院认识自我，最后觉得自己具有了继续生活下去的勇气。表面上看来这部作品并非典型的青春叙事作品，缺乏青春叙事所必须具备的条件，即以青少年为主人公，但是主人公哈勒在魔术剧院里重新经历了自己的青少年时期，这个经历对于他认识自我，理解作为中年人的自己所面临的精神困境有着非常重要的意义。

可以说，黑塞的小说叙事基本上都围绕青春期展开，青少年个体成长过程中的意识觉醒、陷入困境、内心冲突、寻找自我、实现自我的历程是其小说叙事的主要逻辑理路。

第 2 章 黑塞小说中的现代青春困境

按发展心理学的观点,青少年早期个体自我意识的萌发、对自我身份同一性的追寻以及与外在世界之间的冲突是青少年认同危机的起点。现代工业文明带来的冲击使青少年在成长的过程中往往会陷入各种困境。青少年的感性自然天性、美好理想等与现代性社会的物质欲望、理性追求、扼杀天性等文明的弊病相冲突,以致其迷失自我、陷入焦虑困境,甚至失去爱的能力,使青春期阶段的身份认同陷入危机。

2.1 冲突与"迷失"

19 世纪末 20 世纪上半叶,在德国社会的急速现代化背景下,尼采宣告上帝已死,自然成为任科学技术和理性欲望宰割的对象,人心无可归依,迷惘、冲突和迷失成为现代性社会中人的存在之常态。而生活于其中的青春期少年,一方面经受生理变化的困扰,一方面承受青春期阶段必然要经历的身份认同危机:"我是谁?我的本质是什么?我的身份是什么?"黑塞的小说主人公在追寻自我身份认同的过程中,都因为其所处世界中种种现代性冲突而迷惘,以致迷失。他们在层层迷雾中找寻自我,有的失败走向灭亡,有的最终冲破迷雾找到自我。

2.1.1 《在轮下》与迷失自我的汉斯

在黑塞的所有小说作品中有一部比较特殊,它的人物命运与黑塞其他作品都不同,这就是他的早期重要小说《在轮下》,它是他成名之后的第二部长篇小说。因为主人公命运与其他作品的不同,使这部小说在黑塞的创作中具

第 2 章　黑塞小说中的现代青春困境

有了重要的开端意义。

主人公汉斯是一个有天赋的少年,他被家人、学校、教会寄予厚望,放弃休息和娱乐时间,拼命学习,把出人头地作为自己的唯一目标,却在考上神学院之后学业受挫;他追求友谊,建立自我身份的尝试却失败了,又因爱无能而被抛弃;他尝试当学徒工,融入社会的努力也失败,最后因醉酒落水而死。

国内对《在轮下》的研究主要从成长主题、人道主义和社会批判主题几个方面切入,论者都看到了小说对德国威廉帝国时期的教育制度的批判和控诉,看到小说主人公成长过程中的悲惨命运,同时也看到作家黑塞在小说中的半自传性写作,尤其是作家童年时期在学校教育制度下所受的创伤记忆对小说形成和作家自我救赎的意义。[①] 西方对《在轮下》的研究也主要从社会批判、教育批判、成长角度等方面展开。[②] 此外,也有论者把《在轮下》划归为专门的一种文学类型"学校小说"进行研究。[③]

笔者认为,汉斯的悲剧命运从小说开始就已经有了预示。汉斯一直生活在众多"目光"的注视之下,在还未形成自我意识之前,他就受到这种代表理性、欲望、功名追求的"目光"的规训,从而迷失自我,及至其自我意识开始萌芽的时候,他已经缺乏内在的力量来对抗这种强大的社会规约。

小说开头,汉斯是一个聪明伶俐、极有天赋的少年,有望挤过独木桥获得国家资助,进入州里的神学院学习,从而摆脱家庭出身的限制,出人头地,将来可成为传教士,或者做一个大学教师。所有人都承认他是一个有前途的人,因此也都在"关注"着他。

在全城人的关注下,汉斯对即将到来的考试充满焦虑和恐惧,而且越来

[①] 参考樊桦. 以文字熔炼灵魂之药——由《轮下》分析小说中人物生成对作者的救赎意义[J]. 辽宁省交通高等专科学校学报,2006(4):73-75;陈壮鹰. 从心灵黑洞走向现实荒原——感受黑塞小说中创伤记忆的自我救赎[J]. 德国研究,2010(1):57-62.

[②] Kartin Marquardt. Hermann Hesses "Unterm Rad" als literarische Bildungskritik[M]// Zur sozialen Logik literarischer Produktion. Die Bildungskritik im Fruehwerk von Thomas Mann, Heinrich Mann und Hermann Hesse als Kampf um symbolische Macht. Würzburg: Königshausen & Neumann, 1997.

[③] Julius Bach. Der deutsche Schülerroman und seine Entwicklung[D]. Uni. Münster/Westf., 1922.

越厉害。面对根本不相信他考不上的牧师,汉斯担心考不上会没脸见他。他"颓丧地悄悄溜回家"(这使我们想起考完试之后汉斯的心态:考完试之后,觉得自己"肯定考不取"的汉斯回家时,庆幸车站没有熟人,他可以"不引人注意地赶回家去"),这个时候他对考试的焦虑使他害怕那些热切的关注的目光。在这些目光的注视下,汉斯处在深深的恐惧中。他感到悲哀,不由得想起他那已经成为遥远过去的美好欢乐的童年。童年在汉斯心里代表的是无忧无虑、快乐单纯的一种理想、和谐的状态。他眷念童年,但被外界的力量裹挟着前行,无力反抗,只能对学习书籍发泄:"他就一辈子做一个他瞧不起的、绝对不愿做的庸庸碌碌的穷人。他那张俊俏聪明的学生脸扭成一副充满愤怒和痛苦的怪相,……怒气冲冲地跳了起来,用力吐了口唾沫,抓起那本放在一旁的拉丁文文选,使出全身力气朝最近的墙壁上扔过去,然后跑了出去。"①

汉斯的心理活动已经暗示了他被规训的身份意识:不愿再当"庸庸碌碌的穷人"②。考试前夜,在自己的小房间里,汉斯带着焦虑和恐惧回想起自己长久以来在这里"与疲倦、瞌睡和头疼搏斗",在各种学科练习里"熬过长长的夜晚,坚韧不拔,执拗倔强,追求功名心切,但也常常濒临绝望",但他觉得这些比男孩子们的嬉戏更有价值。汉斯"在幻想和憧憬中摆脱了学校、考试和一切,进入高级人士圈子",感到"一种狂妄而又幸福的预感,似乎他真的和那些脸蛋胖胖的、性情开朗的同学们不一样,比他们高明,而且有朝一日也许可以从遥远的高处傲视他们"。③

叙述者冷静而略带讽刺的旁观语气似乎预示了汉斯以后的命运。他虽然恐惧考试,但他已经在幻想中为自己定了位,他的身份应该是成功的"高级人士"。因此,他才更恐惧考试,恐惧失败,恐惧做个穷人。此时的汉斯已经被教师、家长的市民社会的目光所规训,通过考试是他唯一的身份确认方式,在考试的焦虑中他才意识到自己的危机。他感到悲哀,想要反抗,但是他已经被规训,反抗的力量都没有,只是悄悄地愤懑地甩掉童年的那些"破烂",即使在做这个事情的时候,父亲问他做什么,他也不敢明说,他不敢有明确

---

① 赫尔曼·黑塞. 在轮下[M]. 张佑中,译. 上海:上海译文出版社,1997:22.
② 赫尔曼·黑塞. 在轮下[M]. 张佑中,译. 上海:上海译文出版社,1997:22.
③ 赫尔曼·黑塞. 在轮下[M]. 张佑中,译. 上海:上海译文出版社,1997:11.

第 2 章 黑塞小说中的现代青春困境

的反抗。

在汉斯去首府参加考试的时候,叙述者似乎不经意间描述了一个小插曲:汉斯跟着姑妈下楼,在楼梯上碰见一个胖胖的、样子很高傲的女人,她似乎是来自上层社会,因为姑妈还要向她行屈膝礼。这个陌生的胖女人在跟姑妈谈话的过程中一再从头到脚地打量他(这种打量、观察、看的方式本身就代表着一种好奇、不相信、怀疑的态度),让汉斯觉得是恼人的事。这里似乎暗示了汉斯通过邦试成为有地位的人的努力难以实现。

汉斯被规训的心态尤其在考试结果出来之后反应特别明显。在得知考了第二名的消息之后,他第一反应是自己完全也可以考个第一名。他出去钓鱼,想到同学们还在教室里上课,撇撇嘴表示瞧不起。面对同学羡慕或佩服的询问,他展现出一副洋洋自得、自满的神情和自我肯定的形象。汉斯在他人羡慕的表情中获得了自我认同感,找到了自己存在的感觉。之前考试给他带来的焦虑和恐惧现在转化为获得他者认同和自我认同的自满。他的悲哀在于他的自我认同感只有通过考试成绩才得以确定,这也是之后他宁愿放弃假期的欢乐,并非不自愿地补课,进入神学院之后卖命地学习的根源,也是造成他的悲剧的根源。

得知获得好名次之后的汉斯一度想下河游泳,但马上想到自己"已经长得够大了"[①],不能再干这种父亲会禁止的淘气事了。汉斯内心开始认同家里的禁止。而在不久前他去钓鱼时还无限眷恋童年,对自己被迫远离童年欢乐还满怀愤懑之情(他愤怒地丢掉童年的玩具只是他的一种消极的反抗形式)。如果说在考试之前他还只是被动、无奈地告别童年,那么现在他是在自己意识里开始主动告别童年,觉得自己不再是小孩子了,暗示着他要自觉踏着父辈为他规定的道路前进,走上成年人走的路。

因此,在考完试之后学校老师和牧师要他继续学习,为神学院学习做准备,汉斯并没有丝毫反对,因为"名列前茅是他坚决想做到的。究竟为什么?他自己也不知道",他只知道"三年来大家都注视着他。老师、牧师、父亲,尤其是校长,都鼓励和督促他不断努力学习。在整个一段长长的时间里,从

---

① 赫尔曼·黑塞.在轮下[M].张佑中,译.上海:上海译文出版社,1997:30.

一个年级到另一个年级,他始终是无可争议的第一名"。① 汉斯在社会和他人的"注视"下失却了自身的身份定位,迷失了自我,在他人和外在的注视下错误地建构了自己的身份角色。外在的注视是一种权威,使对象把外在要求内化为自己的角色想象。牧师、校长以及他的父亲挖掘出小汉斯的虚荣心和野心,让他争取第一名。这种虚荣心和野心现在使汉斯不得安宁,使他自觉放弃假期,全身心投入学习中,使他受到煎熬,使他经常性的头疼越来越厉害。

小说第二部分也就是汉斯进入神学院之后的经历,是他命运的重要转折点。由于之前被灌输了追逐功名的思想,汉斯想要确立自己的主体意识和身份意识的唯一途径就是勤奋学习、名列前茅。在入学之初他总是独来独往,只关心自己的学习成绩。后来出于青春期对同伴和友谊的渴求,与热情而又活力的"差生"海尔纳建立友谊,后被学校拆散。他的头疼越来越厉害,精神状态越来越差,最终无法继续学业而退学,然后被那些人遗弃。在遵从父命进工厂当了学徒之后,为融入群体而喝酒,喝醉之后开始担心和恐惧父亲的责骂,进而感到沮丧、痛苦、羞愧、自责,最后在这些混合的情绪下,他(不知是有意还是意外)失足掉进河里淹死了。父亲虽然不在身边,父亲的影响却无时不在,汉斯"学会了用他们的眼睛来看自己……他们虽然不在场,但他们却留下了注视,与光线混合在一起的注视"。②

汉斯的生命冻结在青春期,他没有获得自我成熟的机会。小说中反复出现与"注视"相关的词——"看""眼睛""目光",暗示了汉斯的生命被这些无形的力量和权力所监控、所规约。他柔弱的天性(缺乏母亲的家庭)以及还没有来得及建立的自我意识,使他没有形成强有力的力量来反抗父亲的世界和学校的权威,没能走上自主发展的道路,获得自我身份感和完整性。他的悲剧在于他还没来得及建立自我意识,他的天性就被外界社会的功名欲望所压制,他在他人和社会的欲望裹挟之中迷失自我。

2.1.2 在二元对立世界之间游离的青春期少年

除了《在轮下》之外,黑塞的其他小说中也都写了青春期危机以及冲突,

---

① 赫尔曼·黑塞.在轮下[M].张佑中,译.上海:上海译文出版社,1997:36.
② 萨特.词语[M].潘培庆,译.北京:生活·读书·新知三联书店,1988:58.

第 2 章　黑塞小说中的现代青春困境

这些小说主人公虽然最后都实现了内心生活的完善,但他们都经历了青春期的危机和冲突,他们都在外在的引导下认识到危机的所在,最终战胜了危机,但青春期阶段的冲突、危机及战胜危机的经历对于他们自我的成长具有重要的意义。

《德米安》与游离于光明与黑暗世界之间的辛克莱

发表于1919年的小说《德米安》是黑塞转折期的重要作品。在这部小说中,光明世界与黑暗世界的冲突是主人公青春期危机与冲突的主要表现形式。《德米安》的主人公辛克莱还是小孩子的时候就意识到"黑暗世界"的存在,并受其吸引和诱惑,一度成为一个"坏孩子"。可以说在《德米安》中,人物的身份危机、对自我的质疑与追寻以及自我的重新建构都是和"黑暗世界"与"光明世界"的冲突紧密联系在一起的。故事开始的时候,辛克莱十岁左右,在家乡小城的学校读书,家境良好,生活无忧无虑,充满光明和爱。然而这个年纪的小辛克莱在家庭的"光明世界"之外,强烈地感觉到了另一个黑暗的世界,这两个世界在他的内心形成冲突。虽然这个黑暗世界对小辛克莱来说是一种"威胁性的存在"[1],但它对他的诱惑力似乎更大。第一人称的叙述者详细地讲述了第二个世界的情形:

"第二个世界中有女仆和小工匠,有鬼怪和奇谭,那里流溢着无数恐怖却又魅力无穷的神秘事物,有屠场和监狱、醉鬼和泼妇、产仔的母牛和失足的马,有关于偷窃、凶杀和自缢的故事。这些美妙而可怕、野蛮而残酷的事件无处不在。在咫尺之遥的街巷或庭院中,警察和流浪汉随处可见,醉醺醺的男人打老婆,夜晚时分,少女纺的线团从工厂中汩汩滚出来,老妇能对人施咒致病,强盗们藏身在森林中,纵火者被乡警们逮捕——浓烈逼人的第二个世界四处奔涌,袭面不息,无处不在。"[2]

这个与父母世界截然不同的世界,这"喧嚣和尖叫、阴暗而残酷的一切"在小辛克莱看来也是非常美妙的。然而对于辛克莱来说最奇妙的是这两个世

---

[1] Helga Esselborn-Krumbiegel. Hermann Hesse, Literaturwissen für Schule und Studium[M]. Stuttgart: Philipp Reclam jun. GmbH. & Co., 1996: 52.

[2] 赫尔曼·黑塞. 德米安:埃米尔·辛克莱的彷徨少年时[M]. 丁君君,谢莹莹,译. 上海:上海人民出版社,2009: 8.

界如此紧密地连接在一起。他发现在一个人身上竟然也同时并存两个世界，比如家里的女仆莉娜，她在祈祷的时候属于光明和真理，属于第一个世界；而这一刻结束之后，她在厨房或马厩讲鬼怪的故事，跟邻居破口大骂，这个时候她属于第二个世界，"浑身藏着秘密"。甚至在小辛克莱自己的身上，他也发现了两个世界的影响："毫无疑问，我自然站在光明和真理的一方，我是父母的孩子，然而我又无时不在见闻另外一个世界，虽然那里于我如此阴森而陌生，经常唤起我的内疚和惊惧，但我同时也生长在那里。某些时候，我甚至情愿自己活在那个禁忌王国中……"[①]

辛克莱发现，他的正规道路就是以父母为榜样，成为光明而纯净、成熟而规整的人。这个成长的过程很漫长，有一段很长的道路需要去征服，而这条道路的边上就是另一个黑暗的国度，这另一个世界对他有不小的诱惑力，以至于他必须非常小心，一不小心就会身陷其中。因为他一直觉得这个"邪恶"的世界更诱人，令人心生惬意，给人一种微妙的暗示。

就这样，小说开头关于两个世界的叙述暗示了小辛克莱之后自我意识的发展与"恶"的世界的纠缠。小辛克莱命运之路起源于一个叫作弗朗茨·克罗默的体格健壮、性格粗鲁的裁缝及酒鬼的儿子。按照辛克莱父母所属的那个光明世界的标准来看，克罗默是一个十足的坏孩子、无赖。在一次辛克莱与同伴闲逛的时候，克罗默加入进来。辛克莱的命运就从这一刻开始转变。在克罗默的诱导和威胁下，辛克莱开始说谎、偷东西，又因为做这些事被克罗默控制，听从他的安排，继续做一些坏事，经历内心的煎熬，从此性情大变，成了父母眼中的问题孩子。直到一个叫作德米安的大男孩出现，才结束了他噩梦般的命运。

这个过程虽然只有短短的几个月，但是对辛克莱来说仿佛有一生之久。他把克罗默对自己的控制，把自己对克罗默的恐惧当作了自己的命运，并在这条道路上越滑越远。辛克莱之所以会服从克罗默，是他在观察他的周围世界的时候领悟到，光明世界与黑暗世界并不是泾渭分明，而是相互渗透的，

[①] 赫尔曼·黑塞.德米安：埃米尔·辛克莱的彷徨少年时[M].丁君君，谢莹莹，译.上海：上海人民出版社，2009：9.

第 2 章　黑塞小说中的现代青春困境

这诱发了他隐隐的对父辈理性世界、对传统反叛的渴求。但是光明世界的出身，良好的家庭教育，使辛克莱在表层意识里受到道德的煎熬。他恐惧克罗默，渴望回归正常、光明、温暖、充满爱的童年之家，父母之家。因此他陷入严重的思想冲突之中。

《纳尔齐斯与歌尔德蒙》中陷入理性与感性冲突的歌尔德蒙

发表于1930年的长篇小说《纳尔齐斯与歌尔德蒙》写的是两个性格禀赋各异的人自少年至成年期间的友谊，艺术家（雕塑家）歌尔德蒙一生成长的故事是小说的主体。小说主要写歌尔德蒙寻找自己的艺术家身份的过程，他对身份的迷误在于感性与理性的冲突，他走入歧途的原因在于童年时代被代表理性的父亲压制和误导。

歌尔德蒙还是一个小小少年的时候就被父亲送到了修道院。在修道院的时间是他的青春期发展时期，他在这里与纳尔齐斯——一个注定要成为神学家的孩子，理性的代表——的友谊引发了他青春期危机的爆发。正是纳尔齐斯引导歌尔德蒙认识到自己的天性，从而与从小被父亲灌输的献身理性的理想发生了强烈冲突，引发了他内心的危机。

小说花了大量篇幅来描写歌尔德蒙的天性。歌尔德蒙是一个文弱的美少年，是感性和艺术美的化身。歌尔德蒙对自然的敏感在小说中出场的时候就有浓墨重彩的描写。比如父亲送他来修道院的时候，刚进来他就对大门口那棵光秃秃的栗子树产生了兴趣，觉得它"多么漂亮和稀罕"；在与父亲告别时，歌尔德蒙"金黄的长睫毛上挂着泪珠"；之后他去看父亲留下来的小马，"想去问候它一下，看它在这儿过得好不好"[①]，还把早饭时剩下的面包喂给小马吃。就像纳尔齐斯所观察到的，歌尔德蒙"容光焕发，朝气蓬勃"，"有一颗童心"，还"是个梦想家"[②]。

就是这样一个敏感而又充满热情的男孩，他本身却认定自己是要把一生都献给神学院的。歌尔德蒙既然本身就是一个对美很敏感的人，为何决定献身代表冷静、禁欲、理性的神学？叙述者说这是他自己的意愿。实际上，这

[①] 赫尔曼·黑塞.纳尔齐斯与歌尔德蒙[M].杨武能，译.上海：上海译文出版社，1998：34.
[②] 赫尔曼·黑塞.纳尔齐斯与歌尔德蒙[M].杨武能，译.上海：上海译文出版社，1998：39.

只是歌尔德蒙对"他父亲的希望和指示"的一个反馈。正是由于他父亲的影响，让歌尔德蒙误以为这是他自己的意愿，也误以为这就是"上帝本身的决定和要求"。①

这个迷误在于他的出身。他身上承载着一个重负，这个重负来自他的母亲。她是个"美丽而放荡不羁"的女人，结婚之后在家里"闹别扭，勾引野汉子"，到处鬼混，还老是跑得不知去向，最后终于失去了音讯；而他的丈夫在常年经受"不安、恐惧、耻辱和没完没了的震惊"之后，精神遭受重大打击，变得"憔悴和虔信起来，竭力给歌尔德蒙的脑子里灌输一个信念：他必须献身于上帝，以赎补做母亲的罪孽"。②

这些关于母亲的描述，几乎完全出自父亲之口。在这个家里，代表感性的母亲缺席，代表理性的父亲占据了话语权，父权压制歌尔德蒙必须献身神学。因此他不可避免地产生了心理危机，产生了痛苦和焦虑。一个人如果对自己的身份不明确的话就会产生焦虑。在神学院里歌尔德蒙"隐约感到纳尔齐斯对他是一种危险"，但他"又苦心孤诣地效法他们，效法着这两个水火不相容的极端"，因此这对他的本质又是一种压抑，使他"不少时候感到心烦意乱，无所适从"，"久而久之，他的痛苦有增无减，以至于仅从他的外表上都可以看出来，他面颊消瘦，目光暗淡，人们再也难看到他那讨人喜欢的笑容了"。③神学家纳尔齐斯代表的是理性，歌尔德蒙的天性抵制这种理性。但这个时候歌尔德蒙还并不清楚自己的状况，他对自我还没有形成明确的认识，他一心想当一个修士，丝毫没有感觉到自己心中还有什么别的欲望。

所以当他发现自己达不到这个目标的时候，内心的焦灼和痛苦无以言表，这种无法言传的潜在的痛苦反应在他的身体上，他感到身体"倦怠""头疼""烦恼""不快"。④ 这种内心的冲突在一次被同学"邀请"，半夜和几个小伙子"犯禁"⑤溜出校门去拜访几个女孩——或者说他自身面对这种"冒险"⑥的诱惑欲

---

① 赫尔曼·黑塞.纳尔齐斯与歌尔德蒙[M].杨武能，译.上海：上海译文出版社，1998：38.
② 赫尔曼·黑塞.纳尔齐斯与歌尔德蒙[M].杨武能，译.上海：上海译文出版社，1998：77.
③ 赫尔曼·黑塞.纳尔齐斯与歌尔德蒙[M].杨武能，译.上海：上海译文出版社，1998：40.
④ 赫尔曼·黑塞.纳尔齐斯与歌尔德蒙[M].杨武能，译.上海：上海译文出版社，1998：43.
⑤ 赫尔曼·黑塞.纳尔齐斯与歌尔德蒙[M].杨武能，译.上海：上海译文出版社，1998：42.
⑥ 赫尔曼·黑塞.纳尔齐斯与歌尔德蒙[M].杨武能，译.上海：上海译文出版社，1998：43.

第 2 章　黑塞小说中的现代青春困境

拒还休——的情况下到达极点。面对姑娘们，歌尔德蒙内心再一次产生冲突，他觉得自己犯了严重的过错，违背了他决定要过"清心寡欲的修士生活"①的誓言，但他的天性却违背了他的意识，他虽不参与小伙子们在姑娘面前的卖弄和小动作，却忍不住用带着些许欲望的目光偷偷瞟一眼他们的亲热举动。最后告别的时候，其中一个美丽的少女拉了拉他的手，并吻了他一下。少女的这一吻让歌尔德蒙彻底崩溃。第二天，他"无精打采，面色很坏"②，好像要病倒了似的，当纳尔齐斯询问他的时候，他甚至放声大哭起来，带着一种"绝望的情绪"③。躺在病床上，歌尔德蒙努力想忘掉昨天晚上的事情，想忘掉姑娘的小手和亲吻，但他费尽心思也都是徒劳。女孩的吻唤醒了他内心沉睡的激情和欲望，而这与他自身要当修士的坚定愿望是相违背的，他内心的冲突达到了顶点，完全把他打垮了，因为"父亲决定他过僧侣的生活，他非常情愿地接受了这一决定，带着青春时期初次迸发的狂热心情向往着那虔诚的、英雄般的苦修的理想"④，而这一切都被这次幽会从根本上破坏掉了。

歌尔德蒙自身并没有意识到这一点，而纳尔齐斯很清楚地看到他"那旺盛的精力和蓬勃的朝气"⑤，他看到歌尔德蒙的天性根本不适合做苦修者，他也根本不相信歌尔德蒙自认为"命定"要当修士和苦修者的说法。他清楚歌尔德蒙的天性"被一层坚硬的外壳包裹着：自身的妄想、教育的失误、父亲的训诫等等"。⑥ 纳尔齐斯要把这层外壳撬开，让歌尔德蒙认识到自己的问题所在，让他明白自己的天性和真正的使命，而这对于歌尔德蒙来说是一个艰难的过程。当纳尔齐斯终于挑明这个问题的时候，歌尔德蒙内心的震动使他晕倒。醒来之后，他开始回忆他的过往生活。母亲的形象在这个时候出现，引领他发现和发展自己的天性，走适合自己的路。

歌尔德蒙的自我身份冲突的根源在于理性和感性的冲突，以及理性对感性的压制，一旦感性天性获得了解放，他就会找到自我的同一性，实现真正

---

① 赫尔曼·黑塞. 纳尔齐斯与歌尔德蒙[M]. 杨武能，译. 上海：上海译文出版社，1998：44.
② 赫尔曼·黑塞. 纳尔齐斯与歌尔德蒙[M]. 杨武能，译. 上海：上海译文出版社，1998：46.
③ 赫尔曼·黑塞. 纳尔齐斯与歌尔德蒙[M]. 杨武能，译. 上海：上海译文出版社，1998：48.
④ 赫尔曼·黑塞. 纳尔齐斯与歌尔德蒙[M]. 杨武能，译. 上海：上海译文出版社，1998：49.
⑤ 赫尔曼·黑塞. 纳尔齐斯与歌尔德蒙[M]. 杨武能，译. 上海：上海译文出版社，1998：51.
⑥ 赫尔曼·黑塞. 纳尔齐斯与歌尔德蒙[M]. 杨武能，译. 上海：上海译文出版社，1998：51.

的自我。

《玻璃珠游戏》中精神世界与世俗世界之间的克乃西特

1943年出版的《玻璃珠游戏》是黑塞最后的大作。小说写从小生活在纯精神王国卡斯塔里中的克乃西特成长为集团的最高行政长官玻璃珠游戏大师的一生历程。小说主人公克乃西特是一个无父无母的孤儿，从小被卡斯塔里教育集团收养，致力于献身卡斯塔里。在最初的学生年代，克乃西特还是一个十一二岁的小少年的时候，就经历了第一次"感召"。卡斯塔里的音乐大师带领他体会到精神生活的神圣，使他确立了自己对精神世界的信仰，感觉到自己注定要奉献给精神生活。但是在这个时期，影响他一生的命运，直至最后反叛卡斯塔里的一个决定性因素已经出现。那就是他认识到除了这个精神王国之外还有一个世俗的世界，这个世界对他有着强大的吸引力。成为大师后他内心并不安于现状，思考精神和怀疑精神使他看到卡斯塔里的危机，最后他辞去职务，决心教育世俗社会的一个孩子，最后为救孩子而意外淹死在湖中。

克乃西特在少年的时候决定献身精神世界，但也就在这个时期，他开始接触世俗世界，而世俗世界的存在也引发了他的思考。精英学校的同学被开除而离校这种常见的事情，使克乃西特意识到，被开除回家或许对这个学生来说不是惩罚，反而是他所乐意的。由此他领悟到，还有一个与这个精英王国相对的遥远的"外面的世界"存在，它对精英学生有巨大的吸引力；返归现实世界并不代表对精神的反叛和堕落，反而是一种"向前跃进和向上运动"，是勇者的行动，而那些规规矩矩留下来的人其实是"弱者和懦夫"。[①] 这个认识使克乃西特产生了超越自我的意识。即将离开艾希霍兹进入高一级学校华尔采尔之前，他跟同学讲到离开的意义时，表达了自己对那些逃离卡斯塔里的人的尊敬，认为他们有一种反叛的震慑人心的伟大力量，他们做了自己想做的事情，体现出勇气和冒险的精神。而他自己这类人，勤勉学习，老实听话，又十分理智，但不会也不敢有行动，"不曾向前跃跃"。克乃西特希望自己将

---

① 赫尔曼·黑塞.玻璃球游戏[M].张佩芬，译.上海：上海译文出版社，1998：61.

第 2 章 黑塞小说中的现代青春困境

来在必要的时候也能"忘却自我",向前向着更高的远处跳跃。①

这一时期对于理解克乃西特将来的命运非常重要。他在自己的青少年时期就已经有了对精神王国之外的世俗世界的认识和肯定,并渴望超越自我。尤其重要的一点还在于,这个时期的克乃西特虽然蒙受感召,决心全心为精神服务,但同时他还保持自己独立的个性和勇气,敢于违背卡斯塔里集团不适合他本性的要求,比如据说他受过一次惩罚,是因为他拒绝向校方透露一个违背校规的同学的姓名。

进入华尔采尔的第一天——这个学校的目的就是培养能够协调科学与艺术的人才,而玻璃珠游戏就是这种协调的象征,克乃西特一方面对这个精神王国充满激动渴望之心,感觉比在艾希霍兹时期更为接近精神世界的中心,但是同时他又马上注意到这座城市的另一种魅力,那就是小城本身——一个小小的凡俗世界。他的灵魂马上对这一切做出了反应——这一点是他一生发展的各个阶段转折的引线。在华尔采尔,克乃西特与来自世俗世界的旁听生特西格诺利·特西格诺利建立了既是朋友又是对手的特殊友谊关系。特西格诺利发表对世俗世界的辩护,他对卡斯塔里的批判引发了克乃西特内心的冲突和危机。

克乃西特对特西格诺利的演说既感到"不安甚至恐惧",但又觉得被"巨大的诱惑力所吸引",感到自己与他的演说之间具有"某种极严肃的关系",因为之前他自己也对这个精神世界产生过怀疑,而一旦从这个来自活生生的世俗世界的特西格诺利那里印证了自己的"怀疑确实存在或者有存在的可能性",他便感到痛苦,这是一种混杂着强烈的冲动和良心上的负疚感的东西"。② 克乃西特的痛苦在于,他自身是完全维护卡斯塔里的,他属于这个团体,接受它的准则和价值观,但他无法简单否定特西格诺利的批评。特西格诺利的话唤醒了他内心的共鸣,甚至"有时候非常强烈"③,迫使他支持对方的见解。从心理学的角度看,特西格诺利实际上是克乃西特自身精神与世俗的冲突,克乃西特的痛苦在于与内心的世俗性——他的另一个自我的斗争。

---

① 赫尔曼·黑塞.玻璃球游戏[M].张佩芬,译.上海:上海译文出版社,1998:66.
② 赫尔曼·黑塞.玻璃球游戏[M].张佩芬,译.上海:上海译文出版社,1998:86.
③ 赫尔曼·黑塞.玻璃球游戏[M].张佩芬,译.上海:上海译文出版社,1998:86.

之后特西格诺利的主动接近让克乃西特"日益感到痛苦"①。在内心的冲突中，克乃西特日益感到自己正面临一个"大灾难"②，而自己没有能力改变。他不得已转而求助于他的保护人和灵魂导师——音乐大师，向他倾诉了自己的困惑和痛苦。音乐大师显然非常重视克乃西特的问题，他亲自来见克乃西特，并让克乃西特充当卡斯塔里的辩护人，与特西格诺利展开公开的辩论。

克乃西特表面上虽然能够圆满完成任务，为卡斯塔里精神做辩护，但是内心却很苦恼。他"确知自己属于卡斯塔里，必须过一种规定给卡斯塔里人的生活，没有家室之累，没有奢侈娱乐，没有报纸杂志，但也不忍饥受寒"③，但特西格诺利所属的那个真实世界已经逐渐赢得了他的认识和感情："那里有慈爱的母亲和孩子们，有饥饿的穷人和他们的家庭，有新闻报刊和选举竞赛"，特西格诺利每到假期的时候就会回到"那个既原始又精致的世界里，去看望他的双亲和兄弟姐妹，向姑娘们献殷勤，参加职工集会，或者去高雅的俱乐部做客"。④

克乃西特内心产生激烈的思辨。他意识到另一个世界，也就是特西格诺利所属的那个世俗世界确实存在，而且永恒存在。这个世界里的人过的是一种"比较单纯、原始、混乱，也比较危险的无庇护的生活"⑤，而克乃西特的世界——卡斯塔里的精神世界"是一种更有秩序、更受庇护、同时又需要持续不断发展改进的人工创造的世界"⑥，这两个世界"为什么不能和谐协调，不能兄弟般和睦共处呢？为什么人们竟不能够让两者在每个人的心里联合一致呢"⑦？克乃西特无法找到答案。

这个冲突再一次成为克乃西特的灾难。他"面容疲惫，目光烦躁，动作紧张"，以至于在与音乐大师的对话中也是"愁眉苦脸和拘谨寡言"，连对话都无法继续。音乐大师以自己青年时期走上歧途的亲身经历，提醒克乃西特要在

---

① 赫尔曼·黑塞.玻璃球游戏[M].张佩芬，译.上海：上海译文出版社，1998：86.
② 赫尔曼·黑塞.玻璃球游戏[M].张佩芬，译.上海：上海译文出版社，1998：87.
③ 赫尔曼·黑塞.玻璃球游戏[M].张佩芬，译.上海：上海译文出版社，1998：90.
④ 赫尔曼·黑塞.玻璃球游戏[M].张佩芬，译.上海：上海译文出版社，1998：89-90.
⑤ 赫尔曼·黑塞.玻璃球游戏[M].张佩芬，译.上海：上海译文出版社，1998：90.
⑥ 赫尔曼·黑塞.玻璃球游戏[M].张佩芬，译.上海：上海译文出版社，1998：90.
⑦ 赫尔曼·黑塞.玻璃球游戏[M].张佩芬，译.上海：上海译文出版社，1998：91.

自己的内心寻找力量的源泉，进行潜修静默，回归内心，使自己的精神和灵魂在"协调和解中"得到更新。克乃西特意识到自己对静修的忽略，也认识到任何人即使走上歧途，也可以自行结束错误，回转正途。就这样，克乃西特克服了自己的危机，迈向下一个阶段。①

2.2 现代性焦虑

"焦虑像一席流动的盛宴，每个时代都有不同的理解。"②可以说每个时代都存在焦虑，但不同时代的焦虑内容和表现出来的症候却不尽相同。作为现代社会存在的本相，焦虑是各类文学作品竞相描绘的对象。黑塞的作品写青春期少年的认同危机，焦虑也是这些主人公的特征之一。但从青春期成长本身来说，因为对未来的不确定性，因为与外在世界的冲突，都会使青春期个体产生焦虑，造成内心危机，同时身份认同危机又会加重焦虑，可以说有青春期危机就会有焦虑。在黑塞绝大多数作品中，其主人公因为有较强烈的自我意识，虽然在早期也经历迷失和冲突，但最终都能摆脱焦虑，实现自我。而他的早期小说《在轮下》中，汉斯因为没有发展出自我意识，被社会的欲望规训，无法解决内心的冲突，他的焦虑无法获得解脱，无法重构自我，注定走向悲剧结局。在这部作品中，作家对汉斯给予了深刻的同情，他对汉斯的焦虑状态着了很多笔墨，甚至还探讨了造成汉斯焦虑的社会文化根源。

2.2.1 焦虑是现代性社会的基本特征

随着现代化的进程加快，焦虑成为席卷全社会的一种普遍情绪，甚至几乎可以说是全民焦虑：升学焦虑、就业焦虑、身材焦虑、容貌焦虑、社交焦虑等，涵括了社会生活的方方面面，此外人们还"发明"了利益焦虑、价值焦虑、身份认同焦虑、政治性焦虑等名词，甚至还有"社会转型期的文化焦虑"。那么，焦虑的本质特征是什么，它是如何产生的，从心理学和社会学的角度又有哪些解释，又是如何成为全社会性的一种普遍情绪的呢？

关于"焦虑"，学者普遍认为是一个现代性的概念，是随着现代社会的产

---

① 赫尔曼·黑塞.玻璃球游戏[M].张佩芬，译.上海：上海译文出版社，1998：91.
② 戈登·马里诺.存在主义救了我[M].王喆，柯露洁，译.北京：北京联合出版有限公司，2019：4.

生而产生的。对于其内涵，各类学者依据不同的学科基础，从心理学或精神分析学的角度，或者从社会学的角度对其展开分析。

中国学者张志平从中文字形的构成来分析焦虑的内涵意义。他认为"虑"是"一种与欲望、价值、利益或目的相关的'图—谋'。'虑'一方面意味着自我在为欲望、利益、目的或价值的实现而谋划，另一方面也意味着在此过程中自我不再心如止水，而是被不确定性搅得难以安宁"。[①] 可见"焦虑"指涉的是一种精神上的感受，而且是一种与欲望密切相关的感受。也有学者认为，焦虑"是一种担忧的期待，即人们面对将要发生的、与己密切相关的事情时产生的一种焦躁（fretful）、不安（anxious、discomfort）、忧虑（worried）、抑郁（depressed）等感受交织成的复杂情绪状态"。[②] 美国心理学家卡伦·霍妮在《精神分析的新方法》《我们时代的神经症人格》等书中都谈到了焦虑问题，她认为，焦虑是与实际危险并不相符的情绪，抑或产生于个体臆想出的危险。[③] 概括说来，焦虑是一种不安的负面的情绪感受，与欲望有关，也与将要发生的事情的不确定性有关，或者是一种与实际不相符的危险感。

关于焦虑产生的原因，学者多从心理学和精神分析学的角度出发进行分析。张志平认为，焦虑是人们对未来的不确定的担忧，自身对未来无法把控，又感到自己会陷入一种无法接受的处境，"未来或事态的最终结果都不由自我操控，或者说在未来面前，自我同样是束手无策的，因为无论是自我主动选择还是被动承受，对于焦虑而言，他最终的存在处境都不取决于他自己，而这也正是自我焦虑的原因"。[④] 只有在自我很在乎何种可能性会发生，并且总觉得不利于自我的可能性很有可能发生且自我存在受到威胁时，焦虑才有可能产生。此外，自我对如何防范不利于自我的可能性的发生感到无能为力，自我对这种可能性的发生感到难以承受。由此可见，焦虑乃是自我对自己有可能陷入某种自我所不愿意身处其中的存在处境所作出的情感性抵制或

[①] 张志平. 词语与现象[M]. 桂林：漓江出版社，2015：101.
[②] 沈湘平. 现代人的生存焦虑[J]. 山东科技大学学报（社会科学版），2005(09)：15-17.
[③] 卡伦·霍妮. 精神分析的新方法[M]. 缪文荣，译. 北京：台海出版社，2019：139-150；卡伦·霍妮. 我们时代的神经症人格[M]. 霍文智，译. 北京：北京理工大学出版社，2019：32.
[④] 张志平. 词语与现象[M]. 桂林：漓江出版社，2015：102.

第 2 章 黑塞小说中的现代青春困境

抵抗。①

霍妮认为焦虑是面对危险而产生的,而危险来自何处?弗洛伊德认为危险的来源是本能张力的程度或"超我"的惩罚力量,危险的目标是自我,而自我因自身的弱点和它对本我和超我的依赖在这种危险面前感到无助,感到恐惧。受压抑的敌意导致了焦虑的发生。焦虑是对至关重要的价值观受到威胁时的反应。②

更多的学者是从社会文化的角度来分析焦虑产生的根源。比如霍妮的现代性"焦虑"论,她认为现代社会中个人面对一个充满敌意的世界会产生渺小感、孤独感、软弱感、恐惧感和不安定感。③

霍妮还认为,现代社会的非理性因素也是造成焦虑的重要原因。现代人从小的教育中就"被社会文化赋予了理性至上的观念,进而片面地认为理智是高级而需要恪守的思维财富,将那些非理性的因素当作洪水猛兽,冠以低级的称谓",因此他们"始终以理性的处事态度来要求自己,他们将理智奉为最高标准,而一旦非理性因素掌握了情感的控制权,对他们来说无疑是重大的打击",当他们发现自己的思维中出现了某些非理性因素,"焦虑感便开始以警报的形式"发出告诫,促使本体产生自我怀疑的意识。④

在心理学领域,弗洛伊德把焦虑分成三种类型,即客观焦虑、神经症焦虑和道德焦虑。⑤ 在社会学领域,有学者概括出三种存在性焦虑形态:现代性"逐新"迷思引发的价值焦虑,全球化时代风险意识触发的本体焦虑,炫耀性消费激发的道德焦虑。⑥ 由此可见,焦虑可以是心理学方面的,更多的是社会学和文化方面的问题。

---

① 张志平. 词语与现象[M]. 桂林:漓江出版社,2015:103.
② 卡伦·霍妮. 精神分析的新方法[M]. 缪文荣,译. 北京:台海出版社,2019:141-143.
③ 转引自王岳川. 20 世纪西方哲性诗学[M]. 北京:北京大学出版社,1999:256.
④ 卡伦·霍妮. 我们时代的神经症人格[M]. 霍文智,译. 北京:北京理工大学出版社,2019:36.
⑤ 章志光,林秉贤,郑日昌. 中国心理咨询大典(上册)[M]. 天津:天津科学技术出版社,2008:395.
⑥ 肖伟胜. 焦虑:当代社会转型期的文化症候[J]. 西南大学学报(社会科学版),2014(5):126-136.

2.2.2 汉斯的焦虑

《在轮下》的主人公汉斯因为天资聪颖,被学校教师、小城牧师和自己的父亲给予厚望。他早在被认定为小城里唯一有资格参加邦试的学生之时就开始焦虑,他每天埋头学习,压力越来越大,也越来越感到焦虑不安。小说中汉斯的焦虑通过身体上的痛苦反映出来,后期他无处安放的焦虑又幻化成回忆和梦境。

小说中频繁出现的头痛象征着小汉斯的内心分裂的痛苦状况。学校的压力、功课的压力,父亲的不理解,友谊和爱情的幻灭,对考试的恐惧、对父亲的恐惧,对未来的不确定,对自己存在处境的担忧,自我身份认同的危机,都使汉斯陷入不间断的焦虑之中。他无力反抗,无法把控自我,他的焦虑只有以头痛的方式反映出来。头痛是一种无法把握和控制的分裂的痛苦,一方面显示汉斯在身体上受到的摧残,另一方面显示他无力定位自我,无力抗衡世界的焦虑。头痛也是汉斯想要回避成长过程中的困难的一种潜意识反应。在痛觉中,他只是沉浸于当下的疼痛中,从而不去管眼前发生了什么。[①] 这实际上是汉斯一种消极的回避、消极的抵抗。

头痛如同其他疾病一样同时也是"通过身体说出来的话,是一种用来戏剧性地表达内心情状的语言,是一种自我表达"。[②] 汉斯在父辈的权威压制,以及外在欲望的规训下,丧失了自己发声的权利,只能以疾病的形式隐晦地表达自己的反抗。"头痛是超负荷的身体以及不堪重负的灵魂的不断的提醒"[③],可是没有任何人注意和关心他的头痛,除了鞋匠弗莱克。

焦虑使他到首府去参加考试的时候对这个陌生的城市没有任何新奇的感觉,相反他所看到的景象使他深深感到压抑。陌生的环境,尤其是周围人带来的无形压力,使汉斯对考试的焦虑更加严重。及至进入神学院之后,学业的压力以及追求友谊对学业的影响也使汉斯更加焦虑,这反映在他的身体上,

---

[①] 根据斯特劳斯对感觉的研究,人的本质在于我—他者的交流关系。感觉活动是人的一种存在方式,比如在视觉中我们忘了自身,迷失于对象之中;在痛觉中,我们沉浸于疼痛中,不顾眼前发生了什么。见崔光辉. 现象的沉思:现象学心理学[M]. 济南:山东教育出版社,2009:170.

[②] 苏珊·桑塔格. 疾病的隐喻[M]. 程巍,译. 上海:上海译文出版社,2003:41-42.

[③] Helga Esselborn-Krumbiegel. Hermann Hesse, Literaturwissen für Schule und Studium[M]. Stuttgart: Philipp Reclam jun. GmbH. &Co., 1996: 36.

第 2 章　黑塞小说中的现代青春困境

学习时不能集中，出现幻觉、头痛等身体症状，最后发展成神经衰弱症，不得已而退学。

汉斯的焦虑尤其还体现在他的回忆和梦境中。小说有一个很明显的特征，就是对回忆和梦境的描写。小说的情节在时间跨度上只有一年左右，故事内容并不复杂，但是主人公的回忆和梦境在小说的主体内容上占据了很大的篇幅。按照荣格的观点，"被遗忘的记忆、知觉和被压抑的经验及属于个体性质的梦、幻想等"[1]都属于个体潜意识，是汉斯被压抑的外在经验的体现。汉斯的回忆主要集中在对童年美好生活的回忆、再现和想象，童年在他的虚构想象中成为逝去的天堂。这些回忆和梦境具有深刻而丰富的象征意义，从另一个层面展现了汉斯的存在状态和认同危机。小说后半部分，汉斯的回忆和梦境出现得更加频繁，因为后期的汉斯已经无力重新建构自己的身份，只有在回忆中不断幻想自己失去的童年，童年成为他投射的对象，成为他逃避当下焦虑和危机状态的出口。伏尔泰曾说过，"只有记忆才能建立起身份，即您个人的相同性（同一性）"[2]。回忆是对自己过往存在状况和经验的一次头脑中的再现。汉斯通过回忆来实现自己对以往生存经验的一次重新确认，但是童年的经验也是很短暂的，再也无法帮助他重新确立自身。

考试之前在焦虑和恐惧中汉斯回忆起童年时钓鱼的场景。考完试之后，认为自己没有考好的汉斯不自主地回忆起小时候的事情："……儿时的往事，好像来自遥远的地方，它们具有这么强烈的色彩，具有迄今为止所经历的一切所未曾有过的那样奇怪的充满遐想的气息"，"那时有过那么多谜一样的不可思议的事物和人，这些如今他已有很久没有再去想过"，"他模模糊糊感到他已丧失了这个偏僻狭小的凡俗世界，而又未曾得到一些生动活泼、值得体味的东西来替代它"[3]。汉斯"丧失"的不仅是这个偏僻狭小的凡俗世界，他丧失的还是童年通往青春期的阶段，丧失了在这个阶段建构自身必备的外在机遇。他现在的"模模糊糊"的感觉暗示了他今后自我同一性建构的失败。

---

[1] 车文博. 西方心理学思想史[M]. 长沙：湖南教育出版社，2007：538.
[2] 转引自阿尔弗雷德·格罗塞. 身份认同的困境[M]. 王鲲，译. 北京：社会科学文献出版社，2010：33.
[3] 赫尔曼·黑塞. 在轮下[M]. 张佑中，译. 上海：上海译文出版社，1997：20.

如果说小说前半部分叙事的成分比较多，因为这个时候汉斯虽然有恐惧和焦虑，但总算还是能够应付考试和学习，这在当时还是他生活的主体内容，他获得了身份认同的依据；而到了后半部分，在他建立亲密友谊关系的努力被学校权力压制，在他的第一次爱情遭到背叛时，回忆成为小说的主体。

在神学院里，汉斯感到学习越来越吃力，而令他尤其感到惊讶和害怕的是一些往事的回忆会突然向他袭来，而且非常清晰。上课或看书的过程中，他就会突然想起以前生活中的某个人，经历考试的场面，看见自己在河边钓鱼的场景，同时也觉得那些场景似乎是已经很久远的事情。在回忆中，汉斯不是想到，而是"看到"过去的那些场景，而且是如此活灵活现，如此生动地涌现在他的眼前，一方面这是他的幻觉，是他的病症的问题，另一方面，这是他对曾经逝去的美好童年的向往以及他潜意识里对造成现在这种状况的过往经历的一些反思。

汉斯无力在现实中体验到自身的同一感，只有在对过往生活细节的品味中建构自我意识的连续性。辍学回家之后，他做梦，梦见他的朋友海尔纳死了，他想挤到放着海尔纳的担架旁边去，被校长和教师们拉回来，他们还给了他一拳。在场的不仅有神学院的老师们，还有过去学校的校长和斯图加特的主考老师。后来还做了一个梦，梦见他在树林里到处寻找追逐逃跑了的海尔纳，可是总是抓不住他。汉斯的梦象征学校对他的另一个自我的压制。海尔纳代表他的另一个自我，汉斯总是抓不住他，暗示他无法实现自我的整一性。

汉斯对往事的回忆，对美好而同时又"烟消云散"了的童年生活的回忆时时刻刻浮现。回忆对于回忆者而言至少意味着情感上回到了过去。[①] 回忆成为"这个早熟的少年"在生病中经历的"一次非现实的第二个童年"，"那幼年被人窃走的情操，此刻以一种突然爆发的渴念逃回到美妙朦胧的年代，着魔般地在回忆的森林里迷失方向，到处游逛，这些回忆的强度和清晰度也许是病态的。他以不亚于从前真正经历它们时的热情和温暖来重温这些回忆。被骗走

[①] 冯亚琳，阿斯特莉特·埃尔. 文化记忆理论读本[M]. 余传玲，等，译. 北京：北京大学出版社，2012.

第 2 章 黑塞小说中的现代青春困境

和被剥夺的童年像久已被堵塞的泉水一般在他内心喷涌"。① 汉斯徒劳地寻找失去的童年的幻影,想要找寻失落的身份,重新建构自我的完整性。

在回忆中,我们看到汉斯的"童年王国"里洋溢着鲜活的生命力和生命的热情:偷猎,做禁止的事情,死亡,坏蛋,醉酒,离奇神秘而又生机勃勃。汉斯的思想和梦幻现在就在这个早已对他变得陌生的世界里漫游着,对现在的失望和灰心促使他逃进那"流逝了的美好时光"。那个时候他还充满希望,觉得世界像一个巨大的魔术森林,但是现在他再也进不去了,只是站在入口处,成为一个局外人。他已经不再是那个世界的人了,也失去了进入其中的身份和资格。

汉斯在现实中失却自身,于是在回忆的幻想里重温或者重新虚构,但这一切只是徒劳。就像汉斯想重新去童年时常去的鹰巷和鞣皮场,但再也找不回以前的感觉了,他自己都感觉无法再像个小孩一样坐在鞣皮场里听故事了。汉斯想找回童年身份的努力失败了。

在重新融入生活的尝试中,比如秋收之后应鞋匠邀请去压榨果汁的现场,甜美的果汁又使他回忆起一大堆往年有趣的时期。跟爱玛在一起时,"一大堆的回忆涌上他的心头",这是关于爱情的回忆,他看见的、阅读过的、别人讲的关于接吻拥抱的故事的回忆。去跟爱玛约会前,汉斯在鞋匠的屋外不敢进去,他想起鞋匠给他讲的《圣经》故事,关于地狱、魔鬼和幽灵的讨论,这种回忆使他感到不安。约会回来汉斯躺在床上除了做梦之外,他又突然非常清楚地回忆起一件往事来,那时他的兔子、水车轮、小木槌子都还在,他想起儿时的朋友来玩的事情。汉斯不知道,他对童年和少年时代欢乐时光的回忆,实际上是自己潜意识里感到它们不会再回来。他直觉地感到这种回忆与新近发生的事情不协调,从与爱玛的爱情中感受到的"幸福"并不是以前所体验的那种幸福。

如果说回忆是汉斯试图重新抓住从前的身份,重新建构自我的一种尝试或努力,是他潜意识里想要逃离当下焦虑状态的尝试,那么梦境则是他的焦虑的直接体现。第一次约会回来,汉斯梦见爱玛、鞋匠、海尔纳,但是这些

---

① 赫尔曼·黑塞. 在轮下[M]. 张佑中,译. 上海:上海译文出版社,1997:111.

立即就消失了。他又梦见爱玛顶住了压榨机的操纵杆,他则竭力反抗。接着听到校长在做报告,他"不知道是不是在讲他"。① 爱玛、鞋匠和海尔纳都暗示对他的拯救,他的模糊的希望。小说中爱玛和海尔纳的名字都跟汉斯童年期的朋友和倾慕对象的名字相同,这也是作家有意为之,"对童年朋友的无意识的回忆",暗示主人公对失去的童年的追忆。但是汉斯内心被同化,马上就听到对他摧残过的校长的讲话,拯救的希望马上熄灭,校长的影响深入骨髓。第二次约会回来,梦中的汉斯总是从一个深渊掉进另一个深渊,暗示着他的生命危机和冲突,从学业的失败到爱情的失败。当知道爱玛不告而别后,白天他带着痛苦和忧伤沉迷于回忆和苦思冥想,到晚上就坠入一个又一个的噩梦。②

正像罗洛·梅所说,竭力要生活在过去"那个时候",会引发一种人为的状态,即自我与现实的分离。③ 这是一种消极的状态。按照梅的说法,回首往事是一种逃避的行为,是一种"从遥远的过去……寻找安慰的倾向",人们认为过去的"某个时刻情况要比现在好","然后让自己一心舒适地沉浸在回忆当中"。④ 生活在当下并不是很容易的,"因为它要求更高度地意识到,个人的自我是一个正在体验的'我'",人"越不自由,越无意识,他就越不能意识到当前的时刻"。⑤ 只有在自我意识很强的情况下,才能更好地体验当下的时间。对于汉斯来说,现实使他焦虑,他无法专注于现在的时间,于是逃避到过去的回忆中,希望能在对童年的回忆中过一种像孩子般无忧无虑的生活。

2.2.3 焦虑的产生与现代性欲望

如本章第一节里所述,霍妮、罗洛·梅、韦伯等这些精神分析学家、哲学家、社会学家都认为焦虑的产生是现代性社会的后果,他们都认为现代社会是一个充满敌意的社会,是一个反人道的社会。激烈的竞争、理性至上、世俗经济利益追求、科学的发展、世界的祛魅等观念和现象造成个体的分裂、

---

① 赫尔曼·黑塞. 在轮下[M]. 张佑中, 译. 上海:上海译文出版社, 1997:132.
② Helga Esselborn-Krumbiegel. Erläuterungen und Dokumente: Hermann Hesse. Unterm Rad [M]. Stuttgart: Philipp Reclam jun. GmbH & Co., 2000:94.
③ 罗洛·梅. 人的自我寻求[M]. 郭本禹, 方红, 译. 北京:中国人民大学出版社, 2008:224.
④ 罗洛·梅. 人的自我寻求[M]. 郭本禹, 方红, 译. 北京:中国人民大学出版社, 2008:226.
⑤ 罗洛·梅. 人的自我寻求[M]. 郭本禹, 方红, 译. 北京:中国人民大学出版社, 2008:224.

第 2 章　黑塞小说中的现代青春困境

破碎，破坏了个体人格的统一性，从而造成个体的普遍焦虑。黑塞敏锐地意识到这个问题，他对造成汉斯无法摆脱的焦虑，无法回避的悲剧命运的社会文化原因进行了深入的思考。

父亲作为市民欲望的代表

黑塞的好友康拉德·豪斯曼（Conrad Haussmann）在对《在轮下》的评价中写道：

> "这本书包容了一个许瓦本小男孩的短暂历史，他的生活原该平静而美好，却被所谓'好心'和习惯势力的可怕机器消灭和压碎了。汉斯·吉本拉特是社会体制的牺牲品，牺牲于他那小市民父亲无理解力的驱赶、刺激和扼杀生机之下，牺牲在健壮粗鲁的市侩精神之下。"①

正如豪斯曼所说，小说中父亲的形象实际上代表了现代工业社会整个小市民阶层的形象。小说是从对父亲约瑟夫·吉本拉特的描述开始的："掮客兼代理商约瑟夫·吉本拉特先生在当地同胞中间绝无特别突出或与众不同之处。"②小说开头的这第一句强调突出了这个父亲与整个市民社会的共同性，从而把汉斯父亲的形象指向了整个市民群体。

小说突出强调了父亲与其他人在外形与精神生活方面的共同性：他"和旁人一样，身材魁梧健壮"（读者会马上和小说中反复描写小汉斯瘦弱的身体进行对比）；"他可以和任何一位邻居调换名字和住房，也不至于引起什么变化。他的内心深处，他对于任何超群出众的力量和人物所持的永恒的怀疑态度，以及出于嫉妒而对一切不寻常的、比较自由的、比较精细的、有思想的事物所抱有的那种本能的敌意，也都和本城所有其他家长一模一样"；叙述者还说了一句意味深长的话："只有深刻的讽刺家才有能力来描绘他这平庸无奇的一生，及其未被意识到的悲剧性"。③ 小说暗示了汉斯的悲惨命运不仅仅与父亲

---

① 转引自张佩芬.黑塞研究[M].上海：上海外语教育出版社，2006：35.
② 赫尔曼·黑塞.在轮下[M].张佑中，译.上海：上海译文出版社，1997：1.
③ 赫尔曼·黑塞.在轮下[M].张佑中，译.上海：上海译文出版社，1997：1-2.

相关，也与整个社会相关，也暗示这不仅是个别的现象，而是一个群体的现象，是当时德国社会平庸的小市民阶层的整体问题。

父亲是一切平庸、无聊、势利的小市民的代表，是"市侩""庸人的典范"。① 他对待金钱、财富、地位的态度具有典型小市民的特征：他拥有一定的资产，属于不算太富有但日子还算殷实的阶层；"经商才能平平庸庸"，但崇拜金钱和财富，蔑视穷人，仇视富人；精于算计，勤俭节约，卖场里免费品尝各种食品总少不了他。就是这样一个父亲，中规中矩，严格遵守戒律、道德和传统。他喝酒，但绝不喝醉，因为喝醉是违背道德的；他"顺带做些不是无可非议的买卖"，但决不违规；他忠于"传统的、鄙俗的家庭观念"，但他几乎没有什么精神生活，"阅读范围只限于报纸"，作家不无讽刺地写道："为了满足他艺术享受的需要，观赏市民协会一年一度的业余爱好者演出，间或看一次马戏，也就足够了"。②

小说开头对父亲的大段描写定下了汉斯悲剧命运的基调。就是这样一位父亲对汉斯的人生之路，对他的过早衰亡应该负起责任来，而直到最后汉斯去世这位父亲还没有意识到自己的问题。除了开头的大段描写外，在之后的故事中并没有太多内容写父亲，但是父亲的言行举止，哪怕只是寥寥数语的描写都使我们看到了他对汉斯命运的掌控和错误的导向。去省里参加考试的前一晚，父亲"极度紧张"的情绪对本来就很焦虑恐惧的汉斯更是雪上加霜；考完一科之后觉得没考好的汉斯受到父亲的大声责骂；考完回家之后，担心考不过的汉斯非常焦虑，他小心翼翼地问父亲能否去上高中，父亲非常生气、不耐烦、毫不留情地拒绝了他。父亲毫无商量的语气堵住了汉斯想要倾诉的机会，他的态度加重了汉斯的焦虑和恐惧，但父亲并没有注意到这些。及至汉斯取得第二名的成绩时，父亲又高兴得不知所措；暑假里汉斯经常熬夜做作业，老吉本拉特根本没有注意到儿子身体状况越来越差、头疼、失眠、消瘦，而是非常自豪地看着勤奋的儿子；后来汉斯从神学院患病退学，父亲失望、伤心、克制、小心翼翼的态度并没有给小汉斯一点点安慰，反而使他很

---

① Helga Esselborn-Krumbiegel. Hermann Hesse, Literaturwissen für Schule und Studium[M]. Stuttgart: Philipp Reclam jun. GmbH. & Co., 1996: 35.
② 赫尔曼·黑塞. 在轮下[M]. 张佑中，译. 上海：上海译文出版社，1997：1.

第 2 章　黑塞小说中的现代青春困境

压抑。对这位父亲来说，孩子的考试、升学，将来的出人头地才是最重要的事情，孩子的情感、内心需求，乃至生命健康都无足轻重。

小说后半部分对父亲的描写并不多，更多是写汉斯心里对父亲的恐惧和担心。儿童时代父亲的强权已经内化到这个柔弱孩子的内心，他处处都担心会挨父亲的责骂，怕父亲失望、不高兴，及至最后的死亡也似乎没摆脱父亲的影响。他喝醉了酒，担心回家会挨父亲的责骂，或许他溺水身亡只是因为内心的恐惧。

黑塞的其他很多小说中都有对儿子与父亲冲突的描写，儿子对父亲的反叛就是黑塞笔下主人公重构自我和重构世界的途径之一。但是在汉斯的身上还完全看不到作家黑塞自身反叛的影子，看不到他之后所有小说中主人公对父亲的反叛的内心力量。正因为如此，汉斯的生活才是一个十足的悲剧。

小说中汉斯父亲的形象并非个案。随着德国从一个农业国转变为一个高度工业化的国家，这个时期物质追求成为社会公共生活的显著特征。同时，由于现代社会分工以及平等思想的出现，客观上为社会底层的人提供了一条出路，那就是通过自己的努力可以改变自己的出身阶层等级。这也促使一般市民以此为毕生的追求，父辈的欲望转嫁到儿子身上，成为他们的悲剧根源。

作为现代性陷阱的教育

现代社会的青年除了受到父辈的欲望影响和控制之外，还受到制度的控制。发展心理学里认为青春期存在一个"延期偿付"[1]的现象，也就是说，儿童迈入青春期后逐渐拥有与成人相似的需要与能力，但为了能使他们接受足够的教育训练，做好成人角色的准备，其作为成人应有的权利与义务均被暂缓；这样的社会控制虽然提供给青少年充分发展自我潜能与社会学习的机会，但另一方面却压抑了他们的自然需要，造成身心压力与地位的不稳定性，也是形成"枷锁"与"牢笼"的基础。[2]

由国家和学校为青年提供受教育的机会本身就是工业革命之后现代社会

---

[1]　青年在确立自我同一性之前，需要学习并实践各种角色，掌握各种本领，在这一过程中，青年可以暂时合法地延缓偿付所必须承担的社会责任和义务，因此，这一时期又被称为"心理的延缓偿付期"。参见 BIO 国际组织教程编写组. 发展心理学[M]. 北京：人民日报出版社，2007.

[2]　何芳. 欧美青少年文化的发展历程——评《青春无羁——狂飙时代的社会运动(1875—1945)》[J]. 当代青年研究，2011(8)：77-80.

的事情。19世纪末20世纪初的德国，工业社会的发展为出身一般的市民家庭提供了上升的机会——国家设立奖学金，为学习成绩突出的学生提供免费学习的机会。《在轮下》中的汉斯就是由于成绩优秀而获得免费去神学院学习的机会。但是由于集约化、工业化制度性生产的需求，现代性的目的或任务就是使人便于管理，因此现代教育的理念就是培养听话、服从的人。另一方面，威廉帝国的传统普鲁士精神在威廉二世的时代继续得到"发扬光大"，威廉二世本人身上"充斥着普鲁士精神"，他"吹奏的是光辉灿烂的物质主义、极端跋扈的专制主义和富有冒险性的军国主义的协奏曲"。① 臣仆奴性，绝对服从，冷酷迂腐是这个时代人的特征。俾斯麦在谈到"普鲁士美德"的时候说，"荣誉、忠诚、顺从和勇敢贯穿于从军官到年轻新兵的整个队伍"。② 这个时期在教育中对服从、温顺，"没有个性"的学生的喜爱远胜于不服管教的学生。

正像黑塞在小说中所说，教育的任务就是培养适应国家标准和需要的学生，教师的职责和"国家委托给他的任务就是，束缚和铲除年幼男孩的本性粗野的力量和欲望，代之以树立一种宁静、适度并获国家认可的理想"。③ 作为国家建立的合法制度，学校要传递国家意识形态，要传承文化传统，因此学校教育提供的"心理延缓偿付期"从另一个层面上看又是一个现代性陷阱。当时学校教育的目的就是反对自然人，对它来说，人的自然天性是危险的，就像原始森林一样必须进行"砍伐、整理和强加限制"，它的任务就是摧毁孩子们身上"野蛮的、不守规矩的、毫无文化的东西"，"按照官方批准的原则把他们教育成社会有用的一分子，唤起他身上的某些品质"，而这些品质的充分培养，是靠营房中的严格训练来达到登峰造极的地步"。④

黑塞的弟弟汉斯在学校所受到的待遇就是一个活生生的例子——《在轮下》正是黑塞自己和弟弟汉斯在学校所受折磨的反映。黑塞曾在《我的学生时代》中这样描述那个时期的学校情况：学生们对老师既怕又恨，他们躲避或欺骗老师，或者嘲笑和鄙视他们；老师们经常采取打手掌或揪耳朵直至流血的

---

① 卞谦. 理性与狂迷——二十世纪德国文化[M]. 北京：东方出版社，1999：10.
② 丁建弘，李霞. 德国文化：普鲁士精神和文化[M]. 上海：上海社会科学院出版社，2003：8.
③ 赫尔曼·黑塞. 在轮下[M]. 张佑中，译. 上海：上海译文出版社，1997：40.
④ 赫尔曼·黑塞. 在轮下[M]. 张佑中，译. 上海：上海译文出版社，1997：40.

第 2 章　黑塞小说中的现代青春困境

方式来惩罚不听话的学生，老师们常常可怕地、毫无人性地滥用他们这种令人感到恐怖的权力。[①]

此外，由于受到理性主义的影响，教育中重视知识和科学而忽略精神的倾向也越来越严重。社会中的实用主义"更倾向于对自然和社会的实际知识的掌握，而不是精神的、品格的培养"。[②] 小说中作家用讽刺的语气写教师的形象："校长启导着这种经他激发的美好的功名心，看到它在成长，内心暗自高兴"，教师们"看到……一个男孩放弃了木剑、弹弓、弓箭和其他幼稚的游戏，……看到一个面颊圆圆胖胖的粗野孩子通过认真学习转变成一个出色的、严肃的、几乎是苦行僧似的男孩，看到他的脸变得老练和聪明，他的目光变得更深邃、目标更明确，手变得更洁白、更安分，这个时候，教师就会愉快和自豪得心花怒放"。[③] 就像歌尔德蒙的观点："学校和科学的弱点之一，就在于精神看来有一种倾向，总是把一切东西都看作和描绘成仿佛是平面的，只有长度和宽度两个尺寸"，他觉得，他这个观点"已概括出了整个理性世界的缺陷和无价值"。[④]

学校教育体系中以理性至上为原则的导向，校长、教师对功名的追逐，对人性的忽视和压制，是造成汉斯的焦虑以及最后走向死亡悲剧的帮凶之一。黑塞在1904年的一封信里写道："学校是我严肃对待并且有时候使我感到激动的惟一的现代文化问题。"[⑤]黑塞对于学校教育体制的关注与他对青春期少年命运的关注紧密联系在一起。1980年德国女作家Gabriele Wohmann写道："我在我们那些迟钝冷漠追随纳粹的教师们身上再度认出了汉斯·吉本拉特的折磨者们，寻找到了其间的一致性。我把黑塞这部长篇视为一种最热忱的反抗、一种憎恨和讥讽低劣教育者虐待孩子们的措施。"[⑥]

理性宗教的统治

《在轮下》中有两个并非无足轻重的"小角色"，但很少受到评论者的重视，

[①] 弗尔克·米歇尔斯. 塞画传[M]. 李士勋, 译. 上海：上海人民出版社, 2008：39.
[②] 丁建弘, 李霞. 德国文化：普鲁士精神和文化[M]. 上海：上海社会科学院出版社, 2003：341.
[③] 赫尔曼·黑塞. 在轮下[M]. 张佑中, 译. 上海：上海译文出版社, 1997：40.
[④] 赫尔曼·黑塞. 纳尔齐斯与歌尔德蒙[M]. 杨武能, 译. 上海：上海译文出版社, 1998：93.
[⑤] 弗尔克·米歇尔斯. 黑塞画传[M]. 李士勋, 译. 上海：上海人民出版社, 2008：38.
[⑥] 转引自张佩芬. 黑塞研究[M]. 上海：上海外语教育出版社, 2006：38.

那就是牧师和鞋匠的形象。这两个人虽然对汉斯的命运没有起到决定性的作用，但也影响着汉斯命运的走向，同时也是理解黑塞思想和小说主旨的一个很有价值的线索。

小说中的牧师是一个"连基督复活都不相信"的新派人物。在汉斯第一次去牧师家的时候，作者很详细地描写了他的书房布置。这里不像牧师的书房，他的藏书很多，但不像普通牧师家里的书那样东倒西歪、被虫蛀或发霉褪色，而是包着漆皮或烫金，干净整齐。这些书大多是作为摆设的珍本，其中既没有常见的"本格尔、厄廷格尔、施坦霍福尔"这些宗教家的作品，也没有莫里克这些"虔诚歌手们"的作品，大堆大堆的都是现代书籍。[①] 书房里的一切都显示出主人的严肃博学，但这里不是虔诚信仰和冥想静思的地方，不是从事"传教、教义问答以及《圣经》课等"传统宗教事务的地方，这里没有"梦幻般的神秘主义和充满预感的冥思苦想，甚至连超越科学界限的、以爱与同情迎合众人如饥似渴的心灵的那种天真的心灵神学也被排除在外"，相反，这里是埋头进行研究工作，写学术性文章或书籍的地方，是对《圣经》以及基督的历史进行学术探索的地方。[②]

小说中作为宗教新派人物的牧师是现代理性社会的代表。在他这里，神学信仰成了可以用理性和科学方法进行研究的科学，而不再是一种艺术，不再是一种心灵的慰藉。他追逐科学、进步、实用，追逐功名利禄，出人头地，而不再重视、不关心心灵和精神的问题。

而鞋匠是一个"虔诚的虔信派"[③]教徒，他是一个亲切的人，有着"有力的大手""亲切的声音"[④]"稳重和感人的气质"[⑤]。他很招小孩喜欢，汉斯小时候经常去他家玩耍，坐在他的大腿上听他讲故事。刚上学的头几年，汉斯在他家里听他讲关于上帝、灵魂、魔鬼和地狱的事情，这些"曾引起他进行过奇妙的思索"，但是后来因为艰苦的学习而被忘记了，他只有在偶尔跟鞋匠谈话时

---

① 本格尔、厄廷格尔、施坦霍福尔都是德国虔信派的创始人，黑塞在这里提到这些人，反映出他对虔信派的尊重和偏好。
② 赫尔曼·黑塞. 在轮下[M]. 张佑中，译. 上海：上海译文出版社，1997：34.
③ 赫尔曼·黑塞. 在轮下[M]. 张佑中，译. 上海：上海译文出版社，1997：8.
④ 赫尔曼·黑塞. 在轮下[M]. 张佑中，译. 上海：上海译文出版社，1997：7.
⑤ 赫尔曼·黑塞. 在轮下[M]. 张佑中，译. 上海：上海译文出版社，1997：8.

第 2 章 黑塞小说中的现代青春困境

才能感受到对基督的信仰,这成为他难得的个人乐趣。全城里只有他"忧心忡忡、善意亲切"地关心着面临考试压力和焦虑的小汉斯。①

饶有意味的是,小说中每次写到鞋匠的时候都会写到牧师,二者常常同时出现。考试前一天鞋匠安慰汉斯,学习成绩好的人也有可能考砸,即使没有考好也没有关系,"上帝对每个人都有安排,会指引他们走自己的道路"。②鞋匠才说完这些话他们就碰见了牧师,后者完全不相信汉斯会考不过,面对他的担心和焦虑,牧师批评他"胡思乱想"③,并叮嘱他"要好好干"④。汉斯只是出于对考试的焦虑,希望能从某处得到一点慰藉,但是牧师的话让他的焦虑更加严重。他害怕考砸了没脸再见牧师,这使得他更加紧张不安,焦虑、烦躁、疲倦,同时又有点愤恨而绝望。在考试那天的早上,鞋匠在晨祷中添加了这些话:"啊,主啊!请您也保佑保佑学生汉斯·吉本拉特吧,他今天参加考试,祈求您赐福给他,并给他以力量,让他将来真正成为一个正直勇敢的宣扬您圣名的布道者"⑤;而牧师并没有像鞋匠那样虔诚地祈祷,只是对他的妻子说:"汉斯·吉本拉特现在去考试了,他将来会出人头地的,大家一定会注意到他的。这样说来,我给他辅导过拉丁文,也没有害处呀!"⑥

当汉斯退学回家之后,牧师在街上碰到他也只是"出于好意"点下头算作打招呼,此时的汉斯对他们已经没有任何意义,已与他们无关,"不值得再在他身上耗费时间和精力了"。⑦ 但是即使他关心汉斯,对汉斯也无所裨益,因为牧师不是那种"在有困难的时候,人家都乐意去听他们布道"的牧师,不是那种"能以和善的目光和亲切的言词对待所有受苦的人"的牧师。⑧ 他能带给这个孩子的除了知识和"求知的欲望"之外,再也没有什么了。而这些他过去已经全教给汉斯了,或许正是他对科学和知识的欲望带给了汉斯灭顶之灾,但他并没有意识到这些,反而觉得汉斯现在是个无用之人了。只有鞋匠,在汉

---

① 赫尔曼·黑塞. 在轮下[M]. 张佑中,译. 上海:上海译文出版社,1997:8.
② 赫尔曼·黑塞. 在轮下[M]. 张佑中,译. 上海:上海译文出版社,1997:8.
③ 赫尔曼·黑塞. 在轮下[M]. 张佑中,译. 上海:上海译文出版社,1997:9.
④ 赫尔曼·黑塞. 在轮下[M]. 张佑中,译. 上海:上海译文出版社,1997:8.
⑤ 赫尔曼·黑塞. 在轮下[M]. 张佑中,译. 上海:上海译文出版社,1997:14.
⑥ 赫尔曼·黑塞. 在轮下[M]. 张佑中,译. 上海:上海译文出版社,1997:14.
⑦ 赫尔曼·黑塞. 在轮下[M]. 张佑中,译. 上海:上海译文出版社,1997:107.
⑧ 赫尔曼·黑塞. 在轮下[M]. 张佑中,译. 上海:上海译文出版社,1997:108.

斯退学陷入严重的抑郁症之后,并没有觉得他再无价值,并没有抛弃他,而是邀请他参与榨果汁的活动,参与有活力的生活。他热情地接纳汉斯,希望他重新振作起来。看到汉斯受到感染,快活而俏皮,像变了一个人的时候,鞋匠也非常高兴地欢迎他。

作家在小说中安排的牧师和鞋匠形象,以及处处对二者的对比,可以清楚地看出作家对牧师所代表的以科学、理性为追求的现代宗教的批评态度,以及对鞋匠所代表的虔诚的褒扬。作家在小说中引入了一段对"科学"和"艺术"的讨论:"这是批评与创造,科学与艺术之间久已存在的力量悬殊的斗争,在这方面批评和科学总是有理的,却未能讨好于人,而创造和艺术却不断在散播信仰、爱情、慰藉、美梦和永生感的种子,而且不断能找到肥沃的土壤。因为生比死强,信仰比怀疑有力。"[①]这实际上是科学、理性与虔敬精神的对比,作家对虔敬的赞赏溢于言表。

而汉斯对二者的态度也显示了这两个宗教派别在当时社会的影响和地位,以及对汉斯命运的影响。从汉斯对待牧师的态度可以看出,牧师在小城里是一个很受尊敬、有权威的人,他对牧师表现出一种敬仰和钦慕。汉斯得知考取了第二名之后,钓了鱼给牧师送去。他在牧师家里带着崇拜的心情参观他的书房,觉得这里有"一种新的精神,一种不同于垂死一代的那些老派而可敬的老爷的精神"[②]。牧师规劝他假期就开始提前学习,汉斯几乎没有异议地就接受了他的"建议",每天去他家上一到两小时的课。他在牧师这里"自豪地感到自己已接近真正的科学了"[③],而实际上这种科学带给他的除了功名的欲望之外,没有其他。汉斯也正是在这种"科学"欲望的追求中丧失了自我的天性,迷失了自我。

相反,汉斯对待鞋匠的态度比较矛盾。汉斯私下里很喜欢鞋匠,但是鞋匠由于教派问题常被小城人讥讽嘲笑,汉斯也对鞋匠带有不屑。汉斯整个假期都在努力地学习,直到最后几天才想起很久没有去鞋匠家里了。鞋匠惦记汉斯的头疼病,心疼他瘦成了皮包骨,批评假期补课的行为是胡闹,是作孽。

---

① 赫尔曼·黑塞. 在轮下[M]. 张佑中,译. 上海:上海译文出版社,1997:34.
② 赫尔曼·黑塞. 在轮下[M]. 张佑中,译. 上海:上海译文出版社,1997:33.
③ 赫尔曼·黑塞. 在轮下[M]. 张佑中,译. 上海:上海译文出版社,1997:35.

第 2 章 黑塞小说中的现代青春困境

他用庄严的态度，衷心的祈祷和标准德语祝愿汉斯"有朝一日能成为灵魂的拯救者和导师"[①]，但是他的话让汉斯感到压抑和难受，他想到与牧师告别时牧师不会这么做。鞋匠跟汉斯说，牧师是不信上帝的人，还认为《圣经》也是人编出来的，跟他学圣经只会丢掉原来的信仰，汉斯并非没有受到触动，但是当他拿鞋匠和牧师做比较时，他还是认为鞋匠只是一个狭隘的小手艺工人，而牧师是一个能说会道的传教士，同时还是勤奋严格的学者。除此之外，考试之前鞋匠对焦虑的汉斯的安慰遭到了汉斯的鄙弃，而牧师对他的批评反而对他产生了很大的影响，以致他的负面情绪更加严重。

小说中形形色色的人物，除了汉斯神学院的朋友海尔纳之外，只有鞋匠对汉斯的命运是保持着清醒的人。他在汉斯的葬礼上指出，汉斯的死一部分也拜那些"老师"所赐。作家在小说里把鞋匠当作是汉斯"善意的指路人"[②]，只是汉斯自己疏远了他——这也显示了科学理性的社会对青春期少年的侵蚀。

对于虔信(虔敬)或者虔诚的问题，黑塞在他的《我的信仰》以及《谈一点神学》中均有论及。黑塞与虔敬主义的渊源颇深。首先是他家庭的虔敬气氛。[③]其次是他的家乡符腾堡州一度成为虔敬运动的中心[④]，并且在这里出现了本格尔这样一位出色的虔敬派大师。他对黑塞的影响不容忽视。在黑塞的作品中多次出现过本格尔的名字，尤其是在《玻璃珠游戏》中，克乃西特在与引起他"觉醒"，影响他自我发展道路选择的重要人物之一约可布斯神父的谈话中，都不约而同地提到本格尔。实际上黑塞对虔敬派的喜好在《玻璃珠游戏》中还有很多体现，比如小说中提到虔敬派的几个代表人物辛岑道夫、弗兰凯等等。克乃西特还"因为个人爱好"专门研究过 18 世纪的虔信派思想，对那几位神学家"有深刻印象，也十分景仰，尤其是这位本格尔"，克乃西特认为他是"一切教师的楷模和青年人的导师"。[⑤] 克乃西特认为本格尔提倡了一种综合和整体

---

① 赫尔曼·黑塞. 在轮下[M]. 张佑中, 译. 上海：上海译文出版社, 1997: 46.
② 赫尔曼·黑塞. 在轮下[M]. 张佑中, 译. 上海：上海译文出版社, 1997: 8.
③ 对此评论者多有关注。见张弘, 余匡复. 黑塞与东西方文化的整合[M]. 上海：华东师范大学出版社, 2010.
④ Hans-Jürgen Schmelzer. Auf der Fährte des Steppenwolfs. Hermann Hesses Herkunft, Leben und Werk[M]. Stuttgart, Leipzig: Hohenheim Verlag, 2002: 19-20.
⑤ 赫尔曼·黑塞. 玻璃球游戏[M]. 张佩芬, 译. 上海：上海译文出版社, 1998: 155.

的精神，这正是玻璃珠游戏的基础。

关于黑塞对虔敬主义的态度，学界还存在争议。长大成人之后黑塞很推崇虔敬主义，这在前述对其杂文以及对小说的相关分析中可以看出来。由于当时社会宗教虔诚的没落，对科学理性的追逐都走到了极端，黑塞对原始宗教、对灵魂、对心灵的重视，对虔诚、爱、信仰的宣扬都是基于他对理性社会的批判立场。

2.3 爱无能

在成长(发展)小说或者青春期小说中，主人公往往会经历一次或多次爱情的失败。但是，爱情经历只是其成长过程中众多经历的一个，往往并不构成小说的主体。因此，学界对这类小说的爱情，尤其是失败爱情的问题关注不多。而笔者认为，这种失败爱情的经历是主人公青春期认同危机的一种体现，也是其青春期成长的必要经历，是他寻找自我、实现自我认同的手段之一。这种青春期的失败爱情不仅预示了主人公未来发展的人生道路，强化了小说文本的主题，更重要的是展示了现代性社会的一个重要命题，即纯粹感性的爱与实用理性社会的冲突，这也是青春期少年追求爱情过程中的一个现代性困境。黑塞小说中的主人公大多经历过失败的爱情，有的甚至因为外在社会的规训而导致了爱无能。

2.3.1 青春期认同危机与爱情

最早提出青春期概念的斯坦利·霍尔(Granville Stanley Hall)以及后来的安娜·弗洛伊德(Anna Freud)、埃里克·埃里克森(Erick Erickson)等人都认为青春期是人一生中最重要、最关键、也是最动荡变化的阶段。埃里克森把这一阶段的特征概括为"同一性对同一性混乱(角色混乱)"。[①] 按照埃里克森的看法，青春期最重要的是自我身份认识的问题，而身份的混乱是这个时期常见的也是最重要的危机，也就是我们所说的"认同危机"。成人的标志便是形成稳定的自我认同，获得稳定的身份认同感，确立了"关于自己是谁，在社会

---

① 埃里克·H. 埃里克森. 同一性：青少年与危机[M]. 孙名之，译. 杭州：浙江教育出版社，1998：82.

第 2 章 黑塞小说中的现代青春困境

上处于什么样的地位,将来准备成为什么样的人及怎样努力成为理想中的人"的认识。①

埃里克森认为,青春期阶段对于一个人的一生起决定作用。这个阶段不协调就会造成"羞耻、自我怀疑、依赖、自我意识以及一种温顺的服从……可能会质疑他们的自我价值以及整个童年经历的可靠性,以至于他们不能形成一个适当的同一性"。② 青春期不能成功地建立自我认同,就会出现妨碍未来健康发展的危险。青春期时的认同危机如果能够得以成功解决的话,会在一系列生活基本事项上达到极致,比如职业、意识形态、社会、信仰、种族和性别。③ 解决认同危机,形成稳定的同一感,个体则会对自我有确定感,对未来充满信心,会形成这样一种信念,"我是一个可能自由选择,可以引导我自己发展,并且能在未来独立的人"。④

在成长发展过程中,青春期儿童有一个重要的任务就是"亲密关系"的建立。海文·赫斯特认为青春期有 9 个发展任务,其中就包括"建立与异性和同性的新的同伴关系"、独立于父母,"获得社会公认的责任行为模式"以及"建立与个体环境相和谐的价值观"。⑤ 这些任务可以概括为三种。第一,自我身份意识的确立:寻找和澄清自我形象。第二,与异性建立亲密关系:认识和处理原始的性欲,肯定一己性别认同,学习建立亲密关系。第三,对父辈的反叛:与父母分离,不再依赖父母,独立生活。

按照这种归纳,"与异性建立亲密关系"是青春期发展任务的重要一环。也就是说,追逐爱情是青春期少年的必然经历。但是埃里克森说这个阶段的"恋爱""完全或基本上不是一个性的问题",而是在很大程度上"是企图明确自己的同一性,把一个人分散的自我意象投射到另一个人身上,再看得到什么

---

① 白乙拉,陈中永.发展与教育心理学[M].西安:陕西师范大学出版社,2007:24.
② 转引自罗尔夫·E. 缪斯.青春期理论[M].周华珍,等,译.上海:上海社会科学院出版社,2014:58.
③ 劳伦斯·斯坦伯格.青少年心理学[M].北京:机械工业出版社,2015:194.
④ 罗尔夫·E. 缪斯.青春期理论[M].周华珍,等,译.上海:上海社会科学院出版社,2014:58.
⑤ H. Thompson Prout, Douglas T. Brown. 儿童青少年心理咨询与治疗:针对学校、家庭和心理咨询机构的理论及应用指南[M].林丹华,等,译.北京:中国轻工业出版社,2002:9.

反应，而后逐步地予以澄清"。① "在爱情关系中相互分享的个人的反馈可以帮助个人定义和修正自己的自我定义，并且鼓励他们去澄清和反省对自我的个人定义。真正与异性的亲密关系只有在建立了合理的同一性（认同）之后才可能。也就是说知道我是谁，我到哪里去。"②也就是说爱情是认识自我的手段之一，同时也是青春期少年实现自我的尝试。

弗洛姆也说过，两个相爱的人的爱"是一种两个人之间的自我主义。他们彼此在对方身上寻找自我，通过把单个人扩大成两个人来解决分离的问题。他们有了克服孤独的经验"。③ 在这个流转不定的现代性社会中，当失却了一切信任的时候，个体只有在对另一个个体的追寻中寻找信任，来确证自我的存在。"在爱的行为中，在结合行为中，它回答了我的探求。在奉献我自己的行为中，在洞察另一个人的行为中，我找到了自己，我发现了自己，我发现了我们两个人，我发现了人类。"④可以说，追逐爱情本身是青年人确立自我身份的方式之一。

按照当代心理学的说法，导致爱无能的原因是自我价值不足。而现代社会学认为，现代人爱无能的原因更重要的是文化因素，现代社会价值体系崩塌，技术理性僭越于宗教信仰之上，人类精神无可依托。对于青春期少年来说，爱情体验是个体青春期认同的必须阶段。而现代社会中他们的爱情经历注定艰难波折。

从发展心理学的角度看，追寻爱情是青春期少年建构自我认同的手段之一。青春期少年在爱情里发现自我、认识自我、建构自我。另一方面，爱情在本质上是感性的，爱情与热情、激情、浪漫、情感、多愁善感、诗等感性词汇是紧密联系在一起的。因此，纯粹的爱情如果涉及金钱、财富、地位、权力等这些现代理性社会的范畴时，就会出现种种问题，往往会以悲剧收场。以理性为上的现代性社会对爱情的戕害不仅体现在直接地阻碍爱情，更体现

---

① 埃里克·H·埃里克森.同一性：青少年与危机[M].孙名之，译.杭州：浙江教育出版社，1998：118
② 罗尔夫·E.缪斯.青春期理论[M].周华珍，等，译.上海：上海社会科学院出版社，2014：63.
③ 弗洛姆.爱的艺术[M].刘福堂，译.桂林：广西师范大学出版社，2002：45.
④ 弗洛姆.爱的艺术[M].刘福堂，译.桂林：广西师范大学出版社，2002：25.

在对现代人"爱的能力"的负面影响，而且这些影响往往以一种不易察觉的方式体现。黑塞的小说通过描写青少年失败的爱情，探讨了现代理性社会对个体的侵蚀。

2.3.2 黑塞小说中的青春期爱情与"爱无能"

在黑塞的小说中，爱情并不是他描写的主题，他的主题是个体的成长，是自我内心的发展。但是通观其创作，除了后期的部分作品如《东方朝圣者》《玻璃珠游戏》等，其他小说不管主题为何，都有主人公的爱情经历，但大多数只是少数几笔描写，而且主人公的爱情都以失败告终。如《彼得·卡门青德》中的主人公在城市中找寻自我、寻找生命意义的过程中，几次恋爱失败。《在轮下》中汉斯刚刚看到爱情的微光，爱玛就不辞而别，似乎之前跟他的约会只是开了个天大的玩笑。《盖特露德》主人公库恩的人生因为青春期时一场爱情冒险而改变，在这次冒险中他成了残疾，之后的爱情也是可望而不可即。而在《纳尔齐斯与歌尔德蒙》中令歌尔德蒙彻底离开修道院的理性生活，开始漫游生涯的是一个吉卜赛女郎的爱以及她的失约。此外《罗斯哈尔德》《克莱因与瓦格纳》等作品中也把主人公的失败命运归因于婚姻（失败的爱情，爱无能）。

在对黑塞的研究中，这些看似无意或不重要的爱情描写，尤其是不成功的爱情描写，评论者都有所忽略。实际上在这些作品里，爱情（以及婚姻）的影响对人物命运发展起到重要作用，但它对于小说的意义并未引起论者的重视。以下以《在轮下》《克诺尔普》《荒原狼》为例来分析。

追寻爱情：自我存在感的探索

与作家的其他小说相比，《在轮下》这部作品是他对主人公爱情经历着笔较多的一个。如果说在神学院与海尔纳的友谊是汉斯对与同辈"亲密关系"的追求，而追求这种亲密关系的失败使他建立自我认同的尝试失败，造成了认同危机，那么后来与年轻女孩爱玛之间的"爱情"则是汉斯与外界、与社会建立联系的第二次尝试，是他建立自我认同的再一次努力。

休学后的汉斯一蹶不振，每天浑浑噩噩，仿佛与整个世界失去了联系。他一度失去了生活的勇气，直到在一次水果丰收节上遇到充满活力的爱玛。爱玛使他一度感觉到爱情的来临，体会到"自我"的存在感。这个时候他重新张开了看自然的眼睛,他满目看到的是美丽的花朵、湛蓝的天空、清澈的河流。

梅认为,要创造性地与自然建立联系,需要一种强烈的自我感和极大的勇气,也就是说需要一个"强大的个人同一感"。[①] 汉斯在体会爱情的时候,自我感复苏,因此感到外在世界的一切都变得美好又动人。同时,他觉得周围的一切突然都"变老"了,他"以一种诧异、陌生又温情脉脉的情绪望着这一切,好像他刚经过长期旅行归来似的"[②],"现在感到的是归来、诧异、微笑和重新占有"[③]。爱情代表的是生殖的冲动,男性的活力和生命力。感到"变老"暗示的是心理上的成熟,个体成长的体现。汉斯彼时的男性眼光打开了,生命的活力焕发出来,他看到的是爱玛的眼睛、嘴、黑色长袜子、头发、脖子、胸部、耳朵,这一切都具有明确的性暗示的特征。汉斯开始要迈出自己走向成人的一步了。

但是在这份爱情开始的时候就有种种暗示它将无疾而终。这些美丽的自然景象被反复比喻成"像画一样"。装在"玻璃镜框中的装饰画"[④]暗含不真实、虚幻、易碎,暗示着汉斯自己对这份爱情的无把握。与此同时,世界在汉斯的眼中总是隔着一层"薄雾""面纱"。在与爱玛约会时,汉斯感觉这是"秘密和被禁之事"[⑤],害怕被鞋匠看见,怕他嘲笑。汉斯缺乏爱的能力,一部分是之前他的活力和生命力被压制造成的病态,另一方面,他自身仍然还受到规训的限制,心甘情愿的,奴化的。

"爱情是一种给予的行为,有没有能力去爱取决于一个人性格的形成发展,……拥有爱的能力的先决条件是,人的性格中的创造性倾向要占主导地位。在这种性格倾向中,人就能够克服他的依赖性、自恋性以及侵占心理;并且能够建立对自我的信赖,鼓起追求目标的勇气。如果不具备这些特点,人就会害怕把自己给予别人,也就是害怕去爱。"[⑥]汉斯的个性没有得到发展,

---

① 罗洛·梅.人的自我寻求[M].郭本禹,方红,译.北京:中国人民大学出版社,2008:55.
② 赫尔曼·黑塞.在轮下[M].张佑中,译.上海:上海译文出版社,1997:128.
③ 赫尔曼·黑塞.在轮下[M].张佑中,译.上海:上海译文出版社,1997:132.
④ 赫尔曼·黑塞.在轮下[M].张佑中,译.上海:上海译文出版社,1997:127.
⑤ 赫尔曼·黑塞.在轮下[M].张佑中,译.上海:上海译文出版社,1997:130.
⑥ 艾里希·弗洛姆.爱的艺术[M].刘福堂,译.桂林:广西师范大学出版社,2001:21.

第 2 章 黑塞小说中的现代青春困境

缺乏爱的能力,这是之前他的活力和生命力被压制造成的病态。这场爱情中作家非常突出地反复描写汉斯的"无力":小心翼翼、畏惧的嘴唇、战栗得缩回去、全身软弱无力、摇摇晃晃、疲倦得难以举步,"怕被别人发觉的心情向他袭来,促使他离开那里,像个有点喝醉的人似的勉勉强强、摇摇晃晃慢慢地走着","每走一步都感到双膝要跪下去似的"。[①] 第二次约会跟昨天完全一样,他害怕,觉得像小偷,接吻时软弱无力,"沉默不语,听其摆布"[②],甚至拒绝再吻,觉得快要死了,想马上回家。而他站起来时身子摇晃,差点从台阶上栽下去。

对汉斯来说,他与爱玛的第一次恋爱"意味着他向童年的告别,而这种告别中隐藏着痛苦和对未来的预示"。[③] 就在汉斯还在痛苦地品味爱情滋味的时候,爱玛却跟他开了一个天大的玩笑,她不告而别,汉斯一下子被击垮。汉斯想通过恋爱来确立自身的存在感,但是爱情的失败预示了他将来的命运。

失败的爱情:认识自我的天性

《克诺尔普》讲的是同名主人公到处流浪,最后在野地里孤独死去的故事。克诺尔普是一个非常有才情的年轻人,喜爱艺术,热爱美的事物。他远离家乡,不事生产,不创造任何物质财富。但他走到哪里就给那里劳作的人们带来欢乐,为他们弹奏吟唱诗歌。人们一方面同情他的居无定所、食不果腹,一方面又喜欢他带来的短暂的欢乐,并给他提供食物。

在以往的小说评论中,这个情节的意义似乎不大,在研究者那里很少受到重视。但是如果从青春期发展的角度来看的话,它对于理解主人公的选择却非常重要。克诺尔普把自己远离正常道路的原因归结于这场失败的爱情,但是对于自己走的这条脱离常规的道路是否正确,他在生命的最后时刻有过思考。假如当初法兰切斯卡没有让他徒然等待,他的命运会不会有所不同?他认为假如不是法兰切斯卡的原因,自己即使被学校开除也会有足够的精力和勇气振作起来并有所作为。而他后来却变得自暴自弃,听任生活的摆布,

---

[①] 赫尔曼·黑塞. 在轮下[M]. 张佑中,译. 上海:上海译文出版社,1997:132.
[②] 赫尔曼·黑塞. 在轮下[M]. 张佑中,译. 上海:上海译文出版社,1997:135.
[③] Helga Esselborn-Krumbiegel. Hermann Hesse, Literaturwissen für Schule und Studium[M]. Stuttgart: Philipp Reclam jun. GmbH. & Co., 1996:39.

随波逐流，成为生活的局外人，而且"再也不信赖任何一个人的话，不受任何言论的束缚"，"过着适合自己的生活"并"始终保持孤独"。[1] 但他对法兰切斯卡并不怨恨，或许他更应该感谢她，因为这份看来不成功的爱，让他发现了理性社会的本质，发现了自我的天性，因而走上符合自己本质天性的道路。对他来说不幸的爱情看似是他脱离社会常规的原因，但实际上也是他认识这个与他本性不相符的现实市民社会的契机。他并不后悔他游离于世俗社会之外的选择。

克诺尔普认为，这场恋爱"其实只是一个儿童故事"，却对他非常重要，多年来"一直让我为之操心"。[2] 恋爱的体验是青少年成长的必要阶段，会对他以后的人生产生很重要的影响。暮年的流浪者克诺尔普在与医生朋友的谈话中谈到自己的过去时说起这次恋爱，他说，假如这场恋爱成功的话，也许会帮助他正确处理好"和普通学校及父亲的关系"[3]，在生命的最后，他还"暗自思忖，假如法兰切斯卡当时没有让我徒然等待，也许一切便会全然不同了。即使我被拉丁语学校开除，耽误了学业，我还是有足够的精力和勇气振作起来有所作为的"。[4] 也就是说，假如法兰切斯卡（代表社会）能接纳他的天性——一个有天分的、感性的、重视自我的人，那他就能获得完整的同一感，温和平稳地度过青春期，进入成年人的稳定世界。而这场失败的爱情使他看到，法兰切斯卡（社会）并不需要、不欢迎这样的人，他们需要的是工人，在工厂里日复一日，把自己交付机器，没有了自我，没有了感情，更没有诗歌、音乐以及自然的人。法兰切斯卡对于情人的选择正是工业社会、理性社会的常态。对于克诺尔普来说，看似是这场失败的恋爱使他"脱离了常规"[5]，实际

---

[1] 赫尔曼·黑塞.克诺尔普——克诺尔谱生平三故事[M]//悉达多.张佩芬，译.上海：上海译文出版社，2013：251.

[2] 赫尔曼·黑塞.克诺尔普——克诺尔谱生平三故事[M]//悉达多.张佩芬，译.上海：上海译文出版社，2013：247.

[3] 赫尔曼·黑塞.克诺尔普——克诺尔谱生平三故事[M]//悉达多.张佩芬，译.上海：上海译文出版社，2013：251.

[4] 赫尔曼·黑塞.克诺尔普——克诺尔谱生平三故事[M]//悉达多.张佩芬，译.上海：上海译文出版社，2013：262.

[5] 赫尔曼·黑塞.克诺尔普——克诺尔谱生平三故事[M]//悉达多.张佩芬，译.上海：上海译文出版社，2013：248.

第 2 章 黑塞小说中的现代青春困境

上是他自主地选择作为这个理性社会的局外人,去过一种适合他天性的、"不缺少自由"[①]的生活。

回忆爱情:重构自我

1927 年发表的《荒原狼》讲的是一个中年知识分子在现实世界中格格不入,自认为是一只误入人类社会的荒原狼。主人公哈勒无法忍受庸俗、堕落的现实,在打算自杀的时候,结识了两位酒吧女性,她们带他学会跳舞,享受纯粹的肉体欢愉,通过在魔术剧院的经历认清自己的多种个性,最终认识到生活的智慧,又觉得能够忍受生活了。全文并无很多与爱情相关的描写,与两位酒吧女的关系也与爱情无关。小说只在魔术剧院里有一小段写到主人公对青年时期爱情的回忆。在魔术剧院里哈勒首先经历了人与机器的生死大战、经历了性格结构游戏和人狼转换的游戏,经历了杀戮、血腥、野蛮和恐惧,之后看到一个牌子上写着"所有的姑娘都是你的",于是进入门内。在这个房间里他重温了自己青年时代的一切美好爱情。

荒原狼哈勒在一种熟悉而又"朦胧遥远"的感觉中体会到自己青少年时代的气息,他觉得自己又变得年轻了。在这里哈勒又重新经历了年轻、真实、能融化一切的热情。如果之前他经历的是老年人的一切,那么现在他又回到了青年时代。现在他超越了自己被世俗和社会改变了本性的老年人的追求,回到了自己的青春期时代,尽情享受自己全部完整生命中的这一小部分,让它成长,让它不受"其他形象的拖累,不受思想家的干扰,不受荒原狼的折磨,不受诗人、幻想家、道德家的奚落"[②],就纯纯粹粹地做一个恋爱的人。

哈勒实际上是在追寻自己身份意识建立的关键时期,追寻自己被遗忘的青春时期。他想到自己十五六岁的时候,一方面充满追求和功名心,做着艺术家的梦想,但更令他激动不已的是对爱情、对异性的渴念。哈勒的爱情故事都发生在春天,温暖的三月,代表着充满活力、生命力和创造力的时期。他回想起自己第一次爱情的失败,从那个时候起他的"整个生活和爱情都是错

[①] 赫尔曼·黑塞. 克诺尔普——克诺尔谱生平三故事[M]//悉达多. 张佩芬,译. 上海:上海译文出版社,2013:251.

[②] 赫尔曼·黑塞. 荒原狼[M]. 赵登荣,倪诚恩,译. 上海:上海译文出版社,1986:191.

误的、混乱的，充满了愚蠢的不幸"。① 而现在在魔术剧院里他又能纠正以前的一切错误重新开始了。

魔术剧院的所有活动都是使哈勒重新检视自己各种身份的可能性，也回溯了他身份认同危机的根源，重温爱情使他在幻境中重新建构起自己的同一感。魔术剧院之前哈勒的生活悲剧是由于其感性本质无法对抗强大的理性社会而造成的内心冲突。爱情是他重新建立自我的途径之一。从魔术剧院出来他才得以重新面对生活。在荒原狼哈勒这里，青春期代表感性的热忱和生命的本能。但是这种本能的热情被世俗道德压抑，受到约束，致使他的生活荒芜，丧失了爱的能力。现代文明对于爱欲的压抑导致了生命本能的丧失②，魔术剧院使他放弃一切道德顾忌，按照自己的本性去经历爱情，美好的爱情使他体会到自我的价值和意义。

爱情对于艺术家来说代表性的吸引，代表生殖力和创造力，也代表对感性的欲望，代表美以及对理想的追求。我们可以看到，在黑塞这里，失败的爱情都有一个原因，那就是理性的戕害。汉斯在父辈和社会的欲望理性规约下，完全失去了爱的能力，也就失去了他建构青春期认同的力量，因而走向毁灭。克诺尔普没有赢得法兰切斯卡的爱情，因为她需要"一个手艺人或者一个工人"③，而不是一无是处的学生。这就是欲望、物质化、实际功利化的理性世界的爱情模式，作为有艺术家天性的克诺尔普并不适合这样的爱情，因此他最后反而要感谢这份不成功的爱。而荒原狼直到魔术剧院了才意识到自己青春期受到世俗道德的压抑，失去了爱的能力，这也正是他身份认同危机的根源。他们的失败都是因为这个理性世界占据主导，感性世界受到压抑。主人公爱情失败一方面是理性与感性分离的后果，同时又造成了个体内在生命的不完整性。

---

① 赫尔曼·黑塞.荒原狼[M].赵登荣，倪诚恩，译.上海：上海译文出版社，1986：189.
② 刘保昌.女性 死亡 国民性——关于《废都》与《荒原狼》的对读[J].山东社会科学，2002(5)：102-105.
③ 赫尔曼·黑塞.克诺尔普——克诺尔谱生平三故事[M]//悉达多.张佩芬，译.上海：上海译文出版社，2013：249.

2.3.3 爱无能与现代社会"母性"的缺场

美国社会学家、心理学家南茜·乔德罗在《母性角色的再生》中也指出，幼儿的身心发展完全依赖于母亲，母亲的缺场必然引起孩子的焦虑感；母亲是帮助孩子走向社会化的第一人，是孩子情感依赖的内在客体。[①] 荣格学派的重要人物埃利希·诺依曼认为，在健康的母子关系中，儿童可以获得爱，赋予生命以能量，并获得承受丧失或伤害的能力。这种积极的原始关系能促进后来的自我发展，整合超个人维度、人际之间或个体发展过程中可能出现的危机，反之，则会导致个体切断内心和外在世界的现实联结，会导致潜意识冲动下产生任何不当行为。[②] 可以说青春期个体在寻找自我身份的过程中，儿童期从母亲那里所获得的经验，尤其是母亲的爱非常重要。

关于"母爱"和"父爱"的哲学意义，精神分析心理学家弗洛姆在《爱的艺术》中进行了区分和阐释。他认为母爱是一种爱的能力，是自然世界的表征，是感性的代表，"母亲是我们的故乡，是大自然，是大地，是海洋"，而父亲"不代表任何一种自然渊源"。[③] 父亲代表的是人类生存的另一支柱：思想的世界，人化自然的世界，法律和秩序的世界，原则的世界。[④] 父爱的本质在于：服从成为主要的美德，不服从乃是主要的罪孽。[⑤] 父爱表征理智与判断力，遵循的是现实的原则，是理性的代表。

而在这个工具理性至上的父权制社会中，亚德里安·里奇在《生于女性：经历与制度化的母性》一书中写道：在这个"日益残酷和冷漠的世界""充满战争、残酷竞争和蔑视人类弱点的世界"里，在这个"被男性逻辑和男性用所谓'客观'、'理性'的判断所统治的社会中"，"母亲是天使般关爱和宽容的源泉"，"女性是富于协调和感性的因素"，"母亲成为道德价值和温柔情感的象征与残留"。[⑥]

[①] 转引自张亚婷. 中世纪英国文学中的母性研究[M]. 北京：中央编译出版社，2014：152.
[②] Barbara A. Turner. 沙盘游戏疗法手册[M]. 陈莹，姚晓东，译. 北京：中国轻工业出版社，2016：51.
[③] 弗洛姆. 爱的艺术[M]. 亦非，译. 北京：京华出版社，2005：41.
[④] 弗洛姆. 爱的艺术[M]. 亦非，译. 北京：京华出版社，2006：41.
[⑤] 弗洛姆. 爱的艺术[M]. 亦非，译. 北京：京华出版社，2005：42.
[⑥] 转引自刘岩. 母亲身份研究读本[M]. 武汉：武汉大学出版社，2007：24.

综上所述,"母爱"是情感的源泉,是精神和内心力量的故乡,尤其是在青春期少年第一次独自面对社会时,是用以抵制理性世界戕害的武器。但是在我们阅读黑塞的作品时却发现,"母亲"在主人公的成长过程中大多情况下是缺场的,而对父亲的描述却多有铺墨。笔者认为缺场的母亲和对黑暗世界的描写都与感性世界的缺失有关,也都直接或间接地造成了主人公的"爱无能"。

缺失的"母亲"与在场的父亲

《在轮下》不仅写了汉斯如何面对社会的理性规约,写了理性与感性的冲突,除此之外对于汉斯的悲剧命运根源,小说中还有几处着墨不多的描写,那就是黑暗世界和母性的缺场。这两点往往被论者所忽略。但笔者认为,这两点黑塞并非无意为之,而是意义深远。

首先是关于汉斯母亲的问题。小说对父亲的形象描写很多,但对汉斯的母亲只在几处稍微提到,并没有详细地刻画。首先是在小说开头写汉斯是一个"有天赋的孩子"时,叙述者认为汉斯的天赋特质"绝对不可能"是来自父亲,那么"也许是来自母亲吧?她已经去世多年,生前除了病个没完没了和郁郁不乐之外,身上没有什么引人注目的地方"。[①]母亲的形象在这里被描写成病弱和忧郁。母亲形象代表感性,在理性社会或者父性社会中,母性所代表的感性被压制,被边缘化,失去了自身的存在。

从汉斯考试之前的焦虑惶恐到考试后的沮丧、悲观,再到考取之后假期的卖命学习及头疼这个阶段,母亲的形象再没有出现过。但是在汉斯进入神学院的时候,又提到了母亲。父亲送汉斯到神学院报到时,小说写道,"进神学院时还有母亲在场的人,毕生回忆起那些日子,都会怀有感恩和乐滋滋的激动心情。汉斯·吉本拉特不属于这种情况,他是漠然度过这一切的,可是他还是观察到了许多别人的母亲,得到了一种特别的印象"。[②] 小说之后还花了不少笔墨描写陪孩子来报到的母亲们忙碌地帮孩子们整理东西,说些"叮咛、劝告和温存的话"[③]等等。这里的几句话或许常常被读者忽略,作家却并

---

① 赫尔曼·黑塞. 在轮下[M]. 张佑中,译. 上海:上海译文出版社,1997:2.
② 赫尔曼·黑塞. 在轮下[M]. 张佑中,译. 上海:上海译文出版社,1997:48.
③ 赫尔曼·黑塞. 在轮下[M]. 张佑中,译. 上海:上海译文出版社,1997:49.

第 2 章 黑塞小说中的现代青春困境

非无意为之,细细品味,其中的意味深长。这是汉斯第一次感觉到母亲的存在。进入神学院对于这些男孩子们来说是一个重要的转折点,在这里他们开始了自己的青春期历程。他们第一次远离父母的家,进入一个小社会,独立面对外在的一切,寻找自我身份认同。神学院是一个培养理性的地方,在这里将会摈弃一切感性的感情生活,孩子们的感性天性会与理性教育产生剧烈冲突,有母亲陪同的人,是受到感性熏陶和保护的人,有完整的内心来对抗后来的理性生活,达到内心的平衡,因此他们将是幸福的。而汉斯却恰恰缺少这一点,由于母亲的缺席,他"缺少情感的关照和保护"[①],因而没有足够的感性力量来对抗理性。

之后的神学院生活,汉斯最初还能自觉地在先前父亲和教师所灌输的理性和功名心的驱使下努力学习,度过了一段短暂平静的时期。不久之后进入青春期的孩子们开始寻找同伴,与热情、感性的海尔纳的友谊让汉斯陷入内心的冲突,他开始苦恼,受到内心的折磨。第一次从学校放寒假回家过圣诞节,人们发现汉斯脸色苍白,身体消瘦,但这一切并没有受到大人们的重视,牧师认为这"一切都是正常的"[②]。小说在这里提到在吉本拉特家是过不起真正的圣诞节的,因为这儿"没有歌声和节日热烈气氛,缺少一个母亲,缺少一棵圣诞树",而"汉斯是这样习惯了的,因此一点也不觉得缺少什么东西"[③]。作家想要说的是,假如有母亲的存在,有母亲的关照,有母亲感性的滋润,汉斯后来的命运或许有所不同。

《纳尔齐斯与歌尔德蒙》中母亲也是缺场的。歌尔德蒙的母亲在他出生之后不久就离家出走,母亲留在歌尔德蒙记忆里的形象只是源自父亲的负面描述和周围的谣传,至于母亲的真面目,他却完全忘却了。因此歌尔德蒙从小就生活在父亲所灌输的对理性、对神学的信仰中,完全不知道自己的天性。开始的时候,他认同父亲理性力量的控制,及至后来纳尔齐斯帮助他唤醒内心的感性天性,这种唤醒是通过对母亲的回忆和呼唤来实现的,对母亲的认

---

① Helga Esselborn-Krumbiegel. Hermann Hesse, Literaturwissen für Schule und Studium[M]. Stuttgart: Philipp Reclam jun. GmbH. & Co., 1996: 35.
② 赫尔曼·黑塞. 在轮下[M]. 张佑中, 译. 上海: 上海译文出版社, 1997: 76.
③ 赫尔曼·黑塞. 在轮下[M]. 张佑中, 译. 上海: 上海译文出版社, 1997: 76.

识帮助他重建完整的自我。可以说，在被纳尔齐斯点醒之前母亲在歌尔德蒙的记忆中是一片空白，他对母亲形象的失忆暗示他同一性混乱的状态：童年的经验（父亲对母亲的描述）误导，妨碍了自我经验的形成。作为生命之源的母亲形象被父亲的话语遮蔽，歌尔德蒙内心只有父亲的形象，也因此缺乏了完整性，无法形成连续性和统一感。也正因为这样，他在修道院感到心烦意乱、无所适从，并且内心的冲突和痛苦愈来愈甚。

纳尔齐斯一语点破歌尔德蒙的困境之源：他遗忘了自己的童年，然而童年的一切一直深藏在他的内心深处，召唤着他。歌尔德蒙受到极大的震动，他一直要回避的问题，或者内心的冲突被纳尔齐斯直接挖出来放在眼前，使他一下子无法承受，对自我的认识、直面自我本质是一个艰难和痛苦的过程，歌尔德蒙支持不住晕倒过去。然而这一次的冲突却帮助他唤醒了内心深藏的母亲形象，这之后歌尔德蒙多次回忆起自己的母亲。对母亲的回忆实际上是对自我经验的追寻，歌尔德蒙对母亲的回忆帮助他重新建构了自我的身份。母亲的形象唤醒了他的天性，使他认识到自己的天性，他找到了内心的和谐，获得了拯救。这之后歌尔德蒙内心变得健康，同时显得既年青又成熟了。[1] 他不再热衷于当修士、献身上帝之类的理想，而是凭着更加"敏锐的直觉"预感到自己将会迎来一种与往昔完全不同的命运，他也做好了准备来迎接这种命运。[2] 歌尔德蒙确认了自己作为艺术家的天性特征，也因此获得了自我身份的主体性。

与此相反，黑塞小说中对父亲的描写却较多，这些父亲的形象各有不同，却又大致相似，可以说，他们都是现代社会的父亲形象，也都是现代理性社会的代表，是权威、理性的代表，也是理性社会的欲望的代表。

《在轮下》中的父亲是一个粗俗鄙陋的小市民形象，对精神对天赋都持有敌对情绪和压制的倾向。虽然他还算不上理性权威的代表，但也是现代理性社会追逐财富的实用主义的代表。正如小说中直接写出来的，汉斯的死一部分要归结于他的父亲。汉斯对他父亲的恐惧也反映了这种理性欲望对青春期

---

[1] 赫尔曼·黑塞. 纳尔齐斯与歌尔德蒙[M]. 杨武能，译. 上海：上海译文出版社，1998：78.
[2] 赫尔曼·黑塞. 纳尔齐斯与歌尔德蒙[M]. 杨武能，译. 上海：上海译文出版社，1998：79.

第2章 黑塞小说中的现代青春困境

少年的压制,汉斯在爱情中的软弱无力也间接反映了父亲的强势影响。

在黑塞后来的作品中,"父亲"大多是光明、正派、可敬的绅士形象,享有一定的精神生活。辛克莱的父亲是一位绅士,是传统、光明、正派的代表。《悉达多》中对父亲的描写最多,在这里父亲是真理世界的象征,是高贵、冷静、理性的形象。《纳尔齐斯与歌尔德蒙》中对父亲的描写并不多,人们对他的直接印象是在他送儿子来神学院的时候。这是"一位帝国的官员","一位上了年纪的绅士,一张忧愁而有点儿皱纹的脸,他对儿子的话全然不在意"。[①] 这个父亲与天性感情丰富、感官敏锐、个性强烈、富于情感和灵性的儿子完全对立,也是这个父亲,坚决地把自己的认知强加于歌尔德蒙身上,认定歌尔德蒙要献身宗教。

还有一个被人忽略的现象就是,越到后来黑塞小说中出现的父亲形象越少,到最后的巨著《玻璃珠游戏》,主人公克乃西特被塑造成一个无父无母的孩子。笔者认为,从青春期危机视角来看,母亲的缺场和父亲的在场,以致最后的小说主人公克乃西特的成长过程中"无父无母"都具有特别的意义。

小汉斯由于自小没有母亲,因此缺失了与父权和理性社会对抗的感性力量,缺少了建构完整自我的力量,最终没能独立建构自我意识,获得成长。而辛克莱的童年生活有母亲的怀抱和爱,这是一个善的世界,光明的世界,童年的乐园,他在这里吸取了足够的光明的力量,之后独自经历恶的世界,使他的自我个性达到完整。最后又在爱娃夫人身上找到真正的母性,力量的源泉,最后获得独立完整的自我。在《纳尔齐斯与歌尔德蒙》中,母性的缺失使歌尔德蒙在自我身份认同方面产生迷误。歌尔德蒙对母亲的回忆帮助他重新建构了自我的身份。母亲的形象唤醒了他的天性,使他认识到自己的天性,他找到了内心的和谐,获得了拯救。

在黑塞的小说中,母亲的缺场代表着感性力量的丧失。在他看来,母亲的缺失会造成少年的青春期身份认同危机。黑塞后期小说中父亲逐渐退隐代表着理性对青春期成长过程的控制越来越淡化,青春期的成长更多依靠自己的天性来完成。

[①] 赫尔曼·黑塞.纳尔齐斯与歌尔德蒙[M].杨武能,译.上海:上海译文出版社,1998:33.

黑暗世界的意义

黑塞的小说中除了"母亲"的缺失、父亲的在场以致最终父亲的退隐现象之外，还有很多对"黑暗世界"的描写，这一点也通常被读者忽视。黑塞的小说里，黑暗世界是相对于家庭的光明、正道、正统世界之外的部分，从《在轮下》开始，黑塞小说中主人公的青春期阶段都有过被这个黑暗世界或者"恶"的世界吸引的经历。

汉斯退学回来之后一度想要找回失去的童年，他回忆中的童年王国里除了自己家所在的代表正派光明的硝皮匠巷之外，更吸引他的是与之相对的、挨着的一条"又短、又窄又可怜"、滋长"贫穷、罪恶和疾病"的小巷子鹰巷。[1] 在汉斯的童年回忆里，那条光明美好的硝皮匠巷并没有占据很多地位，只有短短的一小段，而对鹰巷的回忆占据了六个篇幅之多。随着汉斯的回忆，我们看到，鹰巷里的房子破烂，巷子阴暗，充斥着醉酒、死亡。这里有"声名狼藉"与"丑闻和动刀子事件"相关联的女人[2]；有"坏得出奇的顽童"，他们偷水果、破坏森林、耍花招和各种恶作剧[3]；还有"病残、早熟和不寻常的"[4]孤儿，他虽然身子残疾，但懂得很多生活的技巧，尤其是钓鱼的花样。童年的汉斯在这里"满怀恐惧"又"津津有味"地听人们讲那些神秘、离奇、夸张、令人毛骨悚然的鬼神故事。这条贫穷的小巷子对小汉斯来说既可怕又神秘，这里既是童话故事的滋生地，也是发生奇迹或恐惧事件的地方，在这里妖术和鬼神是可能和可信的，这里有带着"迷人的恐怖"的神话故事和民间故事，它们讲的是"黑社会英雄、凶犯和冒险家等人的卑劣行径和受惩罚的故事"，总之，这是一个既堕落又生气勃勃的地方，汉斯每次走进这里的时候，都会感到既高兴又害怕，"产生一种混合着好奇、恐惧、做了坏事而不安以及将要遭遇惊险经历的快乐预想的复杂心情"。[5]

鹰巷是一个完全被光明世界所排斥的地方，但也是神秘而充满生气的所在，汉斯童年时曾经短暂地进入这个黑暗的、恶的世界，体验到世界的多样

---

[1] 赫尔曼·黑塞.在轮下[M].张佑中，译.上海：上海译文出版社，1997：112.
[2] 赫尔曼·黑塞.在轮下[M].张佑中，译.上海：上海译文出版社，1997：113.
[3] 赫尔曼·黑塞.在轮下[M].张佑中，译.上海：上海译文出版社，1997：113.
[4] 赫尔曼·黑塞.在轮下[M].张佑中，译.上海：上海译文出版社，1997：113.
[5] 赫尔曼·黑塞.在轮下[M].张佑中，译.上海：上海译文出版社，1997：116.

第2章 黑塞小说中的现代青春困境

性、复杂性，感受到生命力的丰富性。汉斯后来被父亲和老师对功名的欲望挟裹着跟跄前行，早已远离鹰巷这个神秘而充满生气的地方。汉斯被要求走的是一条正派、光明、理性的道路，但是这条道路带给他的除了恐惧、孤独、焦虑、死亡之外，没有其他，他在这条善的正派的道路上失去了认识自我、确立自我的能力。汉斯在通向光明世界的道路被堵塞之后才回头回望自己的童年，他在童年里曾经短暂地进入这个恶的世界，但是不久就被正派、光明世界的代表——家庭、社会、学校所禁止，他的青春期只有学习和功名，他的人生并不完整。小说对童年时吸引他的黑暗世界的大篇幅回忆暗示，汉斯因为青春期缺少非理性的恶的滋养而失去了自我建构的能力。

黑塞关于黑暗世界对青春期少年的影响以《在轮下》作为开端，之后在《德米安》《荒原狼》《纳尔齐斯与歌尔德蒙》《玻璃珠游戏》等作品中也都有大段描写。《德米安》的主人公辛克莱还是小孩子的时候就意识到黑暗世界的存在，并受其吸引和诱惑，一度成为一个"坏孩子"。可以说在《德米安》中，人物的身份危机、对自我的质疑与追寻以及自我的重新建构都是与黑暗世界与光明世界的冲突紧密联系在一起的。《荒原狼》中对黑暗世界的描写更为直接。荒原狼哈勒在魔术剧院里经历疯狂的杀人游戏，使他认识到自身的狼性一面，杀戮、嗜血、残暴的特性，也就是人性本身的黑暗面。他在圣人的帮助下承认并接纳自身，重新获得生活的勇气。

亲近、参与"正派人"眼里的黑暗世界就是传统意义上的学坏、行恶，而对于青春期的孩子来说，这是他对父辈的理性生活的一种自发反叛。这个黑暗世界里是与光明世界完全相悖的神秘、自然本能、原始冲动，是对父亲世界的一种反驳。根据荣格的说法，"母亲"的原型本身就是矛盾的，一方面是"母性关怀和怜悯，女性的神奇权威，超越理性的智慧与精神境界，任何有所助益的本能或冲动，所有这些特质都是温和而仁慈的，会呵护、维持并促进生长和繁育。母亲统辖神奇转化和重生之地，也掌管着尘世与生活在其中的居民"；另一方面，"母亲原型可能意味着任何隐秘、潜伏、黑暗之事物，深渊、地狱冥府，具有吞噬性、诱惑性和毒害性的任何事物，这些事物异常可怕，而且像命运一样无法逃避。"①也就是说，母亲形象本身就有黑暗的一面。

弗洛伊德认为人心的黑暗部分本身就是人内在冲动的具象化。在黑塞的小说中，我们可以理解为母亲形象代表的人的本能冲动、自然天性、野性这一面被具象化为具体的黑暗世界了。在黑塞这里，黑暗世界代表的是感性、世俗，是人的本能天性，甚至是"恶"，主人公的青春期危机都与参与或者没参与这个世界有着直接关联。《在轮下》中的汉斯只是短暂旁观过黑暗世界，就被父辈"欺骗"到"光明"的正规道路上来，他没有受到"恶"的滋养，因而他的生命不完整，也成为导致他后来早夭的结局的因素之一。而之后自《德米安》起的作品中，黑暗世界成为主人公命运发展的直接决定因素，主人公都有意识地追逐并体验与光明（或善）对立的黑暗世界，从而经历完整的生命，获得自我重构的能力。

---

① C. G. 荣格.荣格文集：原型与原型意象[M].长春：长春出版社，2014：9.

第 3 章　黑塞小说叙事主体的自我建构

黑塞青春叙事的主体面临一系列成长的困境，青春期的"认同危机"由于时代的问题无法被克服，但是除了《在轮下》之外，黑塞的其他作品主人公都在自我意识萌发之后开始通过反叛父权来寻找自我，都在努力地建构自我。在黑塞这里，青春期个体建构自我意识、形成自我认同的过程往往是通过对父辈的反叛来实现的。按照发展心理学的观点，青春期的显著特征除了"认同危机"之外，就是反叛行为的出现。反叛是通向自我的第一步。而现代性社会中青春期个体的反叛除了自身成长发展的逻辑之外，更具有反现代性的特质。

3.1　行"恶"作为对抗理性的手段

日本文学批评家、"新京都学派"代表人物桑原武夫在其《文学序说》一书中专辟一章讨论了"文学中的'恶'"的问题。他从善恶的产生说起，借助自然界动物群体对外界威胁的反应，以及原始部落对外族入侵的反应作为例子，得出结论：善最初是起源于维持人类共同体的存在，威胁这一存在的就是恶。[①] 在现代工业社会里，由于生产关系的变化，出现了一定程度上享有独立自由的个体。这些个体一旦要维护自身的存在而与集体（社会）价值观发生冲突，他的所为就成了恶。桑原武夫列举了一个目录单，对现代社会的善恶之

---

① 桑原武夫. 文学序说[M]. 陈秋峰, 译. 郑州：黄河文艺出版社, 1985：180.

物进行了比较。① 在他看来，所谓"善"，或者"道德"是一种全体的道德，所有"个体的"就是恶；所谓"善"就是要考虑未来的生存，要考虑到理性，所以享乐的、当下的、感性的就是恶。现代资本社会以"生产""进步"为价值标准，即为善，与此相反，对自由、享乐、梦想等的追求就成为恶。概括起来说就是，所有与"社会"相对的就是恶，而"社会"的特征就是进步、发展、理性、秩序，等等。因此，个体的、感性的就是恶。

无独有偶，法国思想家巴塔耶也专门著书讨论"文学与恶"的问题。在其《文学与恶》一书中巴塔耶宣称，"恶"是对正常社会道德禁忌的挑战，因此"恶具有最高价值"。②"社会约束野蛮青年放弃他们的天真自主感，要求他们服从成年人的合理规范：合理是以集体利益为根据的"③，集体利益就有很多禁忌，遵守这些禁忌就是合理，就是善，违反就是恶，恶就是"对善的反叛"，因此"犯罪"或者说"恶"就是人们对禁忌的反叛，"违抗所必需的勇气是人的成就，尤其是文学的成就"。④ 言下之意，文学对恶的描写是一种"成就"，是一种反叛的勇气。

现代心理学还把人的"恶"的倾向命名为"恶魔性"，认为这种"恶魔性"实际上是人的无意识的反映。⑤ 恶魔性被当作人性的无意识，同时是对传统道德的反叛，也即"恶"就是与主流社会价值标准（维护秩序、安定）相反的道德。

3.1.1 黑塞小说中的"恶"

在黑塞的叙事逻辑中，"恶"并非完全如我们常规意义上违背道德的恶，而属于上文所述，是对主流社会价值的反叛，黑塞的主人公也通过"行恶"来实现自我身份的建构。黑塞作品中对"恶"的描写在最初的《彼得·卡门青德》就有涉及，但那个时候主要还是写对光明的追求。从《在轮下》主人公对儿童

---

① 在他的"善"的一栏里包括：生、全部（共同）、未来、理性、扩大（生产）、工作、行为（有用）、进步、安详、秩序、散文。而在"恶"的一栏里相对应的则是：死、个别（孤独）、现在、感性、消耗（破坏）、快乐、梦想（无偿）、高贵、戏谑、自由、诗。
② 乔治·巴塔耶. 文学与恶[M]. 董澄波，译. 北京：北京燕山出版社，2006：2.
③ 乔治·巴塔耶. 文学与恶[M]. 董澄波，译. 北京：北京燕山出版社，2006：4.
④ 乔治·巴塔耶. 文学与恶[M]. 董澄波，译. 北京：北京燕山出版社，2006：177.
⑤ 参见杨宏芹. 试论"恶魔性"与莱维屈恩的音乐创作——关于托马斯·曼的《浮士德博士》研究[J]. 当代作家评论，2002(2)：55-61；陈思和. 欲望——时代与人性的另一面：试论张炜小说中的恶魔性因素[J]. 文学评论，2002(6)：62-71.

第3章 黑塞小说叙事主体的自我建构

时代缺失的"黑暗世界"的追忆开始，黑塞对"恶"有了较多描述。而且从这个时候开始，黑塞思想中就已经开始出现恶对身份建构的作用。《德米安》中对恶的世界的描写已经成为主人公整个一生成长的催化剂。辛克莱生活在光明世界之中，却对黑暗世界或者"恶"的世界充满好奇，感觉受到诱惑，后来被一个叫克罗默的"十足的坏孩子"所控制，进入对方所在的恶的世界中去。

在克罗默面前，辛克莱感到害怕、压抑和恐惧（暗示辛克莱对恶的本能的排斥和恐惧）。在闲聊的时候，其他的男孩子吹嘘自己所做的各种英雄事迹和恶作剧，辛克莱担心自己的沉默会引起克罗默的注意和不满，于是他"在强烈的恐惧中"也开口编造了一个故事：他谎称自己偷了磨坊主花园中的很多苹果。这个编造的故事从此成了克罗默威胁辛克莱的把柄，成了造成他命运的一个决定因素，成了决定辛克莱走向恶的世界的一个起点。之后的日子他就这样牢牢地被克罗默控制，经历内心的煎熬，性情大变，成为问题孩子。辛克莱之所以会服从克罗默，是恶对人自身潜意识的外化，是自身本能的象征，是人内心阴影的透视。人自身就存在恶，这个恶是集体无意识的象征，是（在观察光明与黑暗世界的相互渗透中领悟到的）隐隐的对父辈理性世界、对传统的反叛的渴求。

黑塞中期作品《悉达多》《荒原狼》《纳尔齐斯与歌尔德蒙》都探讨了恶对于青春期自我身份建构的作用。《悉达多》中，恶代表的是生活的肉欲享乐、感官、情感、肉体，是生活本身，是与理性修行相对的恶，但这是人寻找自我、找到自身的必经之路。汉斯没有完整地经历这一阶段，所以没有成为完整的人，最终夭折在青春期阶段。而悉达多在追寻本真自我的时候，由于领悟到了这一点而幡然省悟，放弃修行进入世俗生活，去体验真实的人生，在历经情欲、财富的追逐等体验之后，最终找到自身的完满和完整统一。

悉达多本为富有的婆罗门之子，命定要成为一位"伟大"的人。但他对现在的一切并不满足，他思考着如何寻找到真正的自我。他发现就是他那位"圣洁、博学、最受敬重"的父亲也不认识这条通向自我的路，他也不能找到自己。因此，悉达多决定按照自己的方式去实现自己的命运，去寻找他的自我。悉达多追随苦行沙门、大觉世尊练习修行、追求知识，似乎已经找到真理。但是他还不满足，他醒悟到，自己在追求知识的道路上又迷失了自己。于是他放弃修行，进入世俗社会，结识了一位名妓渴慕乐。原文中渴慕乐为Kamala，寓含色欲之意，也表示一种感官满足的世界。① 对于正派世界来说，混迹于妓女的世界，本身就是一种堕落和恶，尤其对于高贵的婆罗门之子来说，更是一种罪恶。悉达多之后又开始学习对金钱的追逐，不但学会了从商，也学会了运用权力，学会了使唤仆从，学会了享乐、锦衣玉食，还学会了赌博，成了亡命的赌徒，最后在这条"最卑鄙、最下作、最邪恶"的道路上越走越远、越陷越深。在经历这一番堕落之后，悉达多又开始觉醒，最后离开这一切，放弃这一切，逃进森林，继续漫游。在体验过这个真实的世界，经历过恶的洗礼之后，悉达多领悟到人自性的完满。

在《荒原狼》中，哈勒本是一个追求精神生活的人，对现实中一切堕落的现象深恶痛绝，也因此成为一个神经官能症患者。在濒临自杀的境地下，他偶然进入一个叫作黑鹰酒馆的地方，在这里结识了舞女赫尔米娜。在她的引导下，哈勒开始学习参与他之前嗤之以鼻的事情，纵情于肉欲享受、毒品、狐步舞等。之后在魔术剧院里，他经历了自身内心的地狱和魔性，参与杀人游戏，对着机器和汽车驾驶员开枪，像狼一样吃人，最终还杀死了赫尔米娜。哈勒实际上是在魔术剧院中认识了自己的灵魂，找到自我迷失的根源，重新确立自我认同感。在魔术剧院中莫扎特教育哈勒，人要达到自身的完满必须要经历和忍受这个恶的世界。

《纳尔齐斯与歌尔德蒙》中的歌尔德蒙在自我寻找的过程中也经历过恶的洗礼。他在纳尔齐斯的引导下认识到自己的本性是感性的、艺术的。之后他就开始听从内心的召唤，走自己的路。神学院的精神生活对他不再有吸引力，似乎与他不再相干。直接促使他彻底离开神学院的是他在一次外出采药的时候碰到的吉卜赛女郎，在爱欲的唤醒下，歌尔德蒙内心的激情和生命本质热烈地焕发出来，引导他踏上了流浪之旅。在流浪的过程中，他一路上到处跟女人相爱，每一天找到一个新的女人，他有时候觉得这是罪孽，不久之前他还宁死也不会这样做，但现在他却感觉"良心安安静静"。②

---

① 赫尔曼·黑塞. 流浪者之歌[M]. 徐进夫, 译. 上海：上海三联书店, 2013：128.
② 赫尔曼·黑塞. 纳尔齐斯与歌尔德蒙[M]. 杨武能, 译. 上海：上海译文出版社, 1998：117.

第3章 黑塞小说叙事主体的自我建构

按照理性者的理解,歌尔德蒙是在"行恶",但是他在看似放纵自我的行恶经历中,获得一种非理性的个性化形式存在。之后的流浪中歌尔德蒙在骑士家的城堡诱惑过骑士两个可爱的女儿,险些被他杀死,还失手打死一个流浪汉;最后在跟总督的情妇偷情时,他被当作小偷抓起来,在即将被绞死之前被当上了修道院院长的纳尔齐斯救下来。在这些看似犯罪的过程中,歌尔德蒙逐渐唤醒内心的艺术感受。他雕刻圣母像,雕刻纳尔齐斯的雕像,留下了永恒的存在之意义,在这个过程中他的内心也得到了救赎,获得了内心的完满。这些恶的经历对于歌尔德蒙来说是他的命运,他对尘世的体验,是他艺术家身份的确立过程。

与恶的斗争就像黑塞在《玻璃珠游戏》中借约可布斯神父之口所说的,"不认识恶魔与鬼怪,不与它们进行持久的斗争,便不存在什么高尚和可敬的生活"。[①] 黑塞的小说人物通过经历恶、体验恶来建构自我的身份。纵观黑塞一生的创作,他对恶在人物身份建构、自我成长历程中的作用的认识有所发展和变化,从早期的理想化到中期对恶的深刻认识,到晚期作品如《玻璃珠游戏》中,主人公已经能够超越恶,达到自身的完满和谐,克乃西特已经能够自然地超越矛盾对立,达到自性的完整/整合性。

黑塞对"恶"的世界或黑暗世界的体验从他很小的时候就已经发生。如果这个时期黑塞还可以被看作是小男孩天然本性所致的淘气和调皮捣蛋[②],那么他后来逃离神学院,甚至被送进精神病院的时期,对父母的反叛,对光明世界的反叛,已经明确展示了他出于青春期的反叛心理而与父母"光明世界"的隔离。如果说这些经历还只是黑塞内心对"恶"的向往和追求,那么一战期间他的经历让他认识到外在世界的邪恶和混乱。直接震撼他的是战争的残酷性。他亲眼见到,到处是失去亲人的家庭,到处是失去肢体的伤员。他听亲历战争的士兵讲述前线的情况,到处是"被毁掉的房子、燃烧的柱子、死去的牲

[①] 赫尔曼·黑塞.玻璃球游戏[M].张佩芬,译.上海:上海译文出版社,1998:275.
[②] 黑塞母亲的日记展示了他曾经是一个多么不安分的孩子。参见:弗尔克·米歇尔斯.黑塞画传[M].李士勋,译.上海:上海人民出版社,2008:29.

畜、死去的人们；对手无寸铁的平民的屠杀，对安静祥和的村庄的扫荡"[①]；到处是流血、是死亡，是仇恨、是杀戮。更让黑塞失望的是，人性的黑暗在这个时期显露无遗。很多战前都追求精神生活的知识分子和艺术家们，现在都欢呼战争，宣扬仇恨。不仅有很多人背叛了他们自己之前的信仰，还有很多人成为"骑墙派"，有些人成为政客的"鼓吹手"。黑塞坚持自己的人道主义，发出反对战争的呼声。他因此被当作卖国贼，被辱骂、被威胁。更让他痛心的是，他之前的大多数好友现在也都背弃他而去，甚至倒戈相向，把他当作敌人。黑塞因此陷入一生中第二次精神危机，不得已接受心理分析治疗。黑塞的《德米安》就产生于他自己对第一次世界大战的反应[②]，产生于他自身的精神危机。这个经历和体验也在其他作品中得到反映。

3.1.2 "恶"与对父亲的反叛

如果说，《在轮下》的主人公因为没有成功度过青春期，没有获得自主独立的能力去反叛父亲，因而走上了悲剧的死亡之路，那么在黑塞后来的作品中，主人公都在反叛父亲的过程中获得了独立的自我认识和自我发展的能力，成功地建构起自我身份。他们对父亲的反叛同时被描写成一种对传统道德的反叛，是一种"恶"。根据尼采的善恶论，所有的传统道德尤其是基督教道德都是不道德的，黑塞的主人公以恶的行为反叛父亲，重新树立自己的道德观。

《在轮下》中的父亲是一个粗俗鄙陋的小市民形象，对精神和天赋都持有敌对情绪和压制的倾向，而后来的作品中，父亲大多是光明、正派、可敬的绅士形象，享有一定的精神生活。然而这种形象也是传统道德的代表，面对"恶"，他们也会大发雷霆。在《德米安》《克莱因与瓦格纳》《悉达多》《纳尔齐斯与歌尔德蒙》中都描写了儿子对父亲的反叛。《德米安》中辛克莱的父亲是一位绅士，是传统、光明、正派的代表。从最初犯下过错时感觉"凌驾于父亲之上"，第一次感觉撼动了父亲这棵大树，到弑父的噩梦，再到中学时期放纵堕

[①] Hermann Hesse. Aus einem Tagebuch des Jahres 1914[M] // Volker Michels. Politik des Gewissens: Die Politischen Schriften 1914—1932. Band 1. Frankfurt a. M.: Suhrkamp Verlag, 1977: 27-28.

[②] Paul Bishop. Hermann Hesse and the Weimar Republic[G] // Karl Leydecker. German Novelists of the Weimar Republic: Intersections of Literature and Politics. NY: Camden House, 2006: 45-60.

第3章 黑塞小说叙事主体的自我建构

落遭受父亲责骂却"态度强硬",甚至看到父亲无计可施时觉得他是"罪有应得"。① 辛克莱内心关于父亲的感觉说明了他对"恶"的亲近,对传统的反叛。他自己也意识到这一点,他意识到自己要从童年对父母的依附中走出来,要成为独立的自我,就必须摧毁父亲这棵大树。要成为自我,就必须反叛父亲,而参与恶,加入黑暗世界,就是反叛父亲,也就是反叛父亲所代表的理性、光明、正派、道德和善的世界。

辛克莱在与父亲一步步决裂的过程中实现了自我发展,直至小说后半部分辛克莱完全走上自己独立的道路后,父亲再没有在他的生活中出现。值得注意的是,辛克莱自我发展过程的一个转折期,也就是他意识到完全找到了自我的时期,是他跟管风琴手皮斯托琉斯交好的这段时期。而后者也是一个反叛父亲的人,他的父亲德高望重,是牧师和传道士,而他天资聪颖,本来应该前途光明,但却"离经叛道,成了半个疯子"。② 父亲在这里是理性和权威的代表,要成为自己,实现自己,就要反叛父亲。

《克莱因与瓦格纳》是紧随《德米安》之后黑塞创作的一部中篇小说。小说的情节很简单,就是写一个叫作克莱因(德文名 Klein,原意为"小"的意思,暗示小人物、普通市民)的小职员一向循规蹈矩、兢兢业业地扮演着他的社会角色和家庭角色。有一日他突然窃取公司巨款,放弃一切匆匆出逃到南方意大利的一个小城市短暂安顿,并与一个舞女共同生活一段时间,在性爱中短暂获得内心宁静,但是不久后还是投水自杀了。小说中对父亲没有具体的描写,但是克莱因在梦里通过对父亲(抑或上司)的狠命撞击③,直接表达了他对父辈的反抗。在出逃的宾馆里,克莱因想起自己家中卧室床头父母的照片。宾馆里没有父母的照片,克莱因现在摆脱了父母的控制,摆脱了父辈道德的约束。但是作为罪犯,他现在充满忧郁和恐惧,"一切都变了样,一切都不正

---

① 赫尔曼·黑塞.德米安:埃米尔·辛克莱的彷徨少年时[M].丁君君,谢莹莹,译.上海:上海人民出版社,2008:83.
② 赫尔曼·黑塞.德米安:埃米尔·辛克莱的彷徨少年时[M].丁君君,谢莹莹,译.上海:上海人民出版社,2009:111.
③ 小说里写克莱因梦到坐在车里,旁边有人在操控着汽车。克莱因对着司机的肚子狠命给了一拳,夺过方向盘自己开起车来,暗喻他希望摆脱别人的控制,自己掌握自己的命运。

常",克莱因希望自己的父亲也"对此体验一番",[①] 暗示克莱因认为他现在的这一切都是之前父权压迫的后果。

《悉达多》中对父亲的描写最多,在这里父亲是真理世界的象征:"悉达多认识许多可尊敬的婆罗门人,首先是他的父亲,一个最纯粹、有学问、值得高度尊敬的长者。父亲是令人钦佩的,他的举止沉稳而高贵,他的生活纯洁,他的语言优美,他的头脑里有着无数明智、高贵的思想。"[②]悉达多与父亲的冲突不在于父亲代表的是需要推翻的传统的力量,而是悉达多对父辈的质疑,对传统的质疑,对权威的质疑。他在对父辈的质疑中意识到,人们必须也只能在自我的身上寻找神性,除此之外,只能是弯路和歧途而已。悉达多清楚地知道自己需要什么,想要寻找什么。他有坚定的毅力和绝对追寻自我的勇气。当他决定要做苦行僧的时候,面对父亲的反对,他没有丝毫"恐惧和懦弱",而是沉默地对抗,迫使父亲最终让步。悉达多有强大的力量坚定地走自己的路,追寻自我,摆脱掉父辈的约束。因此,他最后找到了自我,获得了内心的宁静。

此外,悉达多在对父亲的质疑与反叛,在挣脱高贵、冷静、理性的父亲的影响和保护之后,开始认识到理性知识并不能使人认识自己,人只有在现实生活,在恶、爱欲与死亡这些被理性知识所排斥的感性体验中才能最终认识自己。当他认识到这些的时候,悉达多感觉像一个刚刚获得新生的人,要彻底重新开始他的生活。而这种"要独立做自己了"的感觉、觉悟或者觉醒使他感觉恐惧、感觉孤独,也使他开始产生身份危机意识。他想到在他开始禅修之前,他是一个有地位的婆罗门儿子,一个虔诚的宗教徒,"是他父亲的儿子",表明他生活在父亲权威的庇护之下,没有任何混乱和危机。但是现在他除了是一个"觉悟了的人"之外,什么也不是,"他既不是贵族,不属于任何贵族阶级;也不是工人,不属于任何工会,故而也不能到那个组织里面寻求庇护,分享那个组织的生活,使用那个组织的语言。他既不是婆罗门,也就不

---

① 赫尔曼·黑塞. 黑塞小说散文选[M]. 张佩芬,王克澄,等,译. 上海:上海译文出版社,1999:601.
② 赫尔曼·黑塞. 悉达多[M]. 张佩芬,译. 上海:上海译文出版社,2013:279.

第3章 黑塞小说叙事主体的自我建构

能分享婆罗门的生活；他既不是苦行僧，也就不再属于沙门了"。① 他不知道自己属于哪个群体，分享哪个群体的生活，想到这里他感到分外孤独和绝望，但是尽管如此，他却比以前"更加确定他就是他自己了。这是他的觉醒的最后冷战，是他诞生的最后阵痛"。② 悉达多通过反叛父亲所代表的理性世界开始意识到身份危机，然而也正是这种危机使他获得新生。

《纳尔齐斯与歌尔德蒙》中对父亲的描写并不多。父亲对儿子的影响是在歌尔德蒙后来的回忆中慢慢展开的。歌尔德蒙天性感情丰富，感官敏锐，个性强烈，富有情感和灵性。但他偏偏会热衷于当教士和苦行者，纳尔齐斯知道，是歌尔德蒙的父亲助长了这种狂热。父亲决定让他进神学院当苦行者，而他也心甘情愿地接受了父亲的决定。歌尔德蒙最终在纳尔齐斯的引导下摆脱了父亲的理性的影响，唤醒了他童年母亲的形象记忆，也唤醒了自身的自然天性，走上了流浪、亲身体验丰富的包含一切善与恶的真实生活的道路，并且最终实现了自己的永恒。歌尔德蒙的迷误产生于父亲这个理性权威的代表对他感性天性的压制。

弗洛姆认为，成熟的标志就是从对母亲或父亲的依附到与他们的分离的发展过程；如果这一发展过程失败，则有可能成为精神病。③ 据此，黑塞小说中对父亲的反叛既是对理性和秩序世界的反叛，也是人追寻自我、走向成熟的必经之路。"恶"在小说中象征与理性、秩序、传统的世界观和道德观的对立，人物行恶就是对主流文化伪善道德的反叛，小说中体现在辛克莱以及克莱因们对父亲的反叛中。反叛需要勇气和牺牲，他们是英雄，是先驱。他们认识到，这个世界不只是有光明、正派，还存在邪恶、黑暗、犯罪，而且人自身也同样是善与恶的结合体。同时，善恶的道德标准是相对的，是可以转换的。人不能自欺欺人地像传统道德、文化所规约的那样，只相信善。我们必须接受这一切，承认恶的存在，接受自身的不完善，也接受世界的恶，同时也承认道德的相对性，接受事物的相对极。这样才能促使人走向自我完善，超越矛盾，走向整体。

---

① 赫尔曼·黑塞.流浪者之歌[M].徐进夫，译.上海：上海三联书店，2013：98.
② 赫尔曼·黑塞.流浪者之歌[M].徐进夫，译.上海：上海三联书店，2013：98.
③ 弗洛姆.爱的艺术[M].亦非，译.北京：京华出版社，2005：42-43.

3.2 超越善恶对立的"未来人"

黑塞的同时代人托马斯·曼在 1948 年《德米安》美国版前言中写道,这部小说以它"对道德的超越"预示了"新的人类的成长"。[①] 除了托马斯·曼之外,还有很多著名人物都注意到小说对道德的超越,对新人类的预示,比如德国作家阿尔弗莱德·德布林如是评论:"可以肯定地说,作品在触及人类本质方面是无可比拟的。作家把人的一切原始非道德性暴露在光天化日之下,我真切地看到、感觉到和体验到了这种超越道德的灵魂的运动。"[②] 心理学家荣格对《德米安》的评论:"您这本书对我的影响好似在一个暴风雨的黑夜里看见了灯塔的光芒。作品有一个最上乘的结局,过去所发生的一切都在这里有了切切实实的结局,同时又都是新的开端,作品的目标正在于此,为了新人类的诞生和成长"[③];张佩芬也认为黑塞在第一次世界大战期间对人类"非道德性"的批判,全是切切实实与"新人类的诞生"密切联系在一起的。[④]

那么他们所说的新人类的诞生到底是什么,他与《德米安》有何联系?笔者在黑塞论俄国作家陀思妥耶夫斯基的文章中发现一个反复出现的词"未来人"。笔者认为,黑塞所论陀思妥耶夫斯基的"未来人"就是评论者所说的"新人类",他与黑塞在小说中所刻画的理想人的形象,比如德米安和辛克莱的形象相似。而这种"新人类""未来人",正是黑塞所探索的能够克服现代性分裂的理想人类,他的小说主人公也正是按照这种路径完成了自我建构。

3.2.1 黑塞关于"未来人"的想象

黑塞在描写青春期问题的过程中也一直在思考一个问题,这些少年如何走向成熟,他心目中理想的青少年应该如何超越这个社会的问题实现或者找到自我?黑塞的杂文中塑造的"未来人"形象或许可以为小说的理解提供一个参考。

---

① 转引自 Paul Bishop. Hermann Hesse and the Weimar Republic[G]// Karl Leydecker. German Novelists of the Weimar Republic: Intersections of Literature and Politics. NY: Camden House, 2006: 47.
② 转引自张佩芬. 黑塞研究[M]. 上海:上海外语教育出版社,2006:140.
③ 转引自张佩芬. 黑塞研究[M]. 上海:上海外语教育出版社,2006:140.
④ 张佩芬. 黑塞研究[M]. 上海:上海外语教育出版社,2006:140.

第3章 黑塞小说叙事主体的自我建构

在1915至1925年这10年间,黑塞写了一系列评论陀思妥耶夫斯基的文章,这在他对俄国文学的评论中是比较少见的。1915年他发表关于陀思妥耶夫斯基《少年》的评论,1919年发表《关于陀思妥耶夫斯基〈白痴〉的思考》,同年发表长文《卡拉马佐夫兄弟或欧洲的没落》以及关于陀思妥耶夫斯基女儿回忆父亲的文章《陀思妥耶夫斯基,他女儿的描述》,1925年发表关于陀思妥耶夫斯基的综合评论短文。此外,黑塞还在很多文章中提及陀思妥耶夫斯基及其创作。

那么黑塞何以会对陀思妥耶夫斯基产生这么大的精神共鸣?如果从对"恶"的认识的角度入手或许可以找到沟通二者思想的桥梁。黑塞曾写道:"陀思妥耶夫斯基的书会把人们引进一个野蛮、残酷、丑陋的世界,引进真正但丁式的地狱。"读者只有在体验到他那"地狱般"的"令人恐惧"的世界的奇妙意义之后,才能理解他,才能体会到他作品中的"安慰和爱"。[①] 黑塞把陀思妥耶夫斯基的作品比作贝多芬的音乐,因为它们都在"纯粹的痛苦和绝望中"[②]蕴含着拯救的意识,预感到意义的存在。黑塞在陀思妥耶夫斯基作品中看到,在丑陋和令人恐惧的"恶"中蕴含的"未来人"形象,他既是欧洲没落的因素,也是欧洲新生的创造者。黑塞在陀思妥耶夫斯基的小说人物身上看到俄罗斯民族的这种矛盾性格:在俄罗斯人身上,"内与外,善与恶,上帝与撒旦并行不悖";他"既不是'歇斯底里症患者'、酗酒者和罪犯,也不是诗人和圣贤,而是集所有这些特征于一身。俄罗斯人、卡拉马佐夫既是杀人犯又是法官,既暴虐又温情脉脉,既是最彻底的利己主义者又是无与伦比的无私奉献的英雄"。[③] 黑塞在矛盾中看到统一,他相信"最善的也是最恶的,最恶的也是最善的。矛盾的两极会相互依存相互转化"。[④] 而这,也正是他的"未来人"所具有

[①] Hermann Hesse. Eine Literaturgeschichte in Rezensionen und Aufsätzen [M]. Suhrkamp Verlag, 1975: 305. 本书所用译文部分参考《陀思妥耶夫斯基的上帝》一书,参见赫尔曼·海塞. 陀思妥耶夫斯基的上帝[M]. 斯人,等,译. 北京:社会科学文献出版社,1999.

[②] Hermann Hesse. Eine Literaturgeschichte in Rezensionen und Aufsätzen[M]. Frankfurt a. M.: Suhrkamp Verlag, 1975: 305.

[③] Hermann Hesse. Eine Literaturgeschichte in Rezensionen und Aufsätzen [M]. Suhrkamp Verlag, 1975: 324.

[④] Hermann Hesse. Eine Literaturgeschichte in Rezensionen und Aufsätzen [M]. Suhrkamp Verlag, 1975: 324.

的特征。

黑塞指出,《卡拉马佐夫兄弟》中的主人公卡拉马佐夫身上体现了一种亚洲式的古老神秘理想,这种理想就是"摆脱一切相沿成习的伦理和道德,从而去领悟万物,让万物自适其在,并获得一种新的、危险的、可怕的神圣性"[1];"从根本上威胁着欧洲精神的'新理想'似乎是一种完全非道德的思想和情感,是一种即使在至恶和至丑中也能感受到神性、必然性和命运,并对此表示敬重和顺从的能力"[2]。简言之,卡拉马佐夫代表的形象就是,超越一切以往的善恶标准,摆脱一切相沿成习的旧道德,在旧文化意义上的"恶"和"丑陋"中发现神圣并敬重它们——正是它们代表了文化的新生。因此,卡拉马佐夫的形象就是黑塞所言"未来人"的形象。

在对陀思妥耶夫斯基的《白痴》主人公梅什金形象的阐释中,黑塞非常具体地体现了他对未来人形象的理解。"白痴"梅什金公爵就像耶稣一样孤独,得不到理解,但他却能忍受一切。黑塞尤其赞赏小说中提到的一个"不甚重要"的情节:大病初愈的梅什金在接受探望的时候,闯进一群盛气凌人的年轻人,他受到两方面的指责和仇视——有权势而抱残守缺的富人以及仇恨传统、粗野放荡的年轻人;在这种情况下,梅什金却依然以一种天真善良的态度,微笑着接受两方面的指责,承受这种在旁人看来无法容忍的事情。黑塞曾说陀思妥耶夫斯基的作品中有两种使人震动的力量,其一是"对绝望、对恶的忍受,对人性的野蛮残酷和人性的可疑性表示认可和顺从",也就是要直面死亡,直面痛苦,直面生活中的残酷,而不是去掩饰和美化;其二就是来自天国的声音,人的良知:这一类人"不相违于自己的良心,他们是那种少有的幸福的圣贤,无论发生什么事,都仅仅只能伤及他们的外表,而绝不至于刺痛他们的内心;他们始终纯洁无瑕,微笑是不会从他们脸上消失的。梅什金公爵即是这样一种人"[3]。在梅什金身上,黑塞看到了爱、宽容、忍耐、接纳、

---

[1] Hermann Hesse. Eine Literaturgeschichte in Rezensionen und Aufsätzen [M]. Suhrkamp Verlag,1975:321.

[2] Hermann Hesse. Eine Literaturgeschichte in Rezensionen und Aufsätzen [M]. Suhrkamp Verlag,1975:323.

[3] Hermann Hesse. Eine Literaturgeschichte in Rezensionen und Aufsätzen[M]. Volker Michels. Frankfurt a. M.:Suhrkamp Verlag,1975:305-306.

第3章 黑塞小说叙事主体的自我建构

协调、受苦的精神。正如黑塞在《查拉图斯特拉的回归》一文中对年轻人的告诫一样：接受我们的命运，把它当作自己必然要经历、要承受的事来接受。① 人们在梅什金身上也感觉到"一种必然性，即'我们必须经受一切，这就是我们的命运'"。②

梅什金能够接受命运，宽容和忍耐一切，是因为其有别于普通人的思想，这也正是"白痴"梅什金"被众人抛弃"的原因：他已经超越了现实的桎梏，超越了人类现代文明所规定的一切事物的对立两极。在他那里，世界不再只是光明与黑暗、善与恶、自由与命令的绝对对立，这些"任何结构、任何文化、任何社会和道德的基础"，它们在梅什金的体验中是可以互相转化、互相混淆的；对于梅什金来说，"以前的真理宣告结束，而新的真理则已开始"。③ 对他来说最崇高的现实就是，一切规则皆可变换，不再存在所谓的秩序。

在这种意义上，梅什金、卡拉马佐夫、俄罗斯人也成了打破秩序者，是秩序的敌人；他们已经不再按现实的教条生活，现实的善恶对立在他那里不复存在，善也可能是恶，恶也可能是善；他们要回到本原，回到黑塞所说的"混沌"，为新的道德重新立法。也正因为如此，他们不是被现代文明道德所框定的"定型"的人。"未来人"是没有定型的、正在生成的人，新的欧洲精神也是正在生成的——新的文化道德正在形成中。作为欧洲"未来人"的俄罗斯人是"那种努力摆脱对立、个性和道德的人，是正在消解自我，超越个体化原则而返回存在深处的人"，是"超越固有道德的人，是新型的、未定型的人，是超越善恶对立的人，在自身中包含矛盾统一"；"卡拉马佐夫们，无定形的未来人，能行善亦能作恶，能建立新的天国亦能建立新的魔鬼王国……他们的生存既在自身又超越自身，他们不断地与自己的灵魂进行搏斗"。④

这样的人物按照传统文化道德来看当然是不合常规的，是异常的例外者。

---

① Hermann Hesse. Zarathustras Wiederkehr[M]// Volker Michels. Politik des Gewissens: Die politischen Schriften 1914—1932. Band 1. Frankfurt a. M.: Suhrkamp Verlag，1977：286.

② Hermann Hesse. Eine Literaturgeschichte in Rezensionen und Aufsätzen[M]. Volker Michels. Frankfurt a. M.: Suhrkamp Verlag，1975：314.

③ Hermann Hesse. Eine Literaturgeschichte in Rezensionen und Aufsätzen[M]. Volker Michels. Frankfurt a. M.: Suhrkamp Verlag，1975：312.

④ Hermann Hesse. Eine Literaturgeschichte in Rezensionen und Aufsätzen[M]. Volker Michels. Frankfurt a. M.: Suhrkamp Verlag，1975：324-332.

但在黑塞看来，他们只不过是体现了一种受到外在的文化或文明习俗压抑了的内心的自然冲动，这种冲动按文化和道德来评判就是恶。黑塞认为霍赫拉科娃女儿的歇斯底里病是"最高贵的力量遭受压抑的症候"，这是一种原始的生命力，古朴纯真而自然，但被僵死的中产阶级道德文化视为恶，"我们所内化、所习得的道德之眼，已将一切存在于内部而遭放逐的事物都视为魔鬼"。[①]而这个魔鬼一旦冲决出来，一种道德、文化就会动摇，这就是欧洲的没落。人类灵魂中发生的事情就足以意味着欧洲的没落，"整个欧洲的没落只在内心深处进行，只在一代人的心灵中，只在对陈旧象征的重新阐释和对心灵价值的重估中进行。这就是未来人对于欧洲的没落的意义"，"那些旧事物的坚定追随者，那些崇高而神圣的风尚和文化的顶礼膜拜者，那些正统道德的捍卫者则不遗余力去阻止这一没落，或者为它悲鸣哀泣。对于这些人来说，没落即是终结。而对于另一些人来说，没落意味着开始……在后者看来，欧洲和欧洲精神是生成的、变化的和永远流动的"。[②]俄罗斯的"未来人"形象，陀思妥耶夫斯基创造的这些"未来人"，他们就是欧洲新生的创造者。

黑塞创作这些评论文章的时期也是他的《德米安》《克莱因与瓦格纳》产生的时期。小说中经在"黑暗世界"的体验、经由"行恶"来超越传统道德、追寻真实自我的辛克莱形象与黑塞发掘的陀思妥耶夫斯基创造的"未来人"的形象具有共通性。

3.2.2 "辛克莱"通往自我的道路：神道与魔道的统一

国内针对《德米安》的专题研究并不多，关于这本在德国战后青年一代中引起阅读热潮的小说，国内的研究成果主要散见于各类综合研究之中。少数几篇专门的研究文章多半是从心理学分析的角度进行阐述。研究者发现小说中与主人公精神发展历程密切相关的几个人物形象都与精神分析学理论相关，比如以阴影理论、阿尼玛形象及自性理论对黑塞人物形象和思想做的阐释等。

此外，研究者还对小说的人名、主题、结构的象征意义展开了讨论。这

[①] Hermann Hesse. Eine Literaturgeschichte in Rezensionen und Aufsätzen[M]. Volker Michels. Frankfurt a. M.: Suhrkamp Verlag, 1975: 324.

[②] Hermann Hesse. Eine Literaturgeschichte in Rezensionen und Aufsätzen[M]. Volker Michels. Frankfurt a. M.: Suhrkamp Verlag, 1975: 327.

第3章 黑塞小说叙事主体的自我建构

些研究都一致肯定小说讲述的是一个独立个体努力追寻自我之路,按照自己的内心成长的故事。比如一篇题为《寻找自我——从分析心理学角度解读〈德米安〉》的文章认为,《德米安》是黑塞在创作中首次提出自我追寻的小说,主人公通过走入内心来寻找和完善自我,"实现自我救赎"。[①] 个别论者也看到小说中描写"恶"的意义。比如在一篇题为《黑塞小说的对话性》的硕士学位论文中,论者列举《德米安》中关于"宗教意识的善与恶的对话"来验证黑塞小说创作中"包含了众多精神文化元素的对话场",认为"恶作为一种精神力量在颠覆传统的基督教教义中起着关键性的作用,构成了主人公心灵的主要对话者"。[②] 该文基于"对话对人物生成的促成力量"的论点,已经涉及了本书要探讨的"恶"对于人物身份建构和认同的意义。另外,还有一篇论文从"人性道德内涵"的角度分析黑塞作品中关于善、恶问题的思考,论文认为《德米安》中"将恶看做是人的生命意志受压抑的结果"。[③] 本书从"促成人物自我意识和自我身份认同形成的内外因素"这个角度来探讨"恶"或者"魔道"在小说中的意义。

西方对《德米安》的研究最为显著的也多是精神分析视角,其中从黑塞与心理学,与荣格、弗洛伊德等人的关系展开研究的最多。关于《德米安》的主题阐释,著名黑塞研究专家特奥多尔·兹奥尔科沃乌斯基(Theodore Ziolkowski)曾经写过一篇题为《〈德米安〉中的圣杯追寻》的文章。他认为,20世纪很少有小说如黑塞的《德米安》一样可以如此纲领性地被理解成对身份的追寻。[④] 在兹奥尔科沃乌斯基看来,批评家根本不必要去追问这种"对自我的追寻"有没有在黑塞及其作品中起作用,因为这是毋庸置疑的,人们要讨论的是这种对自我的追寻在黑塞作品中起到了什么作用,扮演了什么角色。兹奥尔科沃乌斯基通过对德国文学中"追寻"一词的分析,从神话学的角度把辛克

[①] 卞虹.寻找自我——从心理分析学角度解读《德米安》[J].外国文学,2012(2):83-89.
[②] 马涛.黑塞小说的对话性[D].武汉:武汉大学,2005:8-9.
[③] 马江风.黑塞小说道德内涵的辨证解读[J].文学界(理论版),2012(5):167-168.该文涉及《彼得·卡门青德》《德米安》《克莱因与瓦格纳》《荒原狼》四部作品,该文认为前三部作品对"人性是否包含'恶'"持有一种怀疑态度,而到《荒原狼》中已经得到确认;至于《德米安》,该文认为这部小说中"不再片面地将人性看作是完全善良的"。该文对黑塞的善恶问题的看法虽然值得商榷,但也为研究提供了一条思路。
[④] Theodore Ziolkowski. Der Schriftsteller Hermann Hesse: Wertung und Neubewertung[M]. Deutsch von Ursula Michels-Wenz. Frankfurt a. M.: Suhrkamp Verlag, 1979: 61.

莱的追寻阐释为对圣杯的追寻，认为小说结构中隐含了圣杯传说的神话暗示。笔者也同样肯定《德米安》的身份追寻主题，但是本书要探讨的不是追寻的模式，而是要探讨对主人公自我身份危机和重新建构起到重要作用的因素——"恶"及黑塞赋予它的社会文化意义。

如前文所述，小说主人公辛克莱很小的时候就在父母家的"光明世界"和与这个家相邻的"黑暗世界"之间摇摆游移不定，并对黑暗世界暗含向往。他也因此受到"坏孩子"克罗默的纠缠，并在他的威胁下做了很多"坏事"，从而感到自己成了一个恶人，背叛了父亲，也背叛了父母的"光明之家"。就在辛克莱备受煎熬的时候，德米安出现并帮助他摆脱了克罗默的纠缠。德米安是新来的插班生，脸上神情成熟、聪颖而坚毅，充满自信，冷静逼人，明显区别于其他任何人，非常独特。德米安引导辛克莱对教师的话、对社会上的事要有自己的看法，不要人云亦云。他说他对该隐和亚伯故事的理解跟教师们的阐释相反。在他们看来该隐是个罪犯，杀了人，而在他看来该隐是一个勇者和强者，他不过杀死了一个弱者而已。普通人因为畏惧他而讨厌他，出于报复的目的，把他写进寓言里，把他阐释为罪犯。

德米安离经叛道的阐释使辛克莱大为震惊，但是也渐渐地影响了他的思想。他意识到自己已经开始叛离父母的光明世界，陷入黑暗世界不可脱身，意识到自己开始质疑和反叛父亲的权威。这一方面使他感到痛苦，另一方面他也感到骄傲，他的内心已开始慢慢认同这种思想，"在之后极长一段时日，该隐的故事，他的弑兄罪和那枚印记一直是我追寻知识、疑惑和批判的路径"。[①] 在德米安的影响下，辛克莱跟随"恶"的脚步越走越远。他做过谋杀父亲的梦，梦中克罗默命令他去刺杀父亲。还梦见自己被跪在身上的克罗默粗暴虐待，之后克罗默变成德米安，而在德米安的身下，辛克莱并没有感觉到痛苦，反而是"感觉既快乐又惊惧"。[②] 因为克罗默所代表的恶是一种外在的恶，虽然与他心底反叛父辈和传统道德的本性相符合，但出现在他自我意识

---

① 赫尔曼·黑塞.德米安：埃米尔·辛克莱的彷徨少年时[M].丁君君，谢莹莹，译.上海：上海人民出版社，2009：36.

② 赫尔曼·黑塞.德米安：埃米尔·辛克莱的彷徨少年时[M].丁君君，谢莹莹，译.上海：上海人民出版社，2009：38.

第3章 黑塞小说叙事主体的自我建构

还未完全形成,对恶的认识还不明确的时候,此时光明世界对他的影响还很大,他还受着道德的约束,在选择光明还是黑暗之间痛苦地摇摆,所以他面对克罗默的"恶"充满恐惧和痛苦。而德米安要做的就是引导他建立自己的意识,认识恶的意义,认识到自己内心的反叛精神,心甘情愿地走上反叛传统道德的路。

这些梦都还只是辛克莱的潜意识的反应,他自身还没有完全意识到这一点。辛克莱在德米安的帮助下摆脱了克罗默的纠缠之后,"非常激动地"逃回了父母的光明世界。父母的世界就是辛克莱的伊甸园,他受到魔鬼的诱惑,被逐出了这个乐园,从此失去了"此前一直享有的可靠的、有保障的幸福"。[①] 小说用"逃"字形容辛克莱重回父母的光明世界,暗示了他童年时第一次因"恶"所经历的内心折磨。他宁愿躲在光明世界的庇护下,也不愿独自去面对这个"恶"的世界。辛克莱后来很长一段时间有意或无意地遗忘德米安,躲避他。因为他跟克罗默一样(虽然性质不同),也是属于那第二世界的人,是被辛克莱父母家这个光明世界所排斥的门外人。辛克莱紧紧抓住自己好不容易重新获得的"亚伯的身份"[②]——世俗眼光中的好人身份,不能也不愿再次背弃这个身份,而去崇拜该隐——世俗准则中的恶人。

按照黑塞的人生三阶段论,人成长为人的路始于无罪(天堂、童年、不负责任的前阶段),由此走向有罪,走向对善与恶的觉醒,再到灭亡或解脱。[③] 辛克莱已经进入了第二阶段,但正如黑塞所说,这是一个痛苦、绝望的阶段,人只有经历这个阶段才会走向成熟。辛克莱从这个阶段又逃回父母的乐园,意味着他不愿成长,恐惧成人。但是人只要迈出了前行的一步,就无法再返回童年的天堂。这件事之后的几年,辛克莱虽然一直躲避着德米安的诱惑,但也感觉与他的联系从未断过,一旦辛克莱无法回避道德文化与自我内心的冲突的时候,德米安就会重新出现。

与德米安重新联系出现在辛克莱的"性启蒙"时期。被看作宗教道德禁忌

---

① 恩斯特·卡西勒.卢梭问题[M].王春华,译.南京:译林出版社,2009:68.
② 赫尔曼·黑塞.德米安:埃米尔·辛克莱的彷徨少年时[M].丁君君,谢莹莹,译.上海:上海人民出版社,2008:50.
③ 赫尔曼·黑塞.神学摭谈[M]//谢莹莹.朝圣者之歌——黑塞诗歌散文集.北京:中国广播电视出版社,2000:271.

的性的萌动使辛克莱陷入内心的冲突中，这时德米安重新出现。他跟辛克莱讲读心术，展示自我内心强大的能量和坚强的意志可以影响他人，还用自己的方式跟辛克莱阐释强盗和耶稣受难的故事——与传统观点完全不同的方式：坚持走自己的路，不顺应传统道德的约束。[①] 对于人们把神阐释为善道、高贵，一切好的东西，而把其他一切与神道不相符的东西都阐释为魔道，归为恶，德米安抨击这是传统宗教对神的有缺陷的阐释。现实中一个完整的世界原本就应该是除了神道还有魔道的存在，但这世界的另一半被遮掩起来。德米安喊出："我们应该将一切都奉为神道，整个世界，而不是那个冠冕堂皇的伪世界。"人们"除了走上帝之道，同时还得走魔鬼之道……或者，人可以创造出一个将魔鬼包容在内的上帝，在这样的上帝面前，人们不会对世上最理所当然的事视若无睹"。[②]

德米安给辛克莱讲了他关于"禁忌"和"合理"的理解——让人回想到尼采的强大影响。人们现在所遵循的某种"禁忌"，比如辛克莱内心萌发但不得不隐藏和压抑的性的欲望，在希腊人和某些民族却被视为神性，受到顶礼膜拜。所以，在这个世界上不存在永远的禁忌，所谓的"合理"和"禁忌"都具有相对性。德米安认为，现代人遵从世俗的禁忌发展，只是因为他们懒得思考和评判自己，"而有些人的戒律却来自心中，在他们看来，正派人天天做的事未必不是禁忌，而遭他人唾弃的事在他们眼中却是不乏合理之处"。[③]

德米安关于宗教的言论与作家黑塞自身对宗教的体验有关。在黑塞的经验里，为了成为一个好基督徒，就必须要感到心虚，为了能对自己获得救赎感到高兴，就必须要感到自己有罪责；人们只有在恨自己的时候，才能发现自己所渴求的上帝之爱，只有让自己微不足道，才能变得伟大，只有谴责自

[①] 与耶稣并排钉在十字架上的两个强盗，其中一个被感化，后悔之前的所作所为，"痛哭流涕地要洗心革面，痛改前非"，德米安批评这个故事是"甜蜜虚伪"的"典型的劝善故事"。在德米安这里，"转变"只是一种伪善，一种软弱。他赞扬另一个不肯悔改的强盗，认为他"才是有骨气有个性的"。他鄙视转变，坚持把自己的路走到底，"没有在最后一刻背弃一直支持他的魔鬼"。参见赫尔曼·黑塞.德米安：埃米尔·辛克莱的彷徨少年时[M].丁君君,谢莹莹,译.上海：上海人民出版社,2009：65.
[②] 赫尔曼·黑塞.德米安：埃米尔·辛克莱的彷徨少年时[M].丁君君,谢莹莹,译.上海：上海人民出版社,2008：66.
[③] 赫尔曼·黑塞.德米安：埃米尔·辛克莱的彷徨少年时[M].丁君君,谢莹莹,译.上海：上海人民出版社,2008：69.

第3章 黑塞小说叙事主体的自我建构

己,才能发现善良;在他看来,宗教和道德压制了人天性的欲望和自我意识,使人失去走向幸福的能力,使他们的感情和体验总是处于不断的罪责感的重负之下。辛克莱童年时所感受到的两个世界的冲突实际上也是黑塞自己少年时的体验,他现在借德米安之口批驳了宗教与道德的伪善。德米安关于上帝和魔鬼、神界和魔界的观点正好解决了辛克莱的矛盾,让他顿时明白自己一切问题的根源。经由德米安的启发,辛克莱慢慢走上了与周围人(普通人、循规蹈矩的人、光明世界的人)完全不同的道路,但这个时期他还没有足够成熟到真正理解"禁忌"和"合理"的意义。他还需要继续经历,继续寻找。

在离开家乡到另一个地方读中学的时期,辛克莱虽然已经意识到黑暗世界的存在,意识到世界是神道和魔道的共同体,但光明世界和黑暗世界的冲突和争斗在他的内心还没有得到调和,他还没有找到出路,还不能完全接受魔道的世界。这使他非常痛苦,因而放任自流,完全发展成传统社会意识里的问题孩子、坏孩子。他夸夸其谈、酗酒、逃课,似乎堕落到不可救药。老师们对他失望,父亲对他大发雷霆。然而他心底却仍然对那些被自己嘲弄的事物充满敬畏,他渴望神明,却"完全不知如何面对自己"。[①] 辛克莱在恶的世界里艰难跋涉,寻找自我。直到他遇到了一个年轻女孩,他把她叫作"贝雅特里斯",这个出自但丁《神曲》中引领者的名字暗示辛克莱对救赎和神道的向往,他希望借助纯洁的爱情使自己重回光明世界。于是他戒掉了一切恶习,似乎重新回到正常轨道上了。

然而这种向着光明世界的道路仍不能令他内心安宁和满足。辛克莱画贝雅特里斯,画成的却是德米安的脸,暗示他内心潜意识对德米安象征的"恶"的世界的追寻。后来,他结识了一个叫作皮斯托琉斯的异教徒管风琴手。他们都是怀疑者,对正统的基督教的伦理表示怀疑,共同信仰一个叫作阿布拉克萨斯的异教神,因为这个神是上帝与魔鬼的共同体的化身,是"一个亦正亦邪的神"。[②] 皮斯托琉斯也引导辛克莱认识道德禁忌的起源,使他认识到一切

[①] 赫尔曼·黑塞.德米安:埃米尔·辛克莱的彷徨少年时[M].丁君君,谢莹莹,译.上海:上海人民出版社,2008:82.

[②] 赫尔曼·黑塞.德米安:埃米尔·辛克莱的彷徨少年时[M].丁君君,谢莹莹,译.上海:上海人民出版社,2008:109.

道德都是人为制定出来的，有它的相对性和历史局限性："如果全人类都消亡，只剩下一个天资平平的孩子，这个孩子也终会找回万物的运行之道，他会制造出神、魔、天堂、戒律、禁忌、旧约和新约，制造出一切。"①

在皮斯托琉斯的引导下，辛克莱慢慢意识到他现在完全可以掌控自己的生活和方向，按照他自己的个性调节道路。他意识到自己的任务和道路就是：找到自我，找到自己的命运，并坚守一生！辛克莱认识到了这一点，但是他感到孤独，他需要找到同类，这种渴望引领他来到艾娃夫人——德米安的母亲身边。

艾娃夫人在小说中具有重要的意义。一些从精神分析角度分析文本的论者把她视作向母体的回归，是阿尼玛的象征。笔者认为，艾娃夫人象征着辛克莱追寻的归宿，自我的实现。辛克莱在她的形象上看到了一个矛盾统一体，她具有善恶一体的特征，这也是辛克莱"命运的特征"②；暗示辛克莱实现自我的最终道路是超越矛盾对立。此外，作为母性的象征，走向艾娃的路也是回归感性的路。第一次看见艾娃夫人照片的时候，辛克莱就觉得她是一个复杂统一体，她身上同时具有男性和女性气质，是母亲又同时是魔鬼。在见到艾娃夫人的那一天，辛克莱预感到这将是自己的回归。艾娃夫人象征着神与魔的统一，是辛克莱的心灵家园。他第一次感觉到他的内心与外在世界达到了和谐统一，他觉得找到了心灵的归宿。除此之外，艾娃夫人身边还有一些朋友，他们是一个团体，辛克莱感到自己被这个群体接纳，这是他"人生价值的第一次实现"。③辛克莱在艾娃的团体里找到了自己的身份认同。这个团体里的人都身带"印记"，被世人"视为危险的疯子"，他们"是清醒者，或者正在清醒的人"，"这些带有印记的人要将自然意志表达为全新的、个人的、未来的意志"。④他们认为人性是未完成的，无定性的，他们的义务和命运就是让每

---

① 赫尔曼·黑塞.德米安：埃米尔·辛克莱的彷徨少年时[M].丁君君，谢莹莹，译.上海：上海人民出版社，2009：115.
② 赫尔曼·黑塞.德米安：埃米尔·辛克莱的彷徨少年时[M].丁君君，谢莹莹，译.上海：上海人民出版社，2008：145.
③ 赫尔曼·黑塞.德米安：埃米尔·辛克莱的彷徨少年时[M].丁君君，谢莹莹，译.上海：上海人民出版社，2008：174.
④ 赫尔曼·黑塞.德米安：埃米尔·辛克莱的彷徨少年时[M].丁君君，谢莹莹，译.上海：上海人民出版社，2009：159.

个人都遵循内心自然的要求，成为完整的自己，并接受未来的一切命运。这群人(包括德米安和辛克莱)，他们都是反叛传统，寻找自我的人，永远不满足、不停顿的人。他们要按自己的自然感性的方式生活。

在艾娃夫人的引导下，辛克莱学会静默的能力，静默使他摈弃一切外在的干扰，只在内心寻找自我。小说中写辛克莱在一次静默中感受到艾娃夫人，艾娃感觉到了他的呼唤，差一点就来了，暗示着辛克莱差一点就找到了自己的命运和幸福。但是就在二人刚要合一的时候，战争爆发了，辛克莱被战争的洪流裹挟上了战场，和无数个其他人一起体验自己的孤独命运，暗示了现代社会中人找寻自我的艰难。小说展示了现代性背景下的成人过程：个体很容易被吸纳入集体。[①] 在战场上辛克莱不断看见艾娃的形象。她引导辛克莱即使在这种湮灭个性和自我的特殊境遇中也要坚持追寻自我的道路。之后辛克莱受伤回到后方，在医院里碰见重伤的德米安，德米安代替他的母亲吻了辛克莱一下，从此辛克莱再也没有看见他。德米安作为一直引导辛克莱追寻自我、走自我之路的象征，他的死，尤其是他代艾娃夫人的吻隐喻辛克莱已经具有了独立走自己道路的力量，辛克莱得到了艾娃夫人的吻(虽然是德米安代为转达的)，象征他完全实现了自我的和谐，具有了与神道和魔道相连的力量。

3.3 调和善恶矛盾的"幽默"拯救

黑塞中期重要代表作《荒原狼》于 1927 年发表。小说以一个出版者的形式记录了"荒原狼"哈勒的生活以及他留下的日记手稿。哈勒是一个中年知识分子，与他所处时代的社会风气格格不入，总觉得自己是一只误入人类社会的荒原狼，找不到家乡，内心充满痛苦与分裂，濒临自杀的边缘。赫尔米娜带领他学习生活和享乐，放弃原先对精神的执着，因为这只是生命的一个层面。哈勒最后在魔术剧院里认识了自我内心的潜意识层面，了解自身人格的真正结构，重新认识了自我，学会了融合精神与世俗的能力，学会幽默和笑，有

---

① William Crooke. Mysiticism as Modernity: Nationalism and the Irrational in Hermann Hesse, Robert Musil, and Max Frisch[M]. Oxford: Peter Lang, 2008.

了重新面对生活的勇气。

正如黑塞自己所说,这部写"中年知识分子"的书落到了青年人的手里,受到他们的喜爱,也被他们误读。青年人在其中看到自己似曾相识的内心分裂与混乱,就好像在写他们自己的青春期经历。实际上小说中魔术剧院里就有哈勒的大段对青春期的回忆,而这个关于青春期的回忆也是他重构自我的一个重要方式。可以说,写中年人危机的《荒原狼》也反映了青年人的危机和困境。

3.3.1 荒原狼的内心分裂:精神与世俗的鸿沟

《荒原狼》共分为两大部分,第一部分是出版者手记,出版者是哈勒在这个陌生城市里房东的侄子。他记叙了自己从市民角度观察到的哈勒的生活和困境。第二部分是哈勒自己的手稿,他以第一人称视角记叙自己的生活和内心的精神冲突;中间又穿插关于"荒原狼"的论文,从心理学的角度宏观分析"荒原狼"的处境;接着是魔术剧院部分,写"荒原狼"在魔术剧院里经历各种内心炼狱,认清了自己性格的多重性,认清了自我,决心学会笑对生活。小说从多个角度记叙和展示了"荒原狼"混乱灵魂的各个侧面,使我们能全方位多角度地认识"荒原狼"的个人自我特性。对于这个曾经受到批评的结构形式,托马斯·曼辩护说,它在"大胆实验方面不亚于《尤利西斯》和《伪币制造者》"。[1]

小说出版之后,无论是在黑塞的拥护者还是反对者中都引起了极大的反响。但是它首先是在美国年轻人那里被奉为"圣经",之后这个阅读和研究热潮才返回到德国本土。20 世纪 60 年代,美国"反叛的一代"在小说中对"疏远市民社会"、反对技术、反战等思想中找到了自我的认同感;除此之外,他们还在小说的爵士乐、狐步舞、毒品、性描写方面受到吸引。[2] 读者们"分享他的神经衰弱式的敏感,他的内心分裂状态,他对大城市和科技的敌意。他们跟哈里一样对日渐增强的纳粹主义和战争追逐充满恐惧"。[3]

---

[1] 转引自张佩芬. 黑塞研究[M]. 上海:上海外语教育出版社,2006:153.

[2] Michael P. Sipiora. Hesse's Steppenwolf: A Comic-Psychological Interpretation[J]. Janus Head, 2011(12):123-127.

[3] Hans-Jürgen Schmelzer. Auf der Fährte des Steppenwolfs. Hermann Hesses Herkunft, Leben und Werk[M]. Stuttgart. Leipzig:Hohenheim Verlag,2002:266.

第3章 黑塞小说叙事主体的自我建构

小说在受到赞扬或批评的同时也引起了很多误解。黑塞在1941年新版小说后记里写道:"《荒原狼》……比其他的小说引起更多的误解,而且更多的是那些拥护者而不是反对者的误解,他们用一种我不熟悉的方式来表达这本书……"[1]尽管如此,它仍然是最受读者注意的一本书,也是研究得最多的一本书。研究的角度包括分析心理学、比较研究、文化分析等。Paul Bishop在他的《黑塞与魏玛共和国》一文中提到《荒原狼》与现代性的几个方面,比如大众文化、技术问题等,但是由于主题限制都没有进行深入分析。[2]

德国评论家、罗沃尔特出版社(Rohwohlt Verlag)社长库尔特·品图斯(Kurt Pinthus)认为,《荒原狼》是写一个"支离破碎的怪人""听任自己本质的破片碎块在它们自己形成的喧哗风暴中飘舞飞翔",在为庆祝黑塞50岁生日时所写的文章中品图斯如此评论《荒原狼》:"……一切都是自我透视,自我记述,对于自我所作的粉碎性解剖:绝非出于对分析解剖有兴趣,而是由于一种渴望,一种想让自己成为和谐的人的渴望;由于想寻找自己、最本质的自己的渴望"。[3]

哈勒的危机在于他"灵魂的混乱"[4],而这内心混乱的根源在于他身份意识的混乱。"荒原狼"哈勒对自我的认识具有不确定性,他不知道自己是狼还是人。一方面他自认为是一只来自另一世界的狼,误入这个陌生的人类世界,没有家人,没有固定职业,生活没有规律,对这个世界既陌生又厌恶,找不到栖身的地方。另一方面他又有人性的渴望:他对中产阶级舒适、整洁的家庭生活非常向往,渴望同类,渴望人群;他追求神圣的足迹,渴望永恒,寻找生活的意义。在他身上有狼性和人性的斗争,内心分裂、冲突,有几乎无法承受的痛苦,濒临自杀的边缘。

"荒原狼"的内心分裂不仅仅是他自认为的两种性格的冲突,更是他面对

---

[1] Helga Esselborn-Krumbiegel. Hermann Hesse, Literaturwissen für Schule und Studium[M]. Stuttgart: Philipp Reclam jun. GmbH. & Co., 1996: 91.

[2] Paul Bishop. Hermann Hesse and the Weimar Republic[G]//Karl Leydecker. German Novelists of the Weimar Republic: Intersections of Literature and Politics. NY: Camden House., 2006: 45-60.

[3] 转引自张佩芬. 黑塞研究[M]. 上海: 上海外语教育出版社, 2006: 154.

[4] Hans-Jürgen Schmelzer. Auf der Fährte des Steppenwolfs. Hermann Hesses Herkunft, Leben und Werk[M]. Stuttgart. Leipzig: Hohenheim Verlag, 2002: 259.

当时堕落的时代文化无所适从的一种反应。在肤浅、庸俗的美国化时代,只愿意过一种纯精神生活的哈勒注定要悲观、失望,进而怀疑人类生活的意义。在这样的世界,哈勒看到的是市场上各种消遣娱乐,看到人们争相涌进电影院、舞厅等各大娱乐场所,到处是忙忙碌碌的生活,是"逐鹿钻营,虚荣无知,自尊自负而又肤浅轻浮的人"。[①] 在这个大众娱乐的"美国化"的世界里,他无法栖身。但是回到小市民的社会,回到中产阶级静谧的家庭,回到具有德国传统美德的社会,他也找不到故乡和知己,这里也不是他的栖身之地。然而就像他把在市民家庭的楼梯上静坐称作"遁世"一样,这里偶尔也是他避世的场所,也有可贵之处,他无法抗拒这一点。"荒原狼"对小市民的生活既向往又憎恨,呈现出他对传统文化的矛盾心态。

哈勒厌恶庸碌的人群,但又渴望回到人群中去。当一位教授邀请他去家里做客的时候,他身上遗失许久的与群体建立关系的渴望、他对成为"人"的渴望使他接受了邀请。但与此同时他身上的"荒原狼"属性又嘲笑他的虚伪和矛盾。他对融入人群的渴望与"荒原狼"对人的世界的排斥与厌恶在他的内心"掀起了一场大战"[②]。最终他强迫自己去了教授家,然而双方不久就因为对方家里歌德的画像问题以及关于战争的不同立场而争吵起来,哈勒落荒而逃。他觉得痛苦至极,恨不得自杀了事。这意味着他最后一次回归人群、回归社会的努力失败,他的逃跑意味着向道德、学识的世界和市民世界的最后告别。狼性完全战胜了哈勒身上的人性,获得了彻底的胜利。

直到偶然结识舞女赫尔米娜,哈勒的生活才又发生了转机。赫尔米娜是一个生活的"智者",穿梭在"可能的世界"和现实世界之间游刃有余。对她来说没有道德的禁忌,任何一种生活形式都有自己的价值。她让哈勒学他不喜欢的现代舞,买他不喜欢的留声机,听他不喜欢的爵士乐,让他跟漂亮姑娘玛利亚欢爱。她让哈勒摆脱所谓的高雅生活,进入世俗生活的层面。她要哈勒学会体会和享受生活的乐趣。她就像哈勒的拯救者,在他堕入深渊之际伸手抓住了他,并为他打开了一扇通向生活的大门。她一步步把哈勒拖进现实

---

① 赫尔曼·黑塞.荒原狼[M].赵登荣,倪诚恩,译.上海:上海译文出版社,1986:6.
② 赫尔曼·黑塞.荒原狼[M].赵登荣,倪诚恩,译.上海:上海译文出版社,1986:6.

第3章 黑塞小说叙事主体的自我建构

世俗享乐生活，教导他放下偏执的精神追求，接受并实践他以前所鄙视的生活方式，引导他努力潜入生活，与生活妥协。哈勒因为教授家的歌德画像太庸俗太市民气而恼怒，甚至对这个没有精神的世界绝望，赫尔米娜嘲笑他这是只允许世界上存在他自己对歌德的理解，不允许其他人有按照自己的方式想象歌德的权利。她觉得哈勒的这件事是一个可笑的故事。赫尔米娜还嘲讽哈勒总是用"您"来称呼自己，嘲讽他"总讲拉丁文、希腊文，总把事情讲得尽量复杂"[1]，嘲讽他迂腐地保持着传统的礼节，比如跟她告别时吻她的手。

赫尔米娜在第一次见面的时候就给荒原狼哈勒指出，他并不像他自己所说的那样是"疯了"，相反，他的问题在于"太过清醒了"。[2] 他的学识，他所追求的精神生活，其实都是理性世界所认可的道德，理性道德的束缚使他失去了肉欲生活的本能，压抑了他的感性需求，以至于他无法接受世俗生活。后世的马尔库塞在《爱欲与文明》一书中的论述可以很好地说明哈勒的问题症结。

哈勒在赫尔米娜的引导下逐渐地进入生活，开始放弃原来把精神生活当作唯一的理想的偏执。但他内心中精神与世俗的争斗仍然很强烈，他还不能完全进入这个世俗的世界。他最终实现自我的救赎是在帕勃罗的魔术剧院里。进入魔术剧院之前，哈勒按要求要先吸食毒品，暗示他要带着一种非理性的态度进入魔术剧院。然后哈勒要对着镜子大笑一声，杀死镜子中的荒原狼，也就是杀死原来那个崇尚理性道德的自我。魔术剧院实际展现的是哈勒自己的内心世界，他的潜意识，他被社会道德所规约的内心本能。在这里，他对着汽车开火，杀死司机，打烂机器。他以疯狂的方式来对抗这个科技理性的社会，小说中哈勒说，人类想"借理智的力量做好它并不能达到的事情"，这样做的后果就是会产生"美国人的"和"布尔什维克的"两种模式的理想，这两种理想虽然都很明智，但问题在于它们把事情简单化了，它们歪曲生活，用千篇一律的模式看待人，因此或许只有"疯子"才能拯救这样的世界。[3] 哈勒的话表明他意识到，这样理性化的世界，或许只有以疯狂的方式，也就是非理性的方式才能拯救它。

---

[1] 赫尔曼·黑塞. 荒原狼[M]. 赵登荣，倪诚恩，译. 上海：上海译文出版社，1986：83.
[2] 赫尔曼·黑塞. 荒原狼[M]. 赵登荣，倪诚恩，译. 上海：上海译文出版社，1986：79.
[3] 赫尔曼·黑塞. 荒原狼[M]. 赵登荣，倪诚恩，译. 上海：上海译文出版社，1986：203.

3.3.2 荒原狼的"幽默"拯救：弥合对立极之间的冲突

哈勒在魔术剧院里通过棋子游戏来实现对自我性格的认识，通过对青春期的回忆来杀死过去的自我。之后莫扎特让他学会幽默，学会笑，学会战胜生活的污泥浊水，小说结尾充满希望。哈勒获得救赎的方式是学会幽默，那么幽默何以拯救"荒原狼们"的人生？

"幽默"是中年知识分子黑塞找到的拯救自我的一种方式，同时也以这种方式克服文化的矛盾。在一封致友人的信中黑塞写道："《荒原狼》的内涵和目标并非时代批评和个人的神经官能症，而是莫扎特和不朽者们让他最终得以从高处俯视生活，得以看见生活的总体，走上了正确的道路。"[①]笔者认为，从高处"看见生活的总体"实际上是黑塞关于世界本质的认识，世界是上帝和魔鬼的矛盾统一体，是善与恶的综合。幽默就是承认生活是包含善恶的统一体，就是超越对立，超越善与恶的对立。

首先，幽默对于"荒原狼"的拯救意义在于它能够帮助"荒原狼"重构身份意识。罗洛·梅在《人的自我寻求》中从心理学的角度对幽默的本质做了阐述。[②]在梅看来，幽默是与一个人的自我感紧密相连的，幽默能够保存人的自我同一性，具有"保存自我感"[③]的功能。他认为，幽默是人类能够体验到自己是一个"没有被客观情境所吞没的主体"的独特能力；幽默就是在主体与客体之间保持距离，以他者的眼光打量自己："这是一种感觉到个人的自我与问题之间存在'距离'的健康方式，是一种置身于问题之外并从某种视角去考虑问题的方式"；幽默还是超越焦虑、有勇气的表现："当一个人处于焦虑的恐慌之中时，他是笑不出来的，因为此时他已经被吞没了，他已经失去了作为主体的自我与周围客观世界之间的差异"。[④] "幽默之所以产生，是因为个人对作用于客观世界的作为一个主体的自我有了一种新的理解"。[⑤]从焦虑到产生幽默，说明个体超越了原来的自我，为自我重新定位。

---

① 转引自张佩芬.黑塞研究[M].上海：上海外语教育出版社，2006：154.
② 梅在书中论述幽默的本来目的是要批判现代社会"商品化"的"笑"。但他对幽默本质的论述在心理学上也适合解释人的自我意识。
③ 罗洛·梅.人的自我寻求[M].郭本禹，方红，译.北京：中国人民大学出版社，2008：43.
④ 罗洛·梅.人的自我寻求[M].郭本禹，方红，译.北京：中国人民大学出版社，2008：43.
⑤ 罗洛·梅.人的自我寻求[M].郭本禹，方红，译.北京：中国人民大学出版社，2008：44.

第3章 黑塞小说叙事主体的自我建构

从这层意义上看我们就能够很好理解《荒原狼》中最后所说的,哈勒相信自己能够学会幽默,能够重新面对生活。我们可以从自我意识角度来分析哈勒的精神困境及其解决之途。

如小说中所说,哈勒的问题在于太看重自身,太在意自我。而这个自我是追求精神,拒绝世俗的、物质的、肉体的、享乐的一切。他太过严肃认真,偏执于自己内心的精神文化生活,拒绝外界物质世界的一切。赫尔米娜引导他把精神放到一边,进入世俗生活,尽情享受本能的快乐。她嘲讽哈勒迂腐地遵守传统道德,嘲笑他的严肃、学究性。在此期间"荒原狼"关于歌德的梦也引导他走出严肃精神的樊篱。梦中的歌德不再是哈勒想象中那个严肃高贵的圣人,他对荒原狼说:"严肃认真是时间的事情。严肃认真是由于过高估计时间的价值而产生的。"[①]哈勒在梦中还看见一只蝎子,它一会儿又幻化成美丽的女人大腿的模样,哈勒既喜爱又害怕,处在"既渴望得到,又害怕不敢拿的矛盾状态"中,暗示他对自身的本能欲望、对世俗享乐的矛盾心态,对此,歌德带着"老年人深邃的幽默"大声嘲笑。[②]

在这几个场景中,哈勒之前固守的传统道德观,他对"精神"、对永恒的理想被嘲讽,他自身的本能欲望被展示给他。这成为他认清自我本质,重构自我意识的起点。他最后在魔术剧院里学会了幽默。魔术剧院是一种象征的环境,在镜子中杀死自己以及性格游戏都让哈勒认清了自我本质,认清自我的多种可能性,重新理解自我,建构自我。

小说中多处谈到幽默的特征,比如"一切较高级的幽默都始于不再认真地看待自己"。[③] 幽默就是放弃"荒原狼们"高度发展的自我:"一旦人们不再严肃认真地对待自己,一切更高级的幽默就开始了。"[④]正如柏格森所说,如果一个人能够"把自己解脱出来,作为一个无动于衷的旁观者参预生活,那时,许多场面都将变成喜剧。"[⑤]哈勒在进入魔术剧院之前用笑声杀死了荒原狼,他面对狼的笑声实际是不再严肃认真地看待自己身上的狼性,魔术剧院里就是要哈

---

① 赫尔曼·黑塞.荒原狼[M].赵登荣,倪诚恩,译.上海:上海译文出版社,1986:88.
② 赫尔曼·黑塞.荒原狼[M].赵登荣,倪诚恩,译.上海:上海译文出版社,1986:91.
③ 赫尔曼·黑塞.荒原狼[M].赵登荣,倪诚恩,译.上海:上海译文出版社,1986:169.
④ 赫尔曼·黑塞.荒原狼[M].赵登荣,倪诚恩,译.上海:上海译文出版社,1986:166.
⑤ 柏格森.笑——论滑稽的意义[M].徐继曾,译.北京:中国戏剧出版社,1980:3.

勒放弃自己原来执着地重视精神的个性，认清自己的本性，不再把自己当作"救世主"。此外，幽默是一种生活在"表面"的能力。小说中哈勒被教导不要再去追求永恒、追求精神，而是要学会看到混乱事物背后隐藏的精神。比如魔术剧院里莫扎特教导哈勒要学会"听收音机音乐背后的精神"，要学会"取笑音乐中可笑的、毫无价值的东西"。①

其次，哈勒之所以能重新面对生活，更重要的是在于幽默的市民性。"荒原狼"来到这个世俗世界，要在这样的社会中生存，他就必须适应这个社会。幽默的市民性帮助他既保存自己的"荒原狼"的天性又融入世俗生活。小说中的小册子《论荒原狼——为狂人而作》里对此有深入论述。文中首先对"荒原狼"身上的狼性和人性这两种对立极的冲突进行了分析和描述，认为"荒原狼"的特征是追求孤独，属于自杀者之列，接着对荒原狼"与市民性的特殊关系"②进行了解释。

如前文所述，荒原狼与市民精神的关系是矛盾的。他虽然自认为"完全置身于市民世界之外"③，内心却对小康人家的舒适、整齐、雅静、秩序井然的小世界充满强烈的渴望。他虽然内心蔑视资产者，并为自己不是资产者感到骄傲，但同时他自身又具有资产者的特征，有存款、资助穷亲戚，穿着体面，努力"与诸如此类的权力机构和平相处"④。他觉得自己不是普通市民式的人物，而是天赋出众的人，或相反是一个浪荡子，但他却从来就住在普通市民、小康人家的环境中，同其生活水平和环境相适应。此外，他从小接受的是小资产阶级的教育，接受这个阶级的道德价值观念，他虽然在理论上能超越这个阶级的思维，但是实践上却无法违背这个阶级的道德模式，比如对待娼妓，对待小偷、盗贼、杀人犯的态度和立场。

概括地说，一方面是"荒原狼"自身个性化的程度已远远超出普通市民可以接受的尺度，不受市民社会的约束，但另一方面他的出生和受到的教育又使他无法毫无顾忌地挣脱这个世界秩序的束缚。他虽然反对中产阶级的市民

---

① 赫尔曼·黑塞.荒原狼[M].赵登荣，倪诚恩，译.上海：上海译文出版社，1986：205.
② 赫尔曼·黑塞.荒原狼[M].赵登荣，倪诚恩，译.上海：上海译文出版社，1986：32.
③ 赫尔曼·黑塞.荒原狼[M].赵登荣，倪诚恩，译.上海：上海译文出版社，1986：32.
④ 赫尔曼·黑塞.荒原狼[M].赵登荣，倪诚恩，译.上海：上海译文出版社，1986：33.

第3章 黑塞小说叙事主体的自我建构

性,却又根本没有力量摆脱它,因此他感到矛盾甚至绝望。像"荒原狼"这样的一类人,"他们缺乏必要的冲力向悲剧发展,缺乏冲破引力进入星空的力量。他们深感自己是属于绝对境地的,然而又没有能力在绝对境地中生活。如果他们的精神在受苦受难中能够变得坚强灵活,那么,他们就会在幽默中找到妥协的出路":幽默对他们来说是第三条道路,"一个第三王国",一个"虚幻而有主权的世界"。[①]

而这种幽默是市民特有的东西,"荒原狼"的理想在幽默中得到实现,在幽默中"荒原狼"身上的狼性和人性的冲突得以消弭。幽默把人类的一切领域合为一体,它既肯定圣贤,也肯定堕落之人和罪犯,它不仅消融弥合社会的对立两极,还肯定对立两极的中间地带——中立的、温和的市民。而"市民精神"就是中庸之道,在无数极端和对立面之间寻找折中和妥协的途径。可以说,幽默实际上是一种市民性。对于"荒原狼们",对于知识分子和艺术家们这些个性和天赋都超出市民阶层的人,幽默是他们在市民社会中生存下去的必要精神武器。幽默看起来是"荒原狼们"的一种妥协,但同时也是一种"超越":"生活在这个世界上又似乎不在这个世界,尊重法律又超越于法律之上,占有财产而又似乎'一无所有',放弃一切又似乎并未放弃"[②]是一种"人生高度智慧的要求"[③],就是黑塞所说的老年智慧。

小说中几次出现歌德的形象。歌德的形象在黑塞这里具有重要的意义。1932年黑塞专门写了一篇短文《感谢歌德》。黑塞认为歌德身上具有矛盾统一的性质,虽然无法成功调和矛盾的对立,但他永远在追求、在尝试对两极对立进行调和。作为纯粹诗人的歌德从来不会令黑塞迷惑,但是作为一个人道主义者的歌德,思想家歌德,对黑塞来说却成了问题。这个歌德虽然"略带些市民气息、略微有些天真、带些官腔,而且大大地褪去了维特的野性",但他却有个崇高的目标:使一个由精神统治的生活成为可能并把它建立起来,不仅是为了他自己,而且也为了他的民族和时代;他"服务于崇高的个人精神",还"服务于一种超越个人的精神本质和品德",他"是将一种德国人的生活建立

[①] 赫尔曼·黑塞. 荒原狼[M]. 赵登荣,倪诚恩,译. 上海:上海译文出版社,1986:37-38.

[②] Hermann Hesse. Der Steppenwolf[M]. Frankfurt a. M.:Suhrkamp Verlag,1976:62.

[③] Hermann Hesse. Der Steppenwolf[M]. Frankfurt a. M.:Suhrkamp Verlag,1976:62.

到精神上的最宏伟而看上去最成功的尝试；此外，他也是将德国人的天赋和理性相结合的一次唯一的尝试，是调和现实主义者和理想主义者、调和安东尼和塔索、调和不负责任的、音乐的酒神的狂热与一种对责任和道德义务的信仰的无以伦比的试验"。[①] 简单地说就是，歌德是在自身个体上实现了将普通市民性与天才特征、世俗生活与精神性追求、狂热与理智、感性与理性结合一体的最好榜样。因此小说中歌德在哈勒的梦里不是一个严肃高贵的圣人，而是一个带着"深邃幽默"[②]的轻松活跃的小老头，他教导哈勒学会嘲笑一切严肃认真的事情。

综合起来说，幽默的意义就在于，它是有天赋的追求精神生活的人能在市民阶层生存，为这个阶层服务，使这个阶层得以延续的方式。它是沟通艺术家天赋与市民精神的桥梁，它是一种妥协，但又不完全是妥协。它需要勇气，需要承受痛苦，需要放弃自我，超越自我。幽默本质上就是放弃对自我个性的执着，超越传统道德的善恶独立，超越精神与世俗的对立，走向统一和融合。

如前文所述，黑塞的超越与统一融合思想很早就已经出现，他的幽默思想虽然在《荒原狼》中才成为主题，但是在20世纪20年代早期，黑塞就已经开始发现幽默在人面对社会时所起的作用。这个时期的《疗养客》《纽伦堡之旅》中已经有所体现，黑塞写道："我重又感觉到对立极之间的颤动，感觉到现实与理想之间的裂痕，现实与美之间细微的幽默之桥的摇摆。是的，有了幽默，一切就可以忍受。"[③]

"荒原狼"哈勒作为局外人，他认清了自己内心的冲突，并压制它们。一旦他释放这些冲突，局外人的问题不再是问题。虽然他仍然不属于这个世俗市民社会，但他成了永恒不朽者，自己创造了一个世界，一个有新的道德，和关于局外人的新概念的世界。[④]

[①] 马剑. 中学西渐——黑塞与中国文化[M]. 北京：首都师范大学出版社，2010：22-24.
[②] 赫尔曼·黑塞. 荒原狼[M]. 赵登荣，倪诚恩，译. 上海：上海译文出版社，1986：91.
[③] Bernhard Zeller. Hermann Hesse in Selbstzeugnissen und Bilddokumenten[M]. Reinbek bei Hamburg: Rowohlt Taschenbuch Verlag GmbH., 1963：101.
[④] Nancy Thuleen. Individuen als Aussenseiter in der modernen deutschen Literatur[EB/OL]. (1993-4-26)[2014-10-26]. http://www.nthuleen.com/papers/154aussen.html.

3.4 理性与感性的和解作为最高精神体验

很多论者把"艺术与生活的矛盾"当作"艺术家难题"或者"艺术家困境"来论述[①],探讨了"艺术家存在与市民存在之间天生的悖论"[②]。艺术家问题不仅展示了一类特殊的人自身存在的问题,同时还反映了时代的问题。自法国大革命以后,启蒙、理性成为文化主流,人类的感性和情感被贬低,艺术家的人生平衡遭到破坏,艺术家困境成为必然,"艺术家如时代感应器般经历着精神的裂变与审美的变迁"[③]。在现代性的裂缝中,艺术家也面临自身身份意识的模糊和迷误。黑塞的一部分小说也可以归为"艺术家小说",也有一些主人公不是艺术家,但也是具有艺术家气质的人,所有这些小说主人公的问题都可归结为具有感性天性的年轻人与理性社会生活之间的矛盾。

3.4.1 "艺术家困境"与感性生命的失落

黑塞的成名作《彼得·卡门青德》就是以一个具有艺术家潜质和特性的年轻人为主角。这之后黑塞还写了一系列艺术家小说,塑造了画家约翰·费拉谷思、克林格索尔,音乐家库恩、莫德及《东方之旅》的主人公 H. H,流浪歌手克诺尔普、雕塑家歌尔德蒙等形象。他们的敏感天赋使社会文化的问题成为其自身个体的危机,而其感性本质又使他们面临家庭身份和社会职业身份无所适从,不得不逃离社会和家庭角色的桎梏,从而成为社会的"局外人"。黑塞其他非艺术家小说的主角如汉斯、克莱因、"荒原狼"实际上也是潜在的艺术家,他们的问题也具有艺术家问题的特征。现代理性社会中艺术家的天性如何被保存和展开?艺术家如何面对家庭和社会?又如何面对政治现实?这也是艺术家如何面对自我与他者、自我与世界的鸿沟,如何找到自我的内心和谐和整一性的问题。

1910 年出版的《盖特露德》讲的是两个音乐家与一个女人之间的故事。第一人称叙述者库恩少年时因为一场爱情冒险而导致身体残疾,后来结识女主角盖特露德,在她的激励下开始作曲,并爱上了她,但他一直保持理智没有

---

① 徐烨.市民时代的艺术浪子——论托马斯曼小说中的"艺术家困境"[D].华东师范大学,2007.
② 谷裕.现代市民史诗——十九世纪德语小说研究[M].上海:上海书店出版社,2007:349.
③ 张细珍.中国当代小说中的艺术家形象研究(1978—2012)[D].首都师范大学,2013.

开口向她求婚。莫德是一个有点名气的歌唱家，与库恩结识之后很欣赏他的才华并帮助他成名。莫德疯狂追求盖特露德，并最终俘获其芳心，结为夫妻。他很爱盖特露德，但是他的桀骜不驯、狂妄自大、变幻莫测的性格造成了两人婚姻的不幸。最后莫德自杀，而库恩对盖特露德的爱也永远埋在心底，以此获取他与盖特露德两人的"平静"生活。

莫德是一个感性的、充满激情而又异常孤独的艺术家。小说中他被描绘成像后来的"荒原狼"一样的形象，孤独而又寻求友谊和理解。因为他的独特个性，他一方面讨人喜欢，一方面又惹人厌恶甚至痛恨。他爱妻子盖特露德，但不知道如何处理与她的关系。盖特露德一直以一种冷静、理智的形象出现。他们的婚姻是一种对两人的折磨，最后以莫德自杀告终，盖特露德带着莫德最后的爱从此封闭内心。库恩理解并体验着跟莫德一样的痛苦。而库恩之所以最后获得内心的宁静，源于他在一个"信仰通神学"的老教师洛埃那里认识到，他们这种人的痛苦是因为犯了一种欧洲"较高层的社会人士之中"流行的时髦病，这是一种"个人主义或是假想的孤独感"，自以为孤独，与其他人不存在任何关联；洛埃批评说，这种认为人与人之间并无桥梁沟通，"认为人人都是孤独和不可理解的看法纯粹是一种狂想"；[①] 他建议库恩要学会"遇事先想到别人，然后再想着自己"[②]，要尝试去了解别人，去爱别人。这与库恩父亲先前所说的"活着要为了别人，不要把自己看得太重"[③]相一致。

黑塞在这部作品里似乎对艺术家这种感性的、自以为是的特点持批判态度。莫德的悲剧在于他完全只活在自己个人的世界里。库恩虽然也具有艺术家的个性特点，但他一直以理智来约束自己。这部小说中作家似乎在努力寻找艺术家与现实和解的道路。黑塞在给好友的信中如此谈到《盖特露德》："这本书处理的是一个艰难的平衡问题。一方面，主人公作为真诚艺术家动摇于热爱世俗世界和逃离世俗世界之间；另一方面，他永远震颤于自我满足和渴望之间……"[④]在这里，作家并非要单纯地写婚姻关系，而是探讨艺术家"如何

[①] 赫尔曼·黑塞.盖特露德[M]//悉达多.张佩芬，译.上海：上海译文出版社，2013：115.
[②] 赫尔曼·黑塞.盖特露德[M]//悉达多.张佩芬，译.上海：上海译文出版社，2013：116.
[③] 赫尔曼·黑塞.盖特露德[M]//悉达多.张佩芬，译.上海：上海译文出版社，2013：117.
[④] 转引自弗尔克·米歇尔斯.黑塞画传[M].李士勋，译.上海：上海人民出版社，2008：102.

第3章 黑塞小说叙事主体的自我建构

应对世俗生活和艺术追求矛盾的难题……"①

1914年出版的《罗斯哈尔德》讲的是一个著名画家的婚姻和家庭生活的问题。主人公约翰·费拉谷思与妻子关系紧张，与大儿子关系疏远，大儿子简直有些恨他。他可以说是一个不称职的丈夫和父亲，只有7岁的小儿子皮埃尔是他留恋家庭的唯一原因。他曾打算离婚，但是夫妻二人都不愿放弃小儿子。皮埃尔实际上是画家努力要抓住的维系家庭的纽带，是他尝试保留自己家庭身份的最后努力。为了这个唯一的希望，画家勉强维持这场婚姻，但他与妻子分居，画家的画室和妻子的宅院成为两个独立互不干扰的世界，没有任何交集，皮埃尔是二者之间唯一的联系。画家内心非常痛苦、孤独、甚至绝望。朋友的到来燃起了他的勇气，经朋友的劝说，画家决定放弃这一切远走印度，重新寻找自己的自由和幸福。但这个过程非常艰难，他既想要保护自己创作的激情，同时也想要过一个正常人的生活。那么艺术家到底能否在坚持自己的艺术家身份认同的同时，也获得家庭身份（丈夫的身份、父亲的身份）的认同呢？在黑塞这里，答案是否定的。画家与其家庭身份的唯一纽带——皮埃尔最终因为脑膜炎死去。儿子的疾病脑膜炎象征着感性的没落或失败。

艺术家为何没有能力过婚姻生活？有论者认为，艺术家需要保持自己的独立和自由，他的创作激情不能受到家庭的束缚，卡夫卡反复订婚又退婚就是典型的代表。在黑塞的这本小说中，对画家及其妻子性格的一些刻画表明了他思考的一个问题：艺术家感性天性与理性的冲突。小说中画家的妻子被描绘成理性的代表。费拉谷思在对朋友的倾诉中道出了他和妻子之间的问题：

> "我总是一再地向阿迪蕾求索她所无法给我的东西。她不知道什么叫感动，……她是严肃而沉滞的。她无法豁达地，用幽默去化解困难。她只能用沉默与忍耐来对待我的要求、我善变的心、我的温柔和我的挫败。……只要我动怒，心怀不满，她就默默地承受着，痛苦着。……她变得更加沉默，把自己关闭在自己天生的忧郁

---

① 张佩芬. 黑塞研究[M]. 上海：上海外语教育出版社，2006：44.

性格里,一言不发。只要我在她身边,她就一脸卑屈,不知所措。不管我是暴怒还是高兴,她总是面带同样的镇静表情。"①

画家的艺术家天性——感性、热情和激情被妻子的冷漠、理性和克制所压抑。在他钟爱的小儿子被哥哥带出去玩很晚未归的时候,画家很激动很生气,妻子指责他没必要为此生气。小说这样描写画家当时的心理活动:"妻子说得不错,激动没有什么用。没有必要大发脾气,……还是像妻子那样,冷静地忍耐的好!……不,他不想那样做。他要表现自己的喜怒哀乐!这个女人竟然让自己变得这样的懦弱、平静和苍老。以前的他,高兴的时候,半夜里也会寻欢作乐,生气的时候也会把椅子摔得粉碎以泄愤的!"②

黑塞于 1915 年发表的《克诺尔普》早在 1902 年就已经开始第一稿的写作,第二稿直到 1909 年才完工,而从其三篇中的第一篇发表到第三篇连载完(1914 年),中间相隔了整整 6 年,可见黑塞对这本小书的慎重。黑塞曾说这本书是他最喜爱的小说,是他的"兄弟"。这本写艺术家流浪的书可以被看作《罗斯哈尔德》的前奏,讲的也是艺术家是否有能力适应家庭生活和社会生活的问题。

艺术家有自己的特质,需要时间和精力把自己献给艺术,因而很难适应社会身份角色,如家庭身份、社会职务,等等。《克诺尔普》表面看来是以流浪汉为主题,同名主人公是一个流浪汉,并非严格意义上的艺术家。但是我们有足够的理由把这本小说也归为"艺术家小说"。他没有社会职业、没有家庭,到处流浪,但他有很多才能,唱歌、讲故事,靠他的一些小技巧果腹,同时也给安居乐业的人们带去了欢乐。

克诺尔普明确知道自己不适合普通市民的社会,是一个局外人。其实社会并非不欢迎他不接纳他,只要他愿意,他也可以留下来,但是这个社会让他恐惧,他不想回归这个社会。他在朋友家里留宿,朋友妻子的行为使他逃离。克诺尔普也并非对这个社会没有一点留念。小说中写最后对铁匠的告诫,

---

① 赫尔曼·黑塞.艺术家的命运[M].吴忆帆,译.上海:上海三联书店,2013:83.
② 赫尔曼·黑塞.艺术家的命运[M].吴忆帆,译.上海:上海三联书店,2013:123.

对自己的孩子的思念,以及死亡之前回到故乡,绕着故乡转圈子,恋恋不舍,找寻他失落的家园,这些都表明了其实他也渴望社会,渴望家庭,渴望被接纳,渴望回归。只是作为一个纯正的艺术家,他无法与这个庸俗、虚伪的社会相处,这个纯粹的人、纯真的人,只能选择流浪在社会的边缘,做一个局外人。

人要定居和过社会生活就需要让自己适应传统道德,而适应传统道德,就需要压制自我的愿望,自我天性的需要,这就需要理性。说到底,一切还是归因于理性与感性的冲突。艺术家对现存社会的各种不满和不适应,都是因为社会本身的理性化、机械化、非人化。黑塞曾说,如果说克诺尔普是有罪的(无用的,没有为社会创造什么),那么这个社会跟克诺尔普一样有罪。正是这个社会把这些有天赋的人排斥在外,使他们成为流浪者,局外人。研究黑塞的第一个传记作家胡戈·巴尔在《黑塞传》里指出:"某个人处于日益强大的残忍现实中,似乎越来越不可能既是完全实施自己职责的艺术家,同时还是合格的社会人。"[①]黑塞在这里把产生艺术家问题的矛头指向了社会本身的理性化,同时也开始探索解决这个问题的方案。

3.4.2 理性与感性的和解

黑塞对感性与理性之争做过很多讨论。在《神学摭谈》(也译作《谈一点神学》)中,通过描画理性类型的人,他表达了自己对"理性"这个现代性命题的认识和看法。他认为理性会导致人和国家的权力欲望放大、最终导致战争,而虔诚者(敬畏者)类似感性者,他相信自然、神秘,排斥理性。总的来说黑塞是崇尚感性,贬斥理性,这一点黑塞跟很多浪漫派作家一样。但是特别值得重视的是,黑塞并不完全否定和排斥理性,相反,他总是在探索如何使理性与感性融合统一,这与他的整体观、超越观是一致的。这一点在黑塞后期的小说《纳尔齐斯与歌尔德蒙》中表现得尤其明显。

关于这部作品,研究者都注意到它一个非常显著的特征,就是理性的代表——神学家纳尔齐斯与感性的代表——艺术家歌尔德蒙二者在本性和生命道路上的截然不同。论者多把二者当作对立面来论述,却忽略了黑塞的一个

[①] 转引自张佩芬. 黑塞研究[M]. 上海:上海外语教育出版社,2006:159.

重要思想,那就是二者的联系。歌尔德蒙起初是在父性(理性)的压制下,倾向于追求男性的理性世界(神学),但是之后因母性的唤醒,开始追求感性的本真体验,放弃理性的"迷途",走向感性生活,并且在感性体验中完善自我,达到自我的完整性。纳尔齐斯后来也在歌尔德蒙的影响下,逐步认识了艺术的真谛,甚至认为艺术比思想更为优越。

歌尔德蒙回到纳尔齐斯的神学院专门进行雕塑工作,把他所经历过的一切感性的、自然的、转瞬即逝的体验和形象雕刻出来。纳尔齐斯很欣赏这些形象,并不断思考。他以前藐视艺术,鄙视感性,认为精神能使人"认识永恒",而物质使人"迷恋须臾即逝的东西",所以要延长一个人的生命,"赋予它价值,人就应该努力脱离感官,进入到精神境界去";现在他认识到精神并非通向认识的唯一道路,甚至也可能不是最好的路;在通往感官的路上,人"同样能深刻地认识存在的奥秘,并且能比大多数思想家更加生动得多地把它表现出来";艺术并不比"逻辑学、语法学和神学"等理性思维的学科低级,艺术甚至可能比思想更为纯真,更有价值,更能接近上帝,接近真理。[1]

纳尔齐斯与歌尔德蒙展开了一场思维与想象、理性与感性、科学与艺术,思想家与艺术家的讨论。纳尔齐斯已经逐渐接受想象、感性的价值,他明白,思维是通过抽象脱离感性,努力建构一个纯精神的世界,这是像他这种思想家所做的;而艺术家歌尔德蒙恰恰相反,他投身那些"最无常的、最易逝的事物",用艺术形象表现出来,使它获得永恒,同时通过这转瞬即逝的形象来揭示世界的本质意义,从而获得至高无上的价值;思想家追求真理或神性,方式就是拒斥生活的世界,艺术家追求神性的方法不同,他爱上帝所创造的世界,并且对它进行再创造,两者的意义和价值不相上下,但相比之下,艺术却更纯真。[2]

纳尔齐斯苦心经营起来的思想神殿受到歌尔德蒙及其艺术的猛烈冲击,他开始对自己一直深信不疑并为之献身的苦修生活、对他的学问产生了怀疑。他反思,从理性与道德的观点来看,追求思想的生活道路比艺术家(他们往往

---

[1] 赫尔曼·黑塞. 纳尔齐斯与歌尔德蒙[M]. 杨武能,译. 上海:上海译文出版社,1998:298-299.
[2] 赫尔曼·黑塞. 纳尔齐斯与歌尔德蒙[M]. 杨武能,译. 上海:上海译文出版社,1998:299.

第3章　黑塞小说叙事主体的自我建构

是流浪汉和好色之徒)的生活道路要正派、规矩、纯洁、有条理和有秩序一些,但是这种呆板枯燥的生活,"弃绝人世和感官幸福""回避污秽与鲜血的生活"就一定是上帝的意愿吗?"难道人身上的感官、欲望、血液的神秘冲动、犯罪和行乐的本能、产生绝望心理的能力,不全是上帝创造的吗"?[①]

黑塞思考的这个问题不仅仅是艺术与思想的问题,也不仅仅是理性与感性的问题,而是人类一切问题的根源。歌尔德蒙在生命的尽头质疑纳尔齐斯,人没有母亲既不能生也不能死,他的话在纳尔齐斯的心里引起深刻的震动。他明白,歌尔德蒙是在质疑他缺乏感性生活的生命,不完整的生命。小说质疑理性,但并非要完全摈弃理性。相反,精神/理性在黑塞那里从来都没有被丢弃。黑塞在1954年的一封信里谈到自己的作品时写道:"精神在这些小说中也是不可侵犯的,小说对人永远有很高的要求,要求人尽力做到他所能做的,至少要敬重精神世界。荒原狼的对面有小论文,有精神和不朽者的忠告和教导,歌尔德蒙的对面有纳尔齐斯。"[②]

与现代性社会重理性的发展路径不同,黑塞反对理性而褒扬感性。但他并不是反叛主流,重感性轻理性,而是消解感性与理性的二元对立,甚至追求二者的互相促进:

> "如果在两个人的形体里两个原始的法则、两个永远对立的世界互相碰到一起,那么他们的命运就难分难解了:他们必定互相吸引、一个必定被另一个陶醉,必定互相征服,互相认识,互相推向顶峰或者互相消灭。当男性和女性、良心和无辜、精神和自然在纯粹的体现中互相认识并一见如故的时候,每每都是这样发生的。纳尔齐斯与歌尔德蒙两个人的情况也是如此;这就使他们的故事有些奇特并具有重要意义的东西。"[③]

[①] 赫尔曼·黑塞. 纳尔齐斯与歌尔德蒙[M]. 杨武能,译. 上海:上海译文出版社,1998:306.
[②] 赫尔曼·黑塞. 谈自己的作品[M]//谢莹莹. 朝圣者之歌——黑塞诗歌散文集. 北京:中国广播电视出版社,2000:101.
[③] 弗尔克·米歇尔斯. 黑塞画传[M]. 李士勋,译. 上海:上海人民出版社,2008:228.

黑塞只是要在传统理性的过度张扬的基础上承认感性、重视感性、接受感性，承认感性也能达到知识，认识生命，达到永恒，接近上帝。黑塞从自己对人及世界的整体性的认识出发，认为感性世界与理性世界共存，同样能够到达真理，需要协调二者，统一二者。"荒原狼"的危机在于只重视精神的生活，贬斥感性感官的生活，而纳尔齐斯已经能够接受感性了。

实际上，小说中代表理性的纳尔齐斯与代表感性的歌尔德蒙两人之间都是互相促进，互相引导的关系。最初的时候是纳尔齐斯给歌尔德蒙引导和指点，使他认识到自己的本性，走上自己的道路。歌尔德蒙也一直把他作为指引者，对此非常感激，并承认纳尔齐斯比自己优越。但是到后来，歌尔德蒙又促使纳尔齐斯"不断思索，使他内心经常受到震动，产生怀疑，并进行内省。歌尔德蒙如今与他已是对等的了；他给予歌尔德蒙的一切，都得到了加倍的报偿"。[1]

1932 年黑塞在《神学摭谈》一文中还进一步总结了这种思想。如前文所述，黑塞此文中把人分为理性者以及与之对立的虔诚者两种类型，并描绘了各自的特征。但是，正如黑塞接着要强调的，这种划分归类也只不过是"短暂的事"；不仅是因为人本身的复杂性，不能简单地划分为几种类型，更重要的原因是一个人可能同时是虔诚者又具有理性者的特征；在两个阵营里都"成长着天才，焕发着理想主义、英雄主义和牺牲精神"。[2] 黑塞认为，有一种具有特殊才能的、出类拔萃的人物，他属于其中的一个阵营，并且是这种类型的成功典范，但他们又同时能够对自己的对立面怀有"无言的尊重"和"隐蔽的渴望"，并常常在这两种基本类型中摇摆，他们具有这两种根本相互对立的天赋，最重要的是这两种对立的天赋在他们身上却不相互抵消，反而相辅相成。

黑塞由此发现并提出了"我们人类能达到的最高精神体验"，那就是"理性与敬畏的和解，即把两大对立面视为对等的认识"，因为"虔诚与理性的天才"可以"相互了解得很好，相互暗暗地爱慕对方，一个被另一个吸引着"，"在人类发展的第三阶段，两类对抗者开始认识对方，不再只认识到对方的相异性，

---

[1] 赫尔曼·黑塞. 纳尔齐斯与歌尔德蒙[M]. 杨武能, 译. 上海：上海译文出版社, 1998：308.
[2] 赫尔曼·黑塞. 神学摭谈[M]//谢莹莹. 朝圣者之歌——黑塞诗歌散文集. 北京：中国广播电视出版社, 2000：281.

第3章　黑塞小说叙事主体的自我建构

而是认识到相互的依赖性；他们开始爱慕对方、开始想念对方",那么在这里就出现了一个重要的人类完善的可能性,一条"通向开发人本质的种种可能"的大路,那就是在自己身上接纳、承认理性与感性(虔诚、敬畏)的同时存在,消弭二者的对立。① 这段话可以看作是《纳尔齐斯与歌尔德蒙》创作目的的最好注解。

黄燎宇在其评托马斯·曼艺术家小说的论文里写到：德国的艺术家小说"有辉煌的传统",自狂飙突进时代始,起于歌德等人,再到浪漫派和诗意现实主义,"成为19世纪德国小说创作中的一股主潮,荟萃了许多小说艺术的精华",这一传统到20世纪被卡夫卡和托马斯·曼"推向一个新的巅峰"。② 托马斯·曼写了很多著名的艺术家小说,比如早期的《托尼欧·克洛格》《特里斯坦》《死于威尼斯》以及后期的《浮士德博士》等,探讨艺术家与生活的关系这一主题。这个评论应该也同样适用于与托马斯·曼同时代的作家黑塞。黑塞也写了一系列艺术家小说,早期的《盖特露德》《罗斯哈尔德》《纳尔齐斯与歌尔德蒙》以及中篇小说《克林格索尔的最后夏天》《克诺尔普》等都是直接以艺术家为主人公；其他作品即便不是以纯粹艺术家为主角,但主人公也都带有艺术家的特性和气质,比如敏感、有天赋、不同流合污,追求美和善、对世俗庸俗的厌恶拒绝,等等,也被部分评论家归为艺术家小说。

与托马斯·曼相比,黑塞的艺术家问题书写有不同的意义。曼的艺术家主人公基本都是孤独、唯美、脱离生活、病态、绝望,最后大多走向死亡,他们"脱离社会和时代,远离现实生活,缺乏人间之爱"。③ 比如1903年的小说《托尼欧·克洛格》写艺术家与生活的隔离。主人公托尼欧作为局外人,不能在社会的道德框架之内生存,而他自己对局外人有罪责。④ 托马斯·曼对那种脱离生活的唯美主义持批判态度,想要融入生活,他意识到这个问题,思

---

① 赫尔曼·黑塞. 神学撷谈[M]//谢莹莹. 朝圣者之歌——黑塞诗歌散文集. 北京：中国广播电视出版社,2000：281-282.
② 黄燎宇. 艺术家,什么东西?!——评托马斯曼的两篇艺术家小说[J]. 外国文学评论,1996(1)：52-61.
③ 韩耀成. 德国文学史(第4卷)[M]. 南京：译林出版社,2008：479.
④ Nancy Thuleen. Individuen als Aussenseiter in der modernen deutschen Literatur[EB/OL]. (1993-4-26)[2014-10-26]. http：//www.nthuleen.com/papers/154aussen.html.

考这个问题，但无法实现进入生活的途径。而黑塞比他又前进了一步，他在自己融合感性与理性的整体思想基础上，让他的主人公进入世俗社会，以爱和服务、献身来融入世俗生活，并为之服务。

第4章　黑塞小说叙事主体的社会认同

如前文所述，除了自身的成长之外，个体与社会的关系，尤其是个体与社会之间的和谐关系是成长类小说青春叙事的另一个重要维度。按发展心理学的理论，青春期人格发展的中心任务是获得完整的同一性。根据塔吉夫和特纳的观点，同一性包括个体同一性和社会同一性两种形式或两个侧面，前者是根据个体特征对个人进行的界定，后者是根据群体身份对个人进行的界定。[①] 可以说，自我认同和社会认同是两个互相关联又有区别的层面。自我认同离不开社会因素，受到社会因素的影响，但自我认同主要侧重于个体内心的体验，而社会认同主要侧重于个体与群体的关系。因为人是社会的动物，马克思把人的本质规定为"一切社会关系的总和"。[②] 不言而明，作为总是处于社会关系中的个人，他注定无法摆脱社会，回到原始丛林，与世隔绝。从身份认同的角度讲，青春期阶段的个体只有获得社会认同才会实现自我认同感，自我如何在社会中实现价值，是黑塞极力关注的重心。

经由《德米安》《荒原狼》再到《纳尔齐斯与歌尔德蒙》，黑塞找到了一条达到内心和谐的道路，那就是超越善恶对立、弥合理性与感性的鸿沟，从而实现自我个体生命的平衡，达到自性的完满。但是，对于黑塞来说，个体自性的完满并不代表个体生命的完整。对于具有社会性本质的人来说，完整的个体生命只有在包含恶和黑暗的世俗世界中才能得以实现。因此，个体的人如

---

① 转引自安秋玲.青少年同伴群体交往与自我同一性发展研究[M].上海：华东师范大学出版社，2007：11.

② 马克思，恩格斯.马克思恩格斯选集[M].北京：人民出版社，2012：135.

何面对世俗社会成为黑塞后期作品探讨的重点：主人公进入社会，服务或献身于世俗世界。"入世"成为黑塞作品的重要主题。

4.1 黑塞关于个人与社会关系的思考

青春期个体所面对的一个重要问题就是如何面对社会。个体只有获得社会认同，才能最终确立自我的身份。黑塞也认为，让自我纳入集体才是个体真正的成熟，也即进入世俗社会中，为社会服务。《东方之旅》和《玻璃珠游戏》中的主人公从个体自我的追寻到服务与献身，表明黑塞不再囿于自身小我的孤独，而是与外界他者建立联系，进入团体或社会。作为"个人主义者"的黑塞，他的人物从自我走向社会，走向服务世界的思想并非突然出现，在他的很多杂文中我们可以明确看到黑塞的个人主义思想中包含了深刻的社会关怀。

4.1.1 黑塞的个人主义

黑塞小说中青春期少年的一个明显特征就是崇尚个人主义。个人主义是黑塞一直坚持的原则和理想，他自己就是个人主义的践行者。他一辈子特立独行，很小的时候就有自己独立的意识，明确自己"要么成为诗人，要么什么都不是"；他不屈从于社会和家庭的要求，立志走自己的诗人之路；他反抗学校教育，觉得是对自己天性的扼杀；他坚持自己独立的判断，"对来自外部的声音总是怀疑，越是官方的，越是怀疑"。[①] 他从小受基督教的浸润，信仰宗教，但不皈依基督教，他同时还研究印度教和中国的佛教和道教，从中吸取"精神养分"；他相信共产主义和马克思主义，他坚决不加入任何政党。他自称是非政治的，却从未远离政治，但他参与政治的方式也是个人化的。一战爆发之始，他还抱有浪漫幻想，充满热情，但旋即就认清了战争的实质，即使在全国都狂热拥护战争的时候，他已经开始根据自身的法则来判断战争的意义，反对杀戮。虽然他持强烈的反战立场，但他也积极参与战俘服务的工作，写作大量的时评杂文，并创办战俘阅读刊物。他与红十字会合作，但拒

---

① Hermann Hesse. Weltgeschichte[M] // Volker Michels. Politik des Gewissens: Die politischen Schriften 1914—1932. Band 1. Frankfurt a. M.: Suhrkamp Verlag, 1977: 262.

第4章 黑塞小说叙事主体的社会认同

绝任何团体的邀请。他与很多政府官员交往甚密,但不服务于任何政客。他就像萨义德所阐释的真正的知识分子那样拒绝依附任何权威和权力。

黑塞自身独立于世事风潮,他的作品也以"单个的人"为主体。黑塞自己曾说:"我在自己的发展过程中……首要的也最紧迫的问题……是每个人,是个性,是独一无二、未被标准化的个体。"①在前文的论述中我们已经看到这一点。从早期的《彼得·卡门青德》到《在轮下》主人公的自我追寻和孤独成长;到中期的《德米安》《悉达多》等写一个年轻人坚持自我个性,坚持听从自我内心的声音,独立追寻自我成长的故事;及至后期的《东方之旅》和《玻璃珠游戏》的主题,虽然转向"服务",但也写的是独立个体的自我追寻。除此之外,黑塞还写了一系列政论杂文谈及个人主义。

在黑塞这里,个人主义的内涵包括追求个性和个体独立、不盲从、反对权威等等。在德国,个人主义曾经就是个性的同义词。② 对黑塞来说,个人主义者首先就是一个有独立个性的人。小辛克莱很早的时候就意识到,他从书本和社会教育中所学到的与他自身所看到的有差距。他不愿意盲目接受外在世界灌输给他的一切,他听从自己的内心,坚持走自己的道路,孤独而艰难地去探寻另一半黑暗但真实的世界。《德米安》就是"一种加强自我的文学……德米安的任务是引导青年度过自身蜕皮的斗争"③,它"所写的完全是一种青年的使命和需要……这就是争取个性化,争取成为人的斗争"④。黑塞不认为有一种属于个体的一般法则或方法,每个人都有自己的特点,个人无法复制,"除了自我本质的最完满实现之外没有其他道路可以通向自我发展和自我实现。'成为你自己'是理想的法则,没有别的路可以通向真实和成长"。⑤ 黑塞反复强调年轻人要坚持自我的个性,做独一无二的自己;要学会成为自己,坚定地走自己的道路,而不是模仿别人。在《德米安》发表的同年,黑塞在他

---

① 张弘.东西方文化整合的内在之路——论黑塞的《东方之旅》[J].华东师范大学学报(哲学社会科学版),2010(4):84.
② 史蒂文·卢卡斯.个人主义[M].阎克文,译.南京:江苏人民出版社,2001:16.
③ 张佩芬.黑塞研究[M].上海:上海外语教育出版社,2006:71.
④ 张佩芬.黑塞研究[M].上海:上海外语教育出版社,2006:71-72.
⑤ Hermann Hesse. Eigensinn macht Spaß: individuation und Anpassung[M]. Volker Michels. Fankfurt a. M.: Suhrkamp Verlag, 1986:7.

被称为"政治传单"的《查拉图斯特拉的回归》中呼吁人们做自己,"你们从我这里学不到任何皇室的、市民的或政治的东西……你们应该学习成为自己"。①

  黑塞反复强调,年轻人要反对权威,独立思考,不盲从,不顺从;能听从自己内心的声音而不屈从于外在权威和压力的人,才是最勇敢,最值得尊敬的英雄。他于1917年专门写了《任性》一文,把"任性"解释成忽视权威,坚定地按照自己内心法则和自然法则生长的人的个性美德,也是他唯一喜爱的美德。"任性者"服从内心的法则,忽视外在的权威。他说:人类的群居精神,首先要求人类要顺从,但最高的荣誉并不是给顺从者,而是赐予"任性者"。②是服从还是尽忠,不是听从权威的声音,而是要听从内心的声音,"按天赋给你的",遵从自己的良知。③ 要做出自己独立的判断,而不是人云亦云。德米安引导辛克莱挑战《圣经》的权威解释,他们并不认同该隐是坏人的结论,而把他解释成正面人物,这在当时是大逆不道的事情。克乃西特在成为玻璃珠游戏大师之后仍然保持着自己的独立思考和批判意识,正因为他质疑的勇气,他才意识到卡斯塔里将会失去它的生命力,将会走向灭亡。他最终决定脱离这个教团,走自己的路。一战期间唯一的剧本《还乡》写的也是一个从战场回家的年轻人决定与专制的父亲决裂的故事。他决定不再听从父亲的安排,不再做他的傀儡,而是按自己内心所希望的,走自己独立的道路。黑塞认为,所谓"英雄"并非指顺从、老实的市民及履行义务者,"只有将自己的心、自己崇高的天性当作自己的命运者才是英雄;只有具肩负自己命运的勇气之人,才是英雄。只要走在自己的路上,不管谁都是英雄"。④ 黑塞笔下的这些人物都是他理想中的"英雄"。

  黑塞虽然宣扬个体的独立和个性,但是他的个人主义却是建立在社会现实关怀基础上的。我们可以看到,黑塞对个人主义的宣扬在一战期间尤为突

---

  ① Hermann Hesse. Zarathustras Wiederkehr [M] // Volker Michels. Politik des Gewissens: Die politischen Schriften 1914—1932, Band 1. Frankfurt a. M.: Suhrkamp Verlag, 1977: 283.
  ② Hermann Hesse. Eigensinn [M] // Volker Michels. Politik des Gewissens: Die politischen Schriften 1914—1932, Band 1. Frankfurt a. M.: Suhrkamp Verlag, 1977: 219-210.
  ③ Hermann Hesse. Eigensinn [M] // Volker Michels. Politik des Gewissens: Die politischen Schriften 1914—1932, Band 1. Frankfurt a. M.: Suhrkamp Verlag, 1977: 219.
  ④ Hermann Hesse. Eigensinn [M] // Volker Michels. Politik des Gewissens: Die politischen Schriften 1914—1932, Band 1. Frankfurt a. M.: Suhrkamp Verlag, 1977: 221.

第4章 黑塞小说叙事主体的社会认同

出,《德米安》以及他的大量相关杂文都是这个时期创作的。一战爆发时德国民众热情高涨,全民皆兵,甘当炮灰,甚至在知识分子群体里,出现了几百位知名教授联名发表宣言拥护战争的情况。黑塞痛感德国个人主义的缺失,痛感德国国民的盲从、轻信、内心的迷失,着力提倡重构德国年轻人的人格。黑塞担心青年人盲目听信团体教育,失去自我,黑塞极力提倡个体的自我教育,走自我成长之路。他对当时的家庭和社会教育非常失望。他早期的小说《在轮下》就是对当时扼杀人性的教育的控诉。在黑塞看来,真正的教育其目的不是为了外在的财富、成名和权势,真正的教育是不寻求任何目标的教育,而是为了精神的完美,是为了增加个体的生命感和自信心,是为人类的生命赋予意义。他认为只有精神完美的人格才能使社会保持活力,才能促进社会的进步。因此,对于黑塞来说,教育就是塑造完整独立的个体人格。

黑塞出于对当时德国社会现状的失望,对德国人愚忠性格的不满,而痛感重新树立年轻人的独立思考精神之重要。他对真正教育的期望,是对真正的理想人格形成的期望,他希望借助塑造有独立人格的个体来改变德国的现状。所以他的文字致力于提倡个体自我教育和成长,鼓励年轻人追求内心精神的完满和独立的个性,尤其是1916年之后的杂文,非常明确地致力于建构有个人主义人格的人,能独立思考,听从自我良心的引导而不受外界控制的人。他努力要推动新的教育理念的形成,是要推动新的年轻人理性灵魂的形成,推动新的文化的形成,从而促使新的社会出现。[①]

从上述论述可以看到,黑塞的个人主义并非无关社会,并非完全脱离社会。他并非如批评者所说,只生活在自己的象牙塔里。他的个人主义是针对当时的社会现实,是抵制集体主义和国家主义的方式。对于黑塞来说,个体即政治,他参与政治的方式不是加入政治团体,也不采取激进的抵抗行动,而是要唤醒个体的自我意识,因为自我的法则与团体政治天生是相抵触的。他想唤醒我们每个个体的勇气,呼唤每个人按自己内心的目标和理想生活。他的个人主义以一种非关政治的姿态显现,而实际上他的"内心化"、"个性

[①] Chritiane Völpel. Hermann Hesse und die deutsche Jugendbewegung, Eine Untersuchung über die Beziehungen zwischen dem Wandervogel und Hesses Frühwerk[M]. Bonn: Bouvier Verlag, 1977: 172.

化"选择正是源自他对政治现实的失望和不满,同时也具有更加深远的政治意义:现实政治愚蠢堕落,大众被各种主义所左右,失去自我的判断。改变需要新的个体的出现,需要具有个人主义人格、成熟而独立的人来推动新的文化形成,推动新的社会形成。个体成熟了,社会才会成熟,"如果人类的大多数都有这种勇气和任性,那么我们的地球将会是另一个样子"。[①]

4.1.2 "成熟"的本质

根据成长发展理论,人的成长与成熟一方面是身体的生理的自然成熟,而更重要的是心理的成熟,人格的成熟。个体心理和人格的成熟,年龄不是决定性因素。根据马斯洛的理论,自我实现是人生在精神层面的最高境界。而自我实现也是成熟的标志之一。对于黑塞来说,真正的成熟并不一定与年龄相关,而是与个体对自我的认识相关。

黑塞曾经写过许多关于青春与年老关系的句子来阐述他关于真正"成熟"的看法。在黑塞看来,成熟就是能够在自身认识到善与恶的存在,并协调二者,超越二者的对立。黑塞在《荒原狼》中把幽默称作一种"老年智慧"就是这个意思,因为幽默超越了世事一切矛盾,超然处事,接纳一切不完美,是一条趟过污泥浊水,走向天堂的道路。张弘和余匡复在《黑塞与东西方文化的整合》一书中写道:"黑塞所有的写作都在奔向人格完善的终极目标。这一完善不是隔绝人间烟火的闭门修习,也不是用禁欲和苦修来洗涤身上的罪孽,更不是割断红尘羁绊后成为神圣,相反那是在承认、接纳与包容人世间和人本身有种种缺失、污点和弊端的前提下而企求的一种完美。"[②]也就是说,黑塞所追求的成熟是一种人格的完善,而这种人格完善就是接纳世界的不完美。

人格的完善还只是个体成熟的一个方面,是从个体自身的角度来看的,那么个体自身与社会、与集体之间建立合理的关联同样是成熟的重要体现。在黑塞看来,个体真正的"成熟"就是有了为他人服务的思想。他说:"我相信,人们可以在青春与年老之间划出一道十分清晰的界限。凡是有了利己之

---

① Hermann Hesse. Eigensinn [M] // Volker Michels. Politik des Gewissens: Die politischen Schriften 1914—1932, Band 1. Frankfurt a. M.: Suhrkamp Verlag, 1977: 221.
② 张弘,余匡复. 黑塞与东西方文化的整合[M]. 上海:华东师范大学出版社,2010:390.

第4章 黑塞小说叙事主体的社会认同

心,青春期便告终止,凡是开始为他人而活,老年期便从此诞生。"[1]因此,是否有"奉献"之心,是判断一个人是否成熟的标志之一。黑塞说:"青年人的需要是能够重视自己。老年人的需要是能够无私奉献,因为他把有些东西看得比自己重要。一种完整的精神生活必须协调融合两者。因为年轻人的渴望与使命是发展,而成熟老人的使命是否定自我,或者用德国神秘教徒的说法是'反发展'。"[2]《彼得·卡门青德》中,卡门青德在经历了一番世事,经历了内心与外界的冲突和痛苦,最后在服务残疾人波比的过程中获得内心的安宁,获得了成熟的内心。《盖特露德》中的库恩和莫德在追逐爱情和名利的过程中,与世俗社会格格不入,痛苦不堪。库恩在一次回乡探望生病父亲的时候,父亲和家乡牧师也提到他们这些现代年轻人都患了一种"现代病",就是把自己看得太重,不顾及他人的感受。他们提议库恩为他人服务,凡事为他人着想。后来库恩在照顾老母亲的过程中获得了内心安宁,而莫德以自杀告终。《玻璃珠游戏》中的克乃西特最终也在服务于世俗社会中实现了真正的成熟。

真正的成熟还意味着让自我融入集体,而不是一味地追求个人主义:"从青春期趋向成年期的道路上有两个主要步骤:内审与认识自我,随后是让自我纳入集体之中"[3],对于才智出众的青年人来说,实现这两步非常困难,尤其是让自我融入集体中这一点对于重视自我独特性、重视自由的青年来说更加困难,但是"每一次生命都是一场冒险,每一个人都必须始终不断地在个人天赋与社会要求之间寻找新的平衡,每次寻求也必然会有牺牲与失误"[4]。只有个体找到自我与社会之间的这种平衡,个体才最终获得成熟。

按照罗洛·梅的说法,"在任何时代,勇气都是人类穿过从婴儿期到人格成熟这条崎岖之路所必需的简单的美德"[5]。在走向成熟的过程中,勇气是个体所必备的素质。克乃西特是一个勇者,他不断追求新的目标,听从内心的想法,告别过去,进入全新的领域,他具有与自己所属的团体断然决裂的勇

---

[1] 赫尔曼·黑塞. 黑塞散文选[M]. 张佩芬,译. 天津:百花文艺出版社,1997:308.
[2] 赫尔曼·黑塞. 黑塞散文选[M]. 张佩芬,译. 天津:百花文艺出版社,1997:309.
[3] 赫尔曼·黑塞. 黑塞散文选[M]. 张佩芬,译. 天津:百花文艺出版社,1997:308.
[4] 赫尔曼·黑塞. 黑塞散文选[M]. 张佩芬,译. 天津:百花文艺出版社,1997:308.
[5] 罗洛·梅. 人的自我寻求[M]. 郭本禹,方红,译. 北京:中国人民大学出版社,2008:186.

气。克乃西特反对卡斯塔里这种不事生产的精神，希望创造，希望行动，而采取行动是需要勇气的。克乃西特是黑塞毕生所探索的"成熟的人"的榜样。正如小说中所说，克乃西特"作为游戏大师成了一切为精神修养而努力的人们的领袖和导师"，他不仅出色地继承并扩展了人类的精神遗产，并且"跃出了界限，进入了我们仅能仰望揣摩的境地"。①

但是，如前文所述，在黑塞这里很重要也很有价值的一点就是，在自我进入集体或者社会之前，首先要具备的是完善的个体："在一个人能够成为这类奉献者之前，他必须早已是一个完善的人，具有真正个性人格，并为形成这一个性人格忍受过痛苦。"②《东方之旅》中的 H. H 是这样的人，克乃西特是这样的人。实际上，辛克莱、悉达多、"荒原狼"、纳尔齐斯，等等，都行走在成为"完人"的路上，只是有的人没有到达终点。他们都要经历内心精神生活的洗礼，黑塞写道："一个人经历过这种超越时间地域的宗教、哲学、艺术的洗礼之后，再遇到日常的问题，回到具体的、政治性的事务中时，他不会变得脆弱，而会因为受到锻炼而更加有力量，他会变得更有耐心、更富于幽默感，富于理解的意愿，对一切生命及其困顿不足和错误都能以新的爱心相待……"③对于黑塞来说，能够承认世界的不完美，在内心获得安宁，同时能为这个不完满的世界服务并献身，这才是个体最终的成熟。

4.2 《东方之旅》和《玻璃珠游戏》中的入世与服务主题

《东方之旅》和《玻璃珠游戏》是黑塞创作生涯中最后的两部小说。中篇小说《东方之旅》于 1932 年出版，但在 1931 年 4 月就已经完成。写完这部小说之后，黑塞马上着手他一生中最后的一部长篇巨著《玻璃珠游戏》的写作，其扉页上的题词"献给东方之旅者"，显示了两部作品的深刻渊源。黑塞自己曾说："如我所计划的那样，当它(《玻璃球游戏》)成为我最后的重要诗作时，我的内心世界之最后阶段——它以《东方之旅》为开端——将被完整表现出来。"④

---

① 赫尔曼·黑塞. 玻璃球游戏[M]. 张佩芬, 译. 上海：上海译文出版社, 1998：39.
② 赫尔曼·黑塞. 黑塞散文选[M]. 张佩芬, 译. 天津：百花文艺出版社, 1997：309.
③ 赫尔曼·黑塞. 朝圣者之歌——黑塞诗歌散文集[M]. 北京：中国广播电视出版社, 2000：107.
④ 转引自陈敏, 戴叶萍.《东方之旅》中尼采与老庄思想共存现象及其探究[J]. 德国研究, 2012 (1)：95-105.

第4章 黑塞小说叙事主体的社会认同

可见《东方之旅》是《玻璃珠游戏》的前奏和序曲,后者很多思想在《东方之旅》中已有发端。

这两部小说与黑塞前期作品的一个显著区别就在于它们的标题。黑塞之前的小说除《在轮下》(这部作品的特殊性前文已经论及)和《罗斯哈尔德》(以画家的庄园命名,代表家园)之外,几乎所有其他小说都是以人物的名字为标题,从《彼得·卡门青德》《盖特露德》到《德米安》《荒原狼》《纳尔齐斯与歌尔德蒙》等都是如此。而晚期这两部作品的名字转为以一个团体的行动("东方之旅")和一种综合性的文化活动("玻璃珠游戏")命名,从题名我们已经可以粗略地看出黑塞思想的转向:从个体自我到团体和综合。黑塞前期作品中对人类精神出路的探讨局限于个体自我的完善;到晚期,这两部作品中作家探讨了个体与集体的关系,个人追寻如何从自我身份意识转向个体的社会价值,以及集体和整体的意义。

黑塞自己曾说,"《东方之旅》和《德米安》《悉达多》及《荒原狼》一样,同属我最主要的作品,体验它们、赋予它们艺术形式,对我而言曾是生命的需要","我写它的时候,比任何时候都认真严肃……"[①]可见《东方之旅》在黑塞思想发展历程中的重要性。黑塞在这部小说中提出了"服务"的主题,这个主题到《玻璃珠游戏》中转化为人物的具体行动和实践。两部小说的主人公都经历了个体自我的迷失及对自我的追寻与确证过程,在这个过程中,对自我的确证是通过服务思想来实现的。

4.2.1 "欲长寿者必服务":黑塞晚期小说的服务主题

《东方之旅》在中国学界很长一段时间都没有受到关注,直到最近几年才有两三篇论文出现,而且主要是从东西方文化交流的跨文化角度来探讨这部小说的。[②] 笔者认为,如黑塞一贯的写作倾向一样,主人公对自我的追寻仍然是作品的主题。小说"看似是去东方的旅行实际上是一次深入心灵与精神的旅

---

① 张弘,余匡复. 黑塞与东西方文化的整合[M]. 上海:华东师范大学出版社,2010:392.
② 如张弘. 东西方文化整合的内在之路——论黑塞的《东方之旅》[J]. 华东师范大学学报(哲学社会科学版),2010(4):81-88;陈敏,戴叶萍.《东方之旅》中尼采与老庄思想共存现象及其探究[J]. 德国研究,2012(1):95-105.

行,是潜入自我的深层结构"。① 主人公在自我身份追寻的过程中认识到团体的力量,在走向团体的过程中认识了自身。

《东方之旅》的内容采取的是一种盟会小说的叙事形式。② 盟会实际上是一个像后来《玻璃珠游戏》中的卡斯塔里教育省一样的精神团体,其目标是到东方朝圣,也就是追寻人类的精神之乡。入会者主要是艺术家,他们都是追求理想精神的人,不受现实物质世界的迷惑。小说第一部分中主人公H.H加入盟会,沐浴在盟会精神之光的照耀下,感到幸福完满。他加入盟会的目标是想要朝见美丽的法蒂玛公主并获得她的爱——象征着H.H对美和真理的追求。H.H在获准进入盟会的时候,主席对他的嘱咐是:要虔诚、要有永恒的信心,要勇敢,要爱护盟友。危机发生在另一个主人公里欧的失踪之后。盟会瓦解,盟会成员信心不再,成员之间互相猜疑,互相争吵。之后,H.H对自我的身份开始发生质疑,几近崩溃。他尝试回忆并努力要把这个旅程记载下来。对他来说,写作的过程就是确证自我的过程,但是他在回忆中探寻自我的努力遇到困难,他发现自己遗忘了这个旅行的很多部分。因此,他对自我的认识还是模糊不清的,这困扰着他。于是他决心寻找里欧。

小说中里欧的身份,以及"我"——H.H与里欧之间的关系是理解小说主旨的一个中心。里欧最开始的身份是仆人,小说后半部分又以盟会首领的身份出现,可以说他同时既是仆人又是领导,"既服务又统领"。里欧失踪后,盟会也瓦解了,H.H秉承着自己的信念,到处找寻里欧——象征H.H对自我的探寻。他找到了里欧,但是对方并不认识他,撇下他独自离开,这让H.H感到非常颓丧、悲观、绝望。他并没有找到真正的自我,也无法认清自己,找不到自我的出路。当H.H终于找到寻找东方之旅和盟会的途径时,里欧出现,引领H.H接受盟会的审判。H.H意识到这个审判是要让他认识自我,审判的结果是让他查阅自己的档案,这个过程也是认识自我的过程。H.H读到了别人对他的评论文字,最后他看到一尊双面塑像,塑像预示服务和

---

① 转引自陈敏,戴叶萍.《东方之旅》中尼采与老庄思想共存现象及其探究[J].德国研究,2012(1):95-105.

② Theodore Ziolkowski. Der Schriftsteller Hermann Hesse: Wertung und Neubewertung[M]. Deutsch von Ursula Michels-Wenz. Frankfurt a. M.: Suhrkamp Verlag, 1979: 61.

第4章 黑塞小说叙事主体的社会认同

献身的主题。

H.H 与里欧的关系扑朔迷离。里欧是 H.H 的化身,是他的另一个自我。H.H 找寻里欧的过程就是找寻自我的过程,跟辛克莱找寻德米安一样。在这里里欧不再只是单纯的精神的象征,他同时还象征着精神与服务的协调,主人公得到启示,他要走的路就是服务。在这一点上,之后的《玻璃珠游戏》与它一脉相承。实际上服务主题在黑塞最早的小说《彼得·卡门青德》中就已出现,卡门青德最后在照顾残疾人波比的生活中找到生命的意义。此时,作者主要表现的是爱的主题,通过爱而服务,如某论者所说,"彼得·卡门青德投身集体福利事业,在工作和劳动中回复内心的平衡"。[①]

1932年费希尔出版社为《东方之旅》撰写的宣传广告词中如是写道:"因为作者找到了目标,作品的主题是:渴望服务,寻找集体,从艺术家的孤独而无结果的精湛技巧中解脱出来。"[②]有论者通过分析《东方之旅》里欧的名字和小说中里欧居住地址名称的象征,来证明服务的主题。[③] 黑塞的服务思想还被美国企业管理学方面引用,他们提出的"仆人式领导"的概念就是受《东方之旅》启发而来的。[④]

《东方之旅》中的服务主题通过里欧的形象展示出来。里欧最初是盟会的仆人之一,开始时并不引人注意。他帮助大家提行李,还常常服务于队长个人;他总是很快活,别人在需要他的时候就可以找到他,不需要他的时候就看不到他。总之,他是一个理想的仆人,热情、谦逊、毫不矫饰,很讨人喜欢。他与周围一切的关系是一种"随和而平衡"的关系,是和平和服务,而不是征服和占领。对他来说,"服务的法则就是:想长寿的人必须服务,但是想统驭的人却不长寿"。[⑤]

---

① 韩耀成.德国文学史(第4卷)[M].南京:译林出版社,2008:323.
② 转引自张佩芬.黑塞研究[M].上海:上海外语教育出版社,2006:206.
③ 邱柯斯基在其《〈东方之旅〉的象征性自传》一文中认为:里欧的住址"塞勒格拉本69号甲"意思就是制绳人的巷子,而且里欧脚上穿的也是绳底鞋,而按巴赫芬《古人的重要象征》(1859年)一书所讲,制绳人的象征意义就是"以个体的永恒死灭来保存种族的永恒青春"——尤其值得一提的是黑塞在1923年评论了巴赫芬的这本书。参见邱柯斯基.《东方之旅》的象征性自传[M]//赫尔曼·黑塞.东方之旅.蔡进松,译.上海:上海三联书店,2013:160.
④ 陈百加.企业领袖教练[M].长春:吉林大学出版社,2010:6.
⑤ 赫尔曼·黑塞.东方之旅[M].蔡进松,译.上海:上海三联书店,2013:75.

里欧的失踪使 H.H 感到迷失和绝望，他到处寻找里欧，最终里欧在收到了 H.H 的信后，带他去拜会盟会的核心团体。这个时候，里欧又以一个完美仆人、完美向导的形象出现。到了盟会总部，H.H 惊讶地发现里欧就是会长。在这里，里欧作为服务精神的具象化身，引领 H.H 进入盟会。里欧作为会长又以仆人身份出现，他践行"圣人处无为之事，行不言之教"的思想，在他这里，"统治等同于服务"。①

在小说最后，H.H 在寻找自己档案的时候，在一个壁龛里面发现了一尊木头或蜡做的双面塑像。"这个形象就是我自己。我的这尊塑像看起来脆弱、半真半假，令人不愉快。它五官模糊，而整体的表情上有某种不稳定、虚弱、垂死的或向往死亡的东西，看起来颇似一尊名为'无常'或'腐乱'之类的雕像"，而里欧的像"色彩和造型都很有生机"；② H.H 发现自己形象的那个塑像内部有什么东西流向里欧的塑像内部，并"滋润它、加强它；仿佛到了后来，来自一个塑像的一切物质将流向另一个里头，而只有一个会留下来，那就是里欧"③。小说以"他必兴旺，我必衰微"④作为结尾，意味深长地昭示了作品的主题：服务与献身。

在小说最后，H.H 在寻找自己档案的时候，在一个壁龛里面发现一尊木头或蜡做的双面塑像。"它所代表的形象是我自己，而这尊我自己的像令人不愉快地衰弱和半真半假。它有模糊的面貌，而在整个的表情上，有某种不稳定、衰弱。垂死或想死的东西，看起来颇似一尊可名之为'无常'或'腐化'的雕像，或某种类似的东西"，而里欧的像"颜色和形状都很有力"；H.H 发现自己形象的那个塑像内部有什么东西流向里欧的塑像内部，并"滋润它、加强它；仿佛到了后来，来自一个塑像的一切物质将流向另一个里头，而只有一个会留下来，那就是里欧"。⑤ 小说以"他必兴旺，我必衰微"作为结尾，意味深长地昭示了作品的主题：服务与献身。

---

① 转引自陈敏，戴叶萍.《东方之旅》中尼采与老庄思想共存现象[J].德国研究，2012(1)：95-105.
② Hermann Hesse. Die Morgenlandfahrt[M]. Frankfurt a, M.：Suhrkamp Verlag，1990：121.
③ 赫尔曼·黑塞. 东方之旅[M]. 蔡进松，译. 上海：上海三联书店，2013：128.
④ 赫尔曼·黑塞. 东方之旅[M]. 蔡进松，译. 上海：上海三联书店，2013：128.
⑤ 赫尔曼·黑塞. 东方之旅[M]. 蔡进松，译. 上海：上海三联书店，2013：128.

第4章 黑塞小说叙事主体的社会认同

《东方之旅》中的服务和献身思想在《玻璃珠游戏》中得到延续和深化。服务主题在《玻璃珠游戏》中通过主人公的名字已经预示出来,克乃西特(德文 Knecht)就是仆人的意思。克乃西特既有仆人的名字,却又成为卡斯塔里教育省的最高长官——游戏大师,也即:既服务又统治,跟《东方之旅》中既是仆人又是会长的里欧形象相同。如果《东方之旅》中的服务最主要还是从艺术家的创造性服务来说的话,那么在《玻璃珠游戏》中,服务成为精英知识分子进入世俗社会,为世俗社会服务的精神。①

除名字隐含了服务主题之外,音乐大师给克乃西特讲解"自由"的含义时就明确表示,卡斯塔里的自由就是"既能够服务,也能够在服务中获得自由"。② 克乃西特最后放弃精英王国至高无上的地位——玻璃珠游戏大师的身份,进入世俗社会,以教育的方式服务于世俗社会,最终献身山湖。克乃西特的死呼应了《东方之旅》中的献身主题。

《玻璃珠游戏》后面以附录形式出现的三篇传记或传奇也都表达了小说的服务主题。比如第一篇传记《呼风唤雨大师》中就有一段关于教育与服务关系的讨论:

> "因为一位老师的职责不只是为学生服务,老师和学生两者都应当是他们灵魂工作的仆人。为什么有些老师会畏惧和拒绝一些光彩照人的才子呢,原因也就在这里。凡是这种类型的学生总是曲解教学工作的整个意义,错误理解为服务于学生。事实上,任何对某类只知出人头地而不知服务的学生的教育和促进,恰恰意味着从本质上损害服务这一真理,是一种背叛灵魂的行为。我们从许多国家的历史中认识到,凡是这些国家秩序大乱、灵魂思想陷于深刻危机的时期,准是大批无德的才子当道,他们在各种社会团体、各种学校和学术机构,以及国家政府中占据领导地位。这些颇有才能的人稳坐在一切重要职务的宝座上,却只想着统治管理,全然不知服务

---

① 《东方之旅》中主人公 H. H 是一个音乐家,盟会里的其他成员也都是艺术家。而《玻璃珠游戏》中的主人公克乃西特以及教育省里的成员都是高级精英知识分子。
② 赫尔曼·黑塞. 玻璃球游戏[M]. 张佩芬, 译. 上海:上海译文出版社,1998:64.

为何物……"①

这段话中关于服务与统治的观点应和了里欧以及克乃西特的形象所象征的内涵：统治也即服务。这正是前文所提"仆人式领导"的意义。对于黑塞来说，他在这里不仅批判了当时社会各级政党领导的管理所导致的社会政治现实问题，同时也探讨了精英知识分子如何运用自己的才能的问题。精英知识分子追逐的理性被他们当作驾驭一切的最高价值，但是黑塞认为这是精英知识分子的歧途，他通过创造里欧和克乃西特的形象为知识分子如何面向现实提供了榜样。

4.2.2 "他必兴旺，我必衰微"：克乃西特的献身

《玻璃珠游戏》于1943年在苏黎世出版。德国版本直到1946年11月底才得以面世，就在这个月初黑塞才刚刚获得诺贝尔文学奖。这本书黑塞从1931年正式开始撰写，到1942年完工，前后总共花了12年。这期间，黑塞只写作了一些诗歌、散文和杂记。而实际上据考证早在1927年黑塞就已经在日记里记录了这一后来被命名为"玻璃珠游戏"的构思。②

笔者详细地罗列这些数据，想要说明的是黑塞对这部著作的重视程度。黑塞动手创作这部小说的时候54岁，经历过中年危机，开始步入成熟稳重的老年时期。十多年的打磨，这期间纳粹暴政对人性的戕害愈演愈烈，黑塞关于小说最初的一些设想已经有所变化，思想也日趋成熟，因此这部小说成为黑塞一生思想的总结和集大成者。小说是"一个金字塔的水晶尖端"，过去的"所有主题都重新回归"。③ 小说发表后，众多知名人物都给予了高度评价。托马斯·曼评价道："黑塞的《玻璃珠游戏》是一部令人神往的老年著作，奇思妙想，手段巧妙，伟大而庄丽——一句话，德语文学的典范。我十分钦佩。……最伟大的例子是那部高尚的、汲取了东方和西方人类文化的所有泉源写成的巨著《玻璃珠游戏》……这部纯洁而勇敢的，耽于空想却又高度智慧的著

---

① 赫尔曼·黑塞.玻璃球游戏[M].张佩芬，译.上海：上海译文出版社，1998：468.
② 张佩芬.黑塞研究[M].上海：上海外语教育出版社，2006：257.
③ Otto Basler. Der späte Hermann Hesse[DB/OL]. (HHP digital 2013)[2014-12-20]. http://www.gss.ucsb.edu/projects/hesse/papers/documents/basler-otto-final-Aug24.pdf

第4章　黑塞小说叙事主体的社会认同

作充满了传统、联系、回忆和恋乡之情——没有一丝一毫死板模仿的痕迹……"①诺贝尔奖授奖辞也充分重视《玻璃珠游戏》的特殊地位，认为其中的"英雄主义、苦行主义并不亚于耶稣教徒的理想王国的水平，把实行调解当作针砭时弊的灵丹妙药"。② 除此之外，有很多各种评论和研究资料，从主题、象征意义、主人公的死亡结局、东西方文化、现实批判到跨学科研究，黑塞的作品被认为在这些方面都取得了引人注目的成就。③

跟黑塞以往的大部分小说一样，《玻璃珠游戏》也是以一个小男孩成长为成年人的内心经历为主线。主人公克乃西特的一生也经历了青春期阶段内心的危机、怀疑到自我肯定的过程和各个成长阶段。他生活在一个脱胎于"副刊文字时代"的纯精神王国卡斯塔里教育省。这个王国虽然对于追求绝对精神生活的知识分子们来说是人间乐园，使人们能抵御世俗黑暗世界的侵蚀，但是它却有灭亡的危险。克乃西特在实现了自身的完满发展之后，毅然辞别这个王国，服务现实社会，并为之献身。

卡斯塔里教育省是一个由知识分子精英组成的纯粹精神王国，是为了反对副刊文字时代的精神没落而建立起来的。正是基于对副刊文字时代的反拨，基于对这个没有精神、流于物欲、肤浅的生活世界的批判和反思，黑塞努力寻找人类的出路，他在小说中创建了这样一个纯粹精神王国，作为"得以呼吸和生存的精神空间"。④ 这个王国的成员都要放弃世俗的一切物质利益：金钱、地位、荣誉，以及爱情和婚姻家庭。他们不必考虑物质生存的问题，但生活简朴，只以纯粹的科学研究为自己的生活目标。他们远离现实，远离一切历史、政治及社会现实，如同生活在悬浮于纯净空气中的空中楼阁，不受地面世俗社会的一切干扰，是一个知识分子的世外桃源，典型的知识分子乌托邦。

---

① 转引自张佩芬.黑塞研究[M].上海：上海外语教育出版社，2006：282.
② 转引自张佩芬.黑塞研究[M].上海：上海外语教育出版社，2006：261.
③ 跨学科的影响和研究除了与数学、教育、宗教等学科的比较之外，一部有新意的作品叫作《光速思考》的物理学著作。该书在第一章"玻璃珠游戏"中认为黑塞的小说《玻璃珠游戏》描绘了一幅"关于光与图像潜力最富有想象力的图画"，认为黑塞把德国哲学家莱布尼茨和心理学家卡尔关于通用符号的设想转化为形象的描述。见戴维·D.诺尔蒂.光速思考：新一代光计算机与人工智能[M].王国琼，译.北京：中信出版社，沈阳：辽宁教育出版社，2003：5.
④ 转引自张佩芬.黑塞研究[M].上海：上海外语教育出版社，2006：269.

这个精神王国存在的理由和目标就是，应对它之前的那个时代的精神废墟，保存人类精神文化并传承下去。但是卡斯塔里这个纯粹的精神王国真的能作为整个人类的出路吗？它能一劳永逸地解决社会的问题吗？

答案是不能。按照黑塞的辩证观，阴与阳、光明与黑暗、理性与感性相互对立，也相互转化，相互补充。这个纯粹的精神王国只是整个世界的一部分，它并不完整，就像人有灵魂与肉体、精神需求与物质需求一样，完整的世界也必须包括精神和世俗两个层面，精神世界不可能脱离世俗存在。或许可以说从一开始作家就对这个纯粹精神王国并不抱乐观的态度，主人公克乃西特的命运就暗示了他对卡斯塔里的反叛。

卡斯塔里有它自身的致命弱点，它的危机在于缺乏创造性和生产性。正如克乃西特的朋友兼对手、世俗弟子特西格诺利批判卡斯塔里时所指出的一样，它存在严重的危机和弊端：不事创造，没有生命力，依赖世俗世界而存在，有没落的危险。小说通过克乃西特和特西格诺利之口分别对卡斯塔里和世俗世界进行了描述。小说写道："'凡俗世界'一词便意味着某种卑下而不可接触，因而显得神秘、富于诱惑力和美丽的东西"，凡俗世界更符合自然，符合健康的人性；纯粹精神世界里是不合人情的禁欲，"狂妄自大的经院哲学精神"[1]；特西格诺利把卡斯塔里的教师和大师们比作僧侣特权集团，把这里的学生称作一群"受监护的、被阉割的绵羊"[2]，把玻璃珠游戏批评为一种"不负责任的字母游戏"，是"倒退回副刊文字时代去的玩意"，可能会"毁坏我们以往种种不同艺术与科学的语言"[3]；他批评卡斯塔里人不事生产，号称传承各个时代的文化，却不能创造出属于自己的音乐或诗句，因此他们的"全部精神教育和态度都是毫无价值"[4]，总之卡斯塔里的生活与现实世界完全脱离，就像笼中的鸟儿，等着别人来喂养，而丝毫不接触现实生活，不参与生存竞争，对靠辛苦劳作供养自己的世俗社会的人一无所知。

这个精神乌托邦看起来远离世俗社会，事实上却根本无法摆脱与它的联

---

[1] 赫尔曼·黑塞. 玻璃球游戏[M]. 张佩芬，译. 上海：上海译文出版社，1998：84.
[2] 赫尔曼·黑塞. 玻璃球游戏[M]. 张佩芬，译. 上海：上海译文出版社，1998：86.
[3] 赫尔曼·黑塞. 玻璃球游戏[M]. 张佩芬，译. 上海：上海译文出版社，1998：87.
[4] 赫尔曼·黑塞. 玻璃球游戏[M]. 张佩芬，译. 上海：上海译文出版社，1998：87.

第4章 黑塞小说叙事主体的社会认同

系。首先,它需要世俗世界的物质支持,世俗世界为它提供资金和生活必需品。其次,它需要世俗世界的政治系统的支撑,要得到对方的承认,并建立相应的行政管理系统。作为回应,精神王国也为世俗世界提供教师,同时还接纳少数经过选择的世俗子弟进来做短期学习。虽然绝大多数世俗子弟并不能适应或接受卡斯塔里的精神,而回归到自己的世俗世界;卡斯塔里的人也因为长期的孤立,逐渐养成一种孤傲的气质,根本看不起世俗世界的生活,二者的鸿沟越来越大,但世俗世界对精神世界的渗透是无法停止的。因此,精神王国无法绝对孤立地存在,无法回避世俗社会而存在,也无法永恒完美地存在。它并不能一劳永逸地解决现实社会中精神堕落的问题,并不能完全独立地挽救精神文化,不能达到它保存文化的理想目标,不能使追求精神生活的知识分子完满幸福地生活。卡斯塔里这个社团里没有物质、情感、爱欲,无世俗所操劳的一切,是一个抽空了历史和现实的纯精神世界。小说对卡斯塔里的缺陷的批评,实际上是对不完整世界的批判,克乃西特的叛离就是黑塞对乌托邦的消解。个人无法在没有现实的精神世界中生存,社会是不完美的,但是只有这个不完美的社会的存在,世界才是完整的。正是因为此,克乃西特才想要逃离精英王国,走向世俗世界。

克乃西特从最初认同卡斯塔里到质疑再到逃离的过程,实际上也是他认识自我的过程。小说作为克乃西特的传记,记载了他按照自我本性发展,不断探究自己的内在自我,不断质疑自我又找寻和肯定新的自我,不断超越自我的一生。克乃西特从小在卡斯塔里长大,这使他不必承受精英王国与家庭世俗生活之间的矛盾冲突之苦。在卡斯塔里这个绝对的精神王国里,精英知识分子就像生活在真空中,他们不受世俗事务的干扰,都能按照自我的精神需求而过本真的生活。但是克乃西特这个精神才智都高度和谐发展的精英知识分子,虽然最后成长为王国的最高长官,成为一个称职的、出色的游戏大师,连立传人都认为他似乎是"专为卡斯塔里、为宗教团体而生的,是注定要替教育组织当局服务的"[①],却也经历了一次次内心危机和觉醒,最后成为卡斯塔里的反叛者。这些阶段是克乃西特对自我的认识的发展,也是他从纯粹

---

① 赫尔曼·黑塞.玻璃球游戏[M].张佩芬,译.上海:上海译文出版社,1998:37.

精神世界转到承认世俗,接受不完美现实的过程,是他"对自己在卡斯塔里内部和世俗人间秩序中地位的认识"。①

如前文所述,克乃西特在还是一个十一二岁少年的时候,也就是他在学生年代时就有了对世俗世界的初步认识和肯定。在华尔采尔的学习阶段,通过与特西格诺利的辩论,他对世俗世界产生了强烈的渴望,希望能够把精神世界与世俗世界协调起来。而自由研究的经历对克乃西特最终反叛乌托邦式的精神王国,走向世俗世界有着重要的意义。

自由研究阶段的精英学生可以以创作"传记"的方式来设想自己在不同的时代环境中如何度过一种符合现实的生活。从心理学和教育学的角度来说,传记写作成为这些精英学生向着认识自我迈出的最初的步伐,换句话说,传记撰写者通过这种工作获得深入自己内心的可能。我们在阅读克乃西特保存下来的三篇传记的时候,可以看到他对自我的认识的变化过程。

如果说在华尔采尔的时期,他还只是承认世俗世界,那么在其自由研究的阶段,克乃西特开始对纯粹精神世界产生怀疑,这是促使他最后决定离开卡斯塔里,进入世俗世界的主要原因。在其自由研究的时期,克乃西特不选择与其他人一样的研究方式,而是独自走一条艰难崎岖的研究之路。他通过自己与众不同的研究方式深入探讨玻璃珠游戏的起源。在这一条其他卡斯塔里人从来没有走过的路上走得越远,克乃西特就越意识到,卡斯塔里人至今为止深信不疑信奉的玻璃珠游戏在表面的光彩夺目掩盖下已经出现了小小的裂缝,他开始面临"美学和伦理学这一双亘古存在的矛盾"。② 他一直认为应该服务于宗教团体,以便让自己的这些天赋能力得到净化,使之更加强健。但是服务于谁呢?对于玻璃珠游戏的至高无上的精神意义,他一直持怀疑态度。虽然之前在华尔采尔的时候这种怀疑就有表露,但是现在他的矛头指向了整个卡斯塔里王国。

克乃西特对卡斯塔里王国的质疑直到重遇老朋友特西格诺利才得到暂时的消解。此时的特西格诺利在克乃西特看来已经完全被世俗世界所同化,庸

---

① 赫尔曼·黑塞.玻璃球游戏[M].张佩芬,译.上海:上海译文出版社,1998:122.
② 赫尔曼·黑塞.玻璃球游戏[M].张佩芬,译.上海:上海译文出版社,1998:126.

第4章　黑塞小说叙事主体的社会认同

俗而粗鲁。克乃西特发现，他所向往的世俗世界似乎是一个完全没有精神生活的地方。于是他重新转向玻璃珠游戏，他还需要继续地觉醒。促使他继续反思精神王国和世俗世界关系的，是在玛利亚费尔修道院与约可布斯神父的结识，以及再一次与老朋友特西格诺利的重逢及长谈。

克乃西特在玛利亚费尔修道院受到约可布斯神父的历史观的影响，尤其是他关于卡斯塔里精神与世界历史关系的看法对克乃西特触动很大。约可布斯神父认为，卡斯塔里人完全欠缺历史意识，他们的历史只包括精神思想和艺术，而活生生的现实、有血有肉的生活的历史却被抽空，"其中只有定律和公式，却没有现实，没有善与恶，没有时代，没有昨日也没有明天，只有一个永恒不变的、肤浅的、数学上的当前"。[①] 神父对宗教组织得以长存的原因的关心和思考也促使了克乃西特反思卡斯塔里的历史和现实。

成为游戏大师之后的克乃西特出色地行使了大师的职责，他感到自己不仅成了卡斯塔里的头脑，同时还对这个王国及所有精英知识分子负有不可推卸的责任。他想要通过教育让人们认识并实现卡斯塔里及玻璃珠游戏的使命和理想，即"人类一切精神努力具有内在一致性的思想，也即包容万有的思想"[②]，但玻璃珠游戏现在有颓废的趋势，因此要让精神加强对世俗的影响，要阻止精神的衰亡。这期间克乃西特又重逢老朋友特西格诺利，认识到世俗世界里精神生活的衰亡，更加速了他离开精英王国，服务世俗的想法。之后，他安顿好卡斯塔里的一切，辞别游戏大师的身份，去教育特西格诺利的儿子，在第一天就死于冰冷的山湖中。但他的死对于他的学生铁托来说是一种引领的精神，他感到自己对大师的死承担责任，他怀着一种"圣洁"的感觉预感到大师的死将会彻底改变他的未来。

克乃西特不断质疑、不断反省，不断追逐完满自性，走过一个个阶段，并最终在对完整世界的认识中跨越了个体的樊篱，走上为世俗世界服务的道路。克乃西特的形象成为黑塞对个人与群体、个人与世俗世界之间矛盾冲突的出路，抑或人类命运出路的最终探索。

---

① 赫尔曼·黑塞.玻璃球游戏[M].张佩芬，译.上海：上海译文出版社，1998：158.
② 赫尔曼·黑塞.玻璃球游戏[M].张佩芬，译.上海：上海译文出版社，1998：223.

4.3 黑塞的整体性世界观与服务主题

德勒兹和居塔里在其《资本主义和精神分裂症》中提出，现代社会以虚假整体的完整来否定个人的个性完整性，个人就以自我破碎和集体的精神分裂来否定社会的完整性，并以此揭示出社会本质和群体心理的破碎性。[①] 德勒兹和居塔里强调应保护个体，因为在现代，资本主义社会的整个体系，包括意识形态、经济制度、政治和社会的设施，乃至学校等都变得反人道化了。[②] 这段话似乎可以被看作是黑塞青春叙事的注脚。黑塞看到现代资本主义社会的个性分裂与社会的分裂，他的青春叙事里关于个体成长成熟的认识，他关于整体性世界的认识，他的主人公走向世俗世界，进入服务主题，都是他对现代社会的一种反抗，一种积极的建构。

4.3.1 作为整体的世界

历代批判和揭露丑恶世界的文学作品并不少，尤其是现代主义思潮兴起以来，描述世界的分崩离析的文学作品更是非常普遍。黑塞在其中期重要作品《荒原狼》以及最后的大作《玻璃珠游戏》中展示了一个被"美国化"了的低俗堕落的世界，和一个毫无精神生活的肤浅社会。这是一个不完美的社会，甚至可以说是一个完全肮脏、堕落的世界。但是黑塞并非只是揭露和批判这样的社会，他的人物并非只是排斥和拒绝这样的世界，也就是说黑塞并非一味解构，他的重心在于建构。他的人物都在努力寻找适应并进入这个世界的途径。如果说，"荒原狼"只是学会了在世俗中发现神圣，以自身的和谐适应这个社会，那么《玻璃珠游戏》中的克乃西特就是要以完满的自性（精神）来服务并献身于世俗社会。

黑塞的人物最终转向"不完满"的世俗世界，这一点与作家对完美世界与完整世界的认识有关。黑塞认识到，从来就没有一个完美的世界，一个真实的完整世界一定包含精神与世俗、光明与黑暗、善与恶的矛盾对立。因此，只有承认并接纳丑恶的存在，接受不完美的存在，才能获得完整的世界。

---

① 转引自王岳川. 二十世纪西方哲性诗学[M]. 北京：北京大学出版社，1999：262.
② 转引自王岳川. 二十世纪西方哲性诗学[M]. 北京：北京大学出版社，1999：261.

第4章　黑塞小说叙事主体的社会认同

关于黑塞世界整体观的思想来源有很多讨论，成果也很多。概括起来有几点，第一是黑格尔的哲学，第二是历史学家布克哈特的影响①，第三是东方宗教哲学文化的影响，包括来自中国哲学和宗教的影响②，以及印度思想的影响③。本书对此不做深入探讨。本书要分析的是，黑塞关于世界整体的思想如何影响他对个体成长成熟的认识，如何影响他青春叙事的逻辑。

有论者认为黑塞作品中的主人公对自我的追寻转向"共同体"，是在《玻璃珠游戏》中才出现的。④ 如果只是从"行动"这个层次来看，这个观点是对的，但是这个行动转向的思想准备却在黑塞很早的作品中就已经出现了。《在轮下》中就已经对汉斯的悲剧源于其人生不完整性的认识，以及黑暗世界、母性世界的缺失对汉斯悲剧命运的消极影响的初步反思；《德米安》中黑暗世界与光明世界的统一对辛克莱的自我发展具有决定性意义；前期艺术家小说中对感性的弘扬，对理性失衡的批判，到《纳尔齐斯与歌尔德蒙》中追求二者的融合；《荒原狼》中的幽默救赎实际上也是超越善恶，超越两极对立，从整体的高度对待生活，等等。这些作品中的人物的发展实际上都体现了作家对整体性的认识。

及至《东方之旅》，作品中已经明确提出了整体性的思想。小说中写道："我们的目标并不局限于一个国家，也没有任何地理限制，而是寻求灵魂的故乡和青春，它们无处不在，却又处处皆无，它们是一切时代的统一体"……⑤ 这是一种"超越因袭观念的世界性或曰宇宙性思想"。⑥ 到《玻璃珠游戏》中，"整体"成为小说中无处不在的思想。首先，玻璃珠游戏本身就是各种文化、各种学科的综合，是超越一切对立的统一。玻璃珠游戏是以人类历史"全部文

---

① 小说中约可布斯神父被认为就是以布克哈特为原形的。黑塞从布克哈特那里受到的影响正如小说中克乃西特从约可布斯神父那里接受的影响。
② 张佩芬. 架起一座"魔术桥梁"——谈赫尔曼·黑塞的《玻璃球游戏》[J]. 读书，1990(6)：64-70.
③ 印度之行"强化了黑塞对整体原则的信仰……接近所有人类本质的相似性（亲缘关系）"。见黑塞《回忆印度》。
④ 参见卞虹. 成为你自己——对赫尔曼·黑塞小说中的人性主题的考察[M]. 北京：企业管理出版社，2014.
⑤ 赫尔曼·黑塞. 东方之旅[M]. 蔡进松，译. 上海：上海三联书店，2013：71.
⑥ 赫尔曼·黑塞. 玻璃球游戏[M]. 张佩芬，译. 上海：上海译文出版社，1998：558.

化的内容与价值为对象"的游戏,①是"使心灵趋向宇宙整体目标的运动","试图让实用与理想科学互相结合的行动","调和科学与艺术或者宗教与科学的尝试",它"把精神宇宙集中归纳为思想体系,把文化艺术的生动美丽与严谨精确的科学的魔术般力量结合起来";②总的说来,这个游戏本身就是整体和综合的象征,它是"追求和谐完美最上乘的象征形式",是"一种不断接近超越一切图像和纷繁复杂而一统于自我的精神,即神性"。③其次,卡斯塔里集团就是一个统一整体。在克乃西特进入更高一级的学校之前,音乐大师就已经向他昭示了卡斯塔里的整体精神:"我们卡斯塔里人应该不仅仅是一个出类拔萃者,首先应该是一个严谨的团体。一座建筑,其中的每一块砖头唯有在整体中才具有自己的意义。离开了整体便无路可走。因而一个人上升得越高,承担的职务越重要,自由反倒越来越少,而责任越来越多"。④

音乐大师对克乃西特讲解玻璃珠游戏的本质和特点时指出,游戏的目标"是正确认识矛盾对立,首先当然是看作矛盾,然而接着要视为一个统一体的相对极"。⑤而在华尔采尔的时间是克乃西特形成整体意识的关键时期。由于世俗子弟特西格诺利同学的缘故,克乃西特开始对世俗世界产生向往,对自己所属的精神世界产生怀疑。克乃西特和特西格诺利这两个对立的形象是"两个世界、两种原则的具体化身"⑥,但是二者的表面对立暗示的是一个统一整体。小说中克乃西特的好友费罗孟悌这样描述二人的关系:"两种对立物:世俗世界和精神世界,或者特西格诺利和约瑟夫的两种对立观点,在我眼前逐渐升华,从不可调和的原则性矛盾转化为一次音乐协奏"⑦;之后克乃西特在阐述玻璃珠游戏的一篇文章中,开头第一句就写道:"由精神和肉体两者组成的生命整体是一种动力学现象"。⑧这里,小说明确提出整体的观念,特西格

---

① 赫尔曼·黑塞. 玻璃球游戏[M]. 张佩芬,译. 上海:上海译文出版社,1998:6.
② 赫尔曼·黑塞. 玻璃球游戏[M]. 张佩芬,译. 上海:上海译文出版社,1998:7.
③ 张弘,余匡复. 黑塞与东西方文化的整合[M]. 上海:华东师范大学出版社,2010:429.
④ 赫尔曼·黑塞. 玻璃球游戏[M]. 张佩芬,译. 上海:上海译文出版社,1998:75.
⑤ 赫尔曼·黑塞. 玻璃球游戏[M]. 张佩芬,译. 上海:上海译文出版社,1998:71.
⑥ 赫尔曼·黑塞. 玻璃球游戏[M]. 张佩芬,译. 上海:上海译文出版社,1998:95.
⑦ 赫尔曼·黑塞. 玻璃球游戏[M]. 张佩芬,译. 上海:上海译文出版社,1998:98.
⑧ 赫尔曼·黑塞. 玻璃球游戏[M]. 张佩芬,译. 上海:上海译文出版社,1998:99.

第4章 黑塞小说叙事主体的社会认同

诺利以及他所代表的世俗世界是对克乃西特以及他代表的精神世界的补充，是整体世界的一部分。

克乃西特之前的危机在于认识到一个完整的世界应该包括"精神"与"世俗"两部分，但现实中二者的截然对立甚至敌对状态让他感到矛盾和迷惑。但最后他实现了在自身接纳矛盾对立的两面，并努力为实现现实中二者的沟通融合而服务。有分析认为，克乃西特最后葬身山湖的结局也象征着一种整体观，湖的阴阳两面代表自然的整体形象。[①]

在克乃西特写的传记"呼风唤雨大师"中，"整体"思想也是一个重要部分。克乃西特在那个由女祖宗领导的原始部落村子里所过的生活完美而且完整无缺。他认识到这个村子，这个部落团体，或者说这个国家是"一片漫布根须的沃土"，女祖宗就是"这一大片网形织物中的一根小纤维，分享着整体生命"。[②]在土鲁大师面对月亮讲未来的事情时，克乃西特内心惊愕震动，他感受到人灵魂的轮回以及人与自然的密切关系，感受到"一切生命之间的亲和与矛盾，和睦与仇视，一切伟大和渺小都聚集在每一个生命中与死亡锁在一起"，体会到"一切都是不可分割的整体"，他"听任自己被纳入次序之中，成为这种秩序的一部分，让自己的心灵受到自然法则的统治"。[③] 在与自然的交流中，克乃西特认识到世界万物都是一个整体，彼此之间都有联系，生命的轮回，生生不息，彼此关联。这里的"这个世界"是一个整体的自然世界，不是靠理性，而是靠感受，自然的魔力是"一切事物的总体精神"。[④]

正是因为克乃西特认识到世界是精神与世俗的统一整体，人作为这个世界的一部分，服务是他使自己融入这个完整世界的行动之一，是沟通精神世界与世俗世界的桥梁。黑塞的整体思想正是克乃西特转向服务的动力之一，也促使了黑塞在对一生关注的个人自我的探讨中从自我转向集体。

4.3.2 "入世"的个人性与集体性之争

黑塞的入世是妥协还是积极进取？作为个人主义者的黑塞，在其小说及

[①] 张佩芬.黑塞研究[M].上海：上海外语教育出版社，2006：302.
[②] 赫尔曼·黑塞.玻璃球游戏[M].张佩芬，译.上海：上海译文出版社，1998：448.
[③] 赫尔曼·黑塞.玻璃球游戏[M].张佩芬，译.上海：上海译文出版社，1998：451.
[④] 赫尔曼·黑塞.玻璃球游戏[M].张佩芬，译.上海：上海译文出版社，1998：452.

杂文中对个人主义的张扬，给我们造成一个假象，似乎他是反对集体的；他后期的作品转向团体，服务和献身于团体，似乎又放弃了个体，宣扬集体精神。实际上并非如此，黑塞从来都没有离开过对集体和社会的关注，也从来都没有放弃过对个体的重视。他前期对个人主义的独立个性的提倡，正是出于对现实的关怀，他想要通过个体的完满来影响社会，从而形成良好的社会风气。

但是个体如何实现完满的自我？个体如何找到自己的意义？悉达多最终在远离人世的森林大河边找到了内心的宁静，但作家似乎并没有在这里找到人生意义的终极点，因为人不可能完全生活在与世俗社会毫无瓜葛的真空环境中，所以之后的"荒原狼"仍然生活在冲突和危机中。"荒原狼"以幽默的方式打算重新面对生活，幽默是一种自我完善的方式，是个体自我的拯救方式。"荒原狼"虽然最后能重现自信笑对生活，但小说的开放式结局并未为我们确定他未来的精神圆满，作家是否真的确定这一点也只能视如不同读者心中的哈姆雷特。所以《荒原狼》之后的《纳尔齐斯与歌尔德蒙》中仍然存在两种对立。

不过不能忽略的是，"荒原狼"的幽默除了形式上是个体自我的完善之外，更重要的意义在于，它的本质内涵还包含有超越一切善与恶、精神与世俗的对立的思想。这种对超越对立思想的探索在《纳尔齐斯与歌尔德蒙》中走向了整体与融合，着力弥合造成人类社会一切问题的根源问题：理性与感性的对立、精神与世俗的对立。

秉承这个思想，在《东方之旅》和《玻璃珠游戏》中，黑塞继续思考：即使在这个堕落世界的废墟上建立一个完全符合人的理想需求的绝对精神王国，世俗的世界仍然存在，仍然会对这个精神王国产生影响和渗透；在这种情况下，人如何实现自己的永恒意义？如前文所述，"服务"是《东方之旅》和《玻璃珠游戏》的重要主题。服务就意味着与他者发生关联，不管这个他者是自然、动物、艺术还是其他的人或集体，总归是迈出了超越自我个体藩篱的一步。在《东方之旅》中，服务还只是一个意向，到《玻璃珠游戏》中已经表现为克乃西特脱离精神王国，充当世俗世界小孩子的家庭教师的具体行动。

《玻璃珠游戏》在开篇引言中就说，卡斯塔里要"尽量消灭个人主义，尽可

第4章 黑塞小说叙事主体的社会认同

能将个体纳入专家学者所组成的团体之中,正是我们最重要的指导原则之一"①,被这个团体奉为精神标志之一的就是"隐姓埋名",而且"职位每高一级,并非向自由,而是向约束迈出一步,职位越高,约束越严;个性越强,任意专断越受禁忌"②。看起来《玻璃珠游戏》中的精神王国强调权威,强调接受命令和服从,不允许有个人自我,不允许具有创造性。

这是否意味着卡斯塔里对个人主义的压制?意味着放弃个人主义?消灭自我?并非如此。首先,即使是在集团里也有个人精神和个人的自由。在黑塞这里,个人与集体的关系并非简单地放弃个体,融入集体。对黑塞来说,保持独立个性永远是最重要的,即使在集体里个人也应该保持自我的独立特性,在集体中,个人也拥有自己的私人目标,并不是毫无自我地从属于集体。正如某论者所说,"黑塞在承认集体的存在不仅是实际生活的事实,也是思想意识的事实的前提下,重新回到了他对不受社会规范模式束缚的个人形象与自我灵魂的关怀上"③。

比如《东方之旅》中盟会的特征之一就是,盟会有整体的崇高目标,但每一个盟会成员都可以并且必须拥有自己的私人目标,而且如果必要的话个体还可以脱离集体,追随自己的目标,走自己的路程。这些盟会成员有时候会形成众多大团体,这些大团体同时出发,他们各自有自己的领队和目标,走各自的道路,但是他们又随时准备合并成更大的群体,每一个群体中的个人也可以随时单独出发独行,可以随时回到集体,汇入集体中来。这个团体内部毫无冲突,和谐完善,但它"并非一架用许多一文不值的无生命力的零件拼凑成的机器,而是一个活生生的血肉之躯,虽然由各部分组装而成,却各有特性和行动自由,各自参与了生命的奇迹"④。

其次,克乃西特的形象具有深刻的意义。玻璃珠游戏看似是集团的生活,要消灭个人主义,但恰恰是小说要以为克乃西特立传的方式证明作者对个人的重视和尊敬。因为小说从头至尾都着力展示了克乃西特即使在集团里仍保

---

① 赫尔曼·黑塞. 玻璃珠游戏[M]. 张佩芬,译. 上海:上海译文出版社,1998:2.
② 赫尔曼·黑塞. 玻璃珠游戏[M]. 张佩芬,译. 上海:上海译文出版社,1998:132.
③ 张弘,余匡复. 黑塞与东西方文化的整合[M]. 上海:华东师范大学出版社,2010:424.
④ 赫尔曼·黑塞. 东方之旅[M]. 蔡进松,译. 上海:上海三联书店,2013:5.

持自己的独立个性和反叛精神。他按照自己的方式走过一个又一个阶段,并保持质疑、思考精神,这引导他最终离开集团,进入与精英王国对立的世俗世界。克乃西特虽然生活在这个精英团体里,从属于它,并按它的要求为之服务,但他走的仍然是一条个人的路,他的反叛强调了个体的自我选择。小说出版者作为卡斯塔里集团的继承者选择为克乃西特立传,要纪念他、宣扬他,这明确地表明了后来卡斯塔里人对坚持自我的人的重视,也表明了黑塞对个体的重视。

此外,克乃西特反叛纯粹精神王国的方式是服务世俗世界,但他服务的对象仍然是一个个体。克乃西特的行动不是革命,不是改革,而是以当家庭教师的方式从事教育,他选择的仍然是从个体到个体的方式。正如某论者指出的,《玻璃珠游戏》讲到了团体精神,但并非转向集体主义或集权主义。[①] 1950年黑塞曾写道:"克乃西特并非作为改革者或救世者走向世界的,他是作为学习者和教师走入这世界的,并且最初只有一个学生,一个很值得教而身陷险境的学生。他所做的其实也就是我一向努力在做的,只要我还能够从事我的职业我就这么做:他把自己的才华、人格和精力都用来为个体的人……"[②]服务虽然是个人的方式,却仍然建立起了个体与集体的联系。克乃西特服务精神的意义在于传递精神,延续精神王国的精神,影响世俗世界的下一代年青人。他的作用是连接精神世界和世俗世界,在二者之间架起一座桥梁。这也是现代社会知识分子的任务和职责,个体的使命、意义及出路。黑塞在生命的最后阶段致力的是"不仅让自己完美,还要对国家和集体都极有价值和重要"。[③]

这里还有一个重要的问题常被忽视,那就是克乃西特反叛卡斯塔里集团,选择服务于世俗世界,一个重要的前提就是他先具有了完善的自我。《玻璃珠游戏》"为了表现一个具有独特个性的人格,如何在积极进取地参与团体生活的同时,从不放弃自己的追求,最终完成了本人的命运"。[④] 在黑塞这里,个

---

① 张弘,余匡复. 黑塞与东西方文化的整合[M]. 上海:华东师范大学出版社,2010:423.
② 詹春花. 黑塞与东方——论黑塞文学创作中的东方文化与中国文化因素[D]. 华东师范大学,2006:468.
③ 张佩芬. 架起一座"魔术桥梁"——谈赫尔曼·黑塞的《玻璃球游戏》[J]. 读书,1990(6):64-70.
④ 张弘,余匡复. 黑塞与东西方文化的整合[M]. 上海:华东师范大学出版社,2010:424.

第4章 黑塞小说叙事主体的社会认同

体进入集体之前的必要条件就是自我的充足完善和成熟。这与他反对青少年太早参与政党和各种团体的理由是一致的。对于黑塞来说非常重要的一点是,如果个体与集体发生矛盾,个体如何选择。克乃西特的天性和教育使他"完全融入自己的团体职能之中,同时也不丧失自己的个性。个体和团体发生矛盾之后,我们赞赏的是:并非破坏秩序者而是献身者"。[①]

李学武在他关于成长小说的研究中写道:"现代社会的都市文明在黑塞笔下呈现出虚伪、阴暗的面貌,他的主人公总是以死亡或回归自然来拒绝威廉麦斯特式的成长、拒绝与社会和谐融为一体,拒绝成为'别人设定的人'。"[②]但是他只是说对了一半,黑塞的主人公并非是完全拒绝与社会和谐地融为一体,实际上黑塞毕生都在探讨人如何达到与社会的和谐,只是他的人物总是在路上,在探索的过程中。及至最后的克乃西特以完善的个性服务社会来实现自我与社会的和谐共存,虽然他最后是之于山湖,但他对世俗弟子的积极影响却有无限价值。

[①] 赫尔曼·黑塞. 东方之旅[M]. 蔡进松,译. 上海:上海三联书店,2013:4.
[②] 李学武. 蝶与蛹:中国当代小说成长主题的文化考察[M]. 北京:中国社会科学出版社,2003:31.

第5章 黑塞青春叙事的文化批判与现实救赎

埃里克森认为,"在讨论同一性时,我们不能把个人的成长和社会的变化分割开来,把个人同一性危机和历史发展的现代危机分裂开来,因为这两方面是相互制约的,而且是真正彼此联系着的"。① 青春期个体的同一性危机不仅仅是个体自身的问题,更多是现代性的危机。黑塞在其小说文本中几乎不明确探讨现代性社会的种种问题,而只是关注青少年个体的成长,但实际上,站在马克思理论的视角,一切艺术作品都是对客观现实世界的反映,只是表现的方式不同而已。黑塞对现代社会的批判和强烈的救赎思想隐含在青春叙事之中。黑塞借表面的青春叙事,对现代性文化进行了批评。他也借青春叙事获得了自身危机的救赎,同时也成为现代社会青年人的指路人。

5.1 黑塞对"美国化"和"副刊时代"的批评

德国史学大师斯宾格勒在其著作《西方的没落》一书中指出,随着西方物质文明的勃兴,精神文明逐渐走向衰落,西方社会也无可挽回地走向没落。② 黑塞在他的作品中也有对这种现象的深刻反思。《荒原狼》中中年知识分子哈勒对魏玛共和国时期的"美国化"的矛盾心态、《玻璃珠游戏》中对精神没落的"副刊文字时代"的质疑,都反映了黑塞所生活时代的显著社会文化状态。这种文化的没落既是黑塞青春叙事的文化诱因,也是他想要通过青春叙事进行

---

① 埃里克·H.埃里克森.同一性:青少年与危机[M].孙名之,译.杭州:浙江教育出版社,1998:译序(中文版)2.

② 奥斯瓦尔德·斯宾格勒.西方的没落[M].吴琼,译.上海:三联书店,2006.

第5章 黑塞青春叙事的文化批判与现实救赎

批判的主题。

5.1.1 黑塞对"美国化"的批判

黑塞在《荒原狼》中对"美国化"有诸多描写和批判。"美国化"(英文为 Americanisation，德文为 Amerikanisierung)一词原本是指19世纪末20世纪初，尤其是1910年代，美国政府针对大量涌入的外国移民所开展的，旨在使移民尽快融入美国本土文化的一个运动[①]，后来被用来指美国以外的国家在文化及社会等各方面受到美国的影响。该词在最初使用时并不带明确贬义，只表示一种文化在政治或经济意义上(尤其是工商业方面)对美国经验或形式的学习或借鉴。[②] 到20世纪初，"美国化"一词具有了现代意义上的含义，专门用来表示美国强势文化的对外输出，含有文化霸权、文化侵略之意，具有强烈的贬义，并因此与"美国主义""反美国化""反美国主义"(Anti-Americanism)紧密联系在一起。[③]

对美国化在欧洲最早出现的时间虽然学界并没有形成一致的看法，但是可以肯定的是自19世纪下半期就已经开始。此时美国已经完成工业化的过程，经济实力大大提升。随着自身实力的提升，美国向外扩张殖民地，同时输出本土文化的企图也越来越强烈。尤其是第一次世界大战之后，作为战胜国之一的美国一跃为世界政治强国，在欧洲的势力和影响也越来越大，欧洲出现"美国化"的高潮。对此，欧洲人的反应呈现矛盾的心态。一方面，美国代表进步、科学、物质、技术、民主、自由、商品、时尚，等等，可以说代表了现代"文明"社会的一切特征，人们，尤其是年轻人欢呼拥护美国的一切。另一方面，欧洲上层人士，尤其是精英知识分子，害怕美国大众文化的入侵会危害到自己的文化身份，从而形成一股强烈的反美国化思潮。他们宣称美国文化是一种"缺乏创造力""缺少灵魂"的文化，它只注重外在，没有内在精

[①] 参见许燕."谁"的安东妮亚？——论《我的安东妮亚》与美国化运动[J]. 外国文学评论，2011(2)：133-144.

[②] 王晓德. 美国大众文化的传播与欧洲的"美国化"——以两次世界大战之间为例[J]. 社会科学战线，2007(1)：157-163.

[③] 可参考 Frank Schumacher 的定义，表现为美国主义的文化输出，如产品、标准、行为方式，以及源自美国或被认为是美国的各种象征。参见 Regina Haumann. Die Amerikanisierung der Weimarer Republik[M]. München：GRIN Verlag，2003：3.

神；没有历史，没有传统，等等。①

关于德国的美国化问题，学界一致认为，魏玛共和国时期是一个重要的时间阶段，尤其是 20 世纪 20 年代中期，这个被称为"黄金的 20 年代"的时期，也正是"美国化的时代"，是学者口中的"世界美国文化化"的时期。② 魏玛共和国建立在战败的德国废墟之上，百废待兴，在内外交困的处境下接受"道威斯计划"，接受美国的贷款，为美国资本名正言顺地进入德国打开缺口。在"美元阳光"的照耀下，德国经济复苏，社会逐渐进入相对稳定的状态。另一方面，刚刚从残酷的一战中幸存下来的德国人面对死亡的恐惧，面对失落的传统价值和精神道德，感到无所归依，转而以外在的物质享受、肉欲刺激来麻醉自己，于是美国的大众文化、消费文化、享乐文化就有了滋长的温床。

在美国文化大肆入侵的同时，德国的传统文化严重萎缩。③ 对美国主义持批判态度的人认为，美国是德国现代社会一切病症的根源。美国大众文化带来的负面效应非常显著："柏林在获得欧洲最大的娱乐城市的同时也获得了最腐败城市的称号。"④对于魏玛共和国时期的柏林生活，著名作家茨威格曾经做过形象的描述："柏林，……已经转变成为全世界混乱离谱的中心……每一位高中学生都想在外面赚外快，在阴暗的酒吧里，我们可以看见高级公务员及高级财务官员和一些喝醉酒的水手们肆无忌惮地打情骂俏……化装舞台的嚣张淫乱……这真是价值崩溃的时代，连许多向来号称秩序最稳固的中产阶级亦难幸免，一样跟着一起疯狂。许多年轻女子都骄傲宣称自己是性倒错，在柏林的学校里，一个 16 岁的姑娘如果被怀疑仍保有童贞，会觉得是一件丢脸

---

① 参见 Joseph Roth. Die Amerikanisierung im Literaturbetrieb [M] // Anton Kaes (Hg.). Weimarer Republik. Manifeste und Dokumente zur deutschen Literatur 1918-1933. Stuttgart: Metzler Verlag, 1983: 192. 转引自杨欣. "不朽者"作为记忆中的形象及其指向的价值意义——赫尔曼·黑塞小说《荒原狼》的文化学探讨[D]. 重庆：四川外语学院, 2010.

② 转引自陈从阳，吴友法. 拥抱与抗拒——美国大众文化在魏玛共和国[J]. 武汉大学学报（人文科学版），2006(6): 768-774.

③ 王晓德. 关于德国"美国化"的历史思考——一种文化的视角[J]. 德国研究. 2007(4): 39-49.

④ 陈从阳，吴友法. 拥抱与抗拒——美国大众文化在魏玛共和国[J]. 武汉大学学报（人文科学版），2006(6): 768-774.

第5章 黑塞青春叙事的文化批判与现实救赎

的事情。"①

李伯杰在《德国文化史》中把这种现象称作美国文化对德国文化的异化。②这个时期美国的影响无处不在，首先体现在美国生活方式的影响。比如代表现代高新技术进步的机器如电影、收音机、汽车等，代表消闲娱乐方式的电影院、酒吧间、舞厅，爵士乐、狐步舞、新戏剧、卓别林的电影等。其次是美国价值理念的入侵，包括享乐、娱乐、消遣、物质至上、科学崇拜、技术崇拜、时尚崇拜等。

黑塞创作《荒原狼》的时期正是德国魏玛共和国的黄金时期，也是德国美国化的重要时期。美国化的这些特征，以及对美国化的批判，在黑塞的《荒原狼》中处处可见。主人公哈勒走在街上，到处看到的是商业化、娱乐化的场景，吵闹、喧嚣、拥挤是这个社会的基本特征："这里到处都是商店、律师事务所、发明家、医生、理发师、鸡眼病医生的牌号在朝你高喊，没有半平方米的空间"。③ 充斥整个市场的是各种消夜娱乐活动，到处是招揽顾客的招贴画、广告牌，到处是成群涌入娱乐场所的人们。哈勒在这些"正常人的消遣""普通人"的娱乐方式里找不到他所追寻的"神灵的痕迹"④，他感到悲观失望。

对来自美国的爵士乐和舞曲音乐，黑塞也深感厌恶，他描绘这种音乐时使用的一些形容词就可以看出他的好恶。他写哈勒经过一家舞厅时，听到里面传来"强烈的爵士乐"的声响，他觉得这种带"血腥味"的音乐非常刺耳。⑤哈勒觉得这是没有灵魂的低俗音乐，是没落的音乐，是胡闹。哈勒对酒馆这种美国式的消遣方式也充满反感，酒馆里充斥的尖利怪叫声、激烈刺耳的舞曲声，以及弥漫的烟雾和酒气让他非常不满。

黑塞借哈勒之口批判这个完全被美国化了世界："如果说咖啡馆的音乐，这些大众娱乐活动，这些满足于些微小事的美国式的人们的追求确实是对的，

---

① 彼得·盖伊. 魏玛文化：一则短暂而璀璨的文化传奇[M]. 刘森尧, 等, 译. 合肥：安徽教育出版社, 2005：178.
② 李伯杰. 德国文化史[M]. 北京：对外经济贸易大学出版社, 2002：298.
③ Hermann Hesse. Der Steppenwolf[M]. Frankfurt a. M.：Suhrkamp Verlga, 1976：36.
④ Hermann Hesse. Der Steppenwolf[M]. Frankfurt a. M.：Suhrkamp Verlga, 1976：35.
⑤ Hermann Hesse. Der Steppenwolf[M]. Frankfurt a. M.：Suhrkamp Verlag, 1976：43.

那么我就是错的。"①有研究者发现小说中提到这种文化和这种生活的时候用了很多"所谓的"来进行限定,如"所谓的文化""所谓的生活"②,黑塞对美国文化的批判和否定的态度溢于言表。"荒原狼"悲观地看到,这个世界上没有真正的音乐、真正的欢乐,甚至也没有真正的工作,有的只是胡乱演奏、低级娱乐、忙碌钻营、逢场作戏。人们一窝蜂追逐美国化的生活方式,追求闲适、享乐、消遣,生活失去了意义,在这样的世界,如果还有谁看重精神追求,那他就会被人当成傻瓜。

但是,美国大众化的文化所具有的生命活力对"荒原狼"哈勒仍然具有"暗暗的"吸引力。③他虽然讨厌黑人音乐,但与当代其他"学究式的音乐"④相比,他更加喜欢爵士乐。对他来说,这种音乐代表着力量和生命力,它具有坦率、淳朴诚实而又天真愉快的气质,显得强壮而有生气。黑人音乐所具有的这种特征正是黑塞十分痛恨的德国中产阶级所缺少的,它以它的自然、质朴,毫不做作地表露人的本性,同时具有感官的刺激、冲动和激情,因而对中产阶级文化的虚伪、无聊、中庸形成冲击。

在黑塞看来,美国化和美国大众文化一方面代表精神的堕落、对科学和技术理性的崇拜,同时又代表着生命的本能,表明一切事物都具有矛盾对立的两面。它某种程度上与德国中产阶级相契合,又被中产阶级的精英分子所恐惧和抵制。德国中产阶级对美国大众文化的矛盾心态也如同黑塞对中产阶级生活的矛盾心态一样。而美国化对德国中产阶级的青少年的影响就如《荒原狼》里房东侄子对机器和技术的迷恋一样。

5.1.2 "副刊时代"

正是由于美国大众文化的入侵、对技术理性的崇拜、消费文化的兴起,造成文化品位下降和文化的衰败。被黑塞描述为"副刊文字时代"⑤的现实就是其后果之一。

---

① Hermann Hesse. Der Steppenwolf[M]. Frankfurt a. M.: Suhrkamp Verlag, 1976: 35.
② 杨欣. "不朽者"作为记忆中的形象及其指向的价值意义: 赫尔曼·黑塞小说《荒原狼》的文化学探讨[D]. 四川外语学院, 2010.
③ Hermann Hesse. Der Steppenwolf[M]. Frankfurt a. M.: Suhrkamp Verlag, 1976: 43.
④ Hermann Hesse. Der Steppenwolf[M]. Frankfurt a. M.: Suhrkamp Verlag, 1976: 43.
⑤ 赫尔曼·黑塞. 玻璃球游戏[M]. 张佩芬, 译. 上海: 上海译文出版社, 1998: 9.

第5章　黑塞青春叙事的文化批判与现实救赎

在外语中，副刊①(Feuilleton)一词于18世纪初就在法文中出现，后被德文和英文采用。根据德语权威大辞典《杜登通用德语辞典》的解释，Feuilleton有三层意思：1，报纸的文学、文化或娱乐部分；2，报纸副刊部分的文学类文章；3，(奥地利语)(以闲聊的语气写的)科普类文章。② 在《牛津英语词典》中Feuilleton一词的解释为：报纸上专门刊登通俗文学、评论等文章类型的部分。③

本书要讨论的"副刊（文字）时代"（德文 Feuilletonismus，英文Feuilletonism）是一个批判性概念，而这个概念带有的批判性意义正是由黑塞发展起来的。在德语维基百科对"副刊"(Feuilleton)的扩展说明中有一个词条"Feuilletonismus als kritischer Begriff（副刊文字时代作为批判性概念）"，该词条对 Feuilletonismus 一词的解释为"为描述对象加上一个傲慢的、微不足道的、或者歪曲的形态"，并明确指出"黑塞在其《玻璃珠游戏》中以'副刊文字时代'为名批评他生活的时代中艺术创作的随意性形态"④；此外该词条中还提到"纳粹主义利用副刊来服务于其文化政策的宣传，尤其是用来建构当时社会的身份意识，规范其社会趣味"。⑤ 根据这种解释，副刊文字时代的本意就是以一种傲慢自负的、自以为是的态度对无价值的、微不足道的事物大肆渲染。根据《杜登通用德语辞典》的解释，Feuilleton（副刊）的派生形容词 feuilletonistisch 带有贬义，意为"肤浅的，一知半解的"。⑥ 由此可基本概况出黑塞笔下"副刊文字时代"的基本特征，即艺术或文化不再以宣扬精神为旨归，

---

① 在中文里，副刊指的是报纸上刊登文艺性、知识性作品或理论性、学术性文章的固定版面。中文里的副刊一词及其形式是否来源于西方不是本书要详尽考察的任务，但是中国的副刊最早在清朝末年就已经出现，最初还被称作"副张"或"附张"。中国的副刊最初也多属于消闲类文字，但是随着中国社会的发展，副刊成为传播新思想的重要阵地，甚至被称为"战斗檄文"。在中国文化中没有"副刊时代"这个批判概念，但是有"散文时代"或"小品文时代"之说，意义有相似的地方。

② 杜登通用德语辞典[M]. 北京，广州，上海，西安：世界图书出版公司. 1989：504.

③ J. A. Simpson, E. S. C. Weiner. The Oxford English Dichtionary(sec. Edi. Vol. V. dvandava-follis)[M]. Oxford: Oxford University Press, 1989: 861-862.

④ 参见德语维基百科 Feuilletonismus 词条 "Feuilletonismus als kritischer Begriff", http://de.academic.ru/dic.nsf/dewiki/439798.

⑤ 参见德语维基百科 Feuilletonismus 词条 "Feuilletonismus als kritischer Begriff", http://de.academic.ru/dic.nsf/dewiki/439798.

⑥ 杜登通用德语辞典[M]. 北京，广州，上海，西安：世界图书出版公司. 1989：504.

而只是关注生活中表面的、无价值、无意义的小事,对艺术创作不再采取严肃认真的态度,而是随意、粗制滥造,肤浅化、表面化,失去思想深度。这样一种傲慢、自以为是、草率的所谓文化艺术统治了整个社会的文化生活。

"副刊文字时代"实际上是黑塞对他当时生活的时代——20世纪上半期欧洲社会的评价和命名。实际上黑塞对"副刊文字时代"的描述在《荒原狼》里就出现了,只不过到了《玻璃珠游戏》中才给它命了名。《玻璃珠游戏》开篇中,黑塞在介绍游戏思想时花了很大篇幅来描述被他称作"副刊文字时代"的文化。根据作家在小说中的描述,这个时代的总体特征是"对精神考虑甚少",[①] 具体可以概括为三点:第一,这是一个如本雅明所批判的粗制滥造的技术复制时代,到处充满日常庸俗化信息的狂欢,没有深刻的思想。第二,人们对(欧洲)文化的没落充满恐惧、绝望,于是消遣生活,只是生活在表象世界,以此掩盖内心的恐慌。第三,因为知识领域的分化,虽然人们听大量的演讲、报告,但听者并不拥有相关知识,因而失语,开始怀疑文字。总的说来,这是一个没落的时代,文化坍塌,人们充满恐惧和怀疑。这个时代虽然也是一个"创造性"的时代,但被称为"新的创造"的实际上只是人们追求的表面技巧,并不是对其精神内涵的关注。对于黑塞所描述的这个副刊文字时代,学界认为,这个时代"物质极端匮乏,政治和军事危机四伏,对人的怀疑发展为普遍的绝望,冷漠的机械主义与严峻的道德堕落如影随形,文化衰落论描述的没有未来感和犬儒主义奉行的反讽姿态,西方没落引起的恐惧和东方朝圣者幻想的灵光乍现,如此等等,构成了副刊时代的精神景观"。[②] 有研究者在论及《玻璃珠游戏》的写作风格时称,黑塞重精神心理描写、轻外部事件和环境的描写的特点正是他对于"副刊文字时代"风格的反拨,黑塞要否定副刊文字时代典型的写作风格——"漫谈"式的文风,以此反对闲聊式、猎奇式的书写,强调精神的价值。[③]

批评者们都看到了黑塞作品中所描述的副刊文字时代的特征。汉斯·迈

[①] 赫尔曼·黑塞.玻璃球游戏[M].张佩芬,译.上海:上海译文出版社,1998:9.
[②] 胡继华.生命的悖论与游戏的衰落——评赫尔曼·黑塞《玻璃球游戏》[J].外国文学,2009(2):46-54.
[③] 郑海娟.郑海娟."万有"之路——读黑塞《玻璃球游戏》[J].伊犁师范学院学报(社会科学版),2012(2):81-85.

第5章 黑塞青春叙事的文化批判与现实救赎

耶尔（Hans Mayer）在《黑塞的〈玻璃珠游戏〉或重逢》一文中提到，黑塞对所谓"副刊时代"的批评源自战争期间徘徊不定的作家对当时文化状况的认真思索。[①] 张弘认为，副刊文字是现代市民社会中产阶级文化的特征，与尼采的"市侩文化"相应，并且认为黑塞不承认这是真正意义上的现代文化精神，要加以救治，使其新生。[②]

本书认为，黑塞笔下的"副刊文字时代"与美国化、中产阶级化和技术化世界密切相关。美国文化代表的是浮躁、表面化、追求量而不是质。美国文化导致德国传统文化面临覆灭的危机。它对文化的影响体现在，报纸、畅销书、收音机电影院等娱乐消遣性的文化替代了真正的精神生活，替代阅读，替代真正的音乐精神，对技术的崇拜与对物质的庸俗欲望的相互勾连，热烈紧张的娱乐气氛与没落的气氛相互融合，等等。这既是美国化的后果，也是"副刊文字时代"的特征，也是现代性社会的一个表征。

5.2 黑塞的理性批判

德国法兰克福学派代表人物之一，社会学家马克斯·韦伯提出"合理性"概念，由之衍生出"工具理性"和"价值理性"两个概念。工具理性指"行动只由追求功利的动机所驱使，行动借助理性达到自己需要的预期目的，行动者纯粹从效果最大化的角度考虑，而漠视人的情感和精神价值"。[③] 霍克海默和阿多诺在《启蒙辩证法》中指出，工具理性是启蒙精神、科学技术和理性自身演变和发展的结果。工具理性成为一种支配和控制人的力量，也就是说，西方启蒙运动以后一直被提倡的理性蜕变成了一种统治、奴役人的工具。[④] 在这个工具理性思潮喧嚣的时代，黑塞的叙事展示了青春期个体与现实世界理性秩序之间的矛盾，叙事主体在成长过程中在理性与自我天性的冲突中迷失以致痛苦、焦虑，黑塞在叙事中对理性的质疑和批判明确表达了他对现代文明的批判立场。

---

① 转引自张佩芬.黑塞研究[M].上海：上海外语教育出版社，2006：272.
② 张弘，余匡复.黑塞与东西方文化的整合[M].上海：华东师范大学出版社，2010：431.
③ 汪民安.文化研究关键词[M].南京：江苏人民出版社，2019：97-98.
④ 汪民安.文化研究关键词[M].南京：江苏人民出版社，2019：98.

5.2.1 黑塞对"理性者"和"进步"的批评

1932年黑塞在他的《神学摭谈》一文中谈到他所偏爱的两个观点之一,也是他在不同年代的思索的结果的总结整理,即"人的两种基本类型"。[①] 虽然黑塞自己也承认,这种把人简单地分成两种类型的方式只是一种思想游戏,现实中并没有这么简单、单纯,但他还是按照自己的基本经验,把人分为"理性者"和"虔诚者"两种。[②] 概括起来看,黑塞对理性者的看法包括两点。

第一,理性者相信理性高于一切,甚至可以通过理性对抗死亡的命运。他们认为理性"不仅是一个挺好的才能,而且根本就是最高的一切"[③],理性者相信进步,相信技术,他们通过追求知识、膜拜技术而追求进步。他们因为害怕死亡,所以"逃到活动中去,通过对财务、对知识、对法律、对合理地控制(统治)世界的加倍追求,对抗死亡"[④],他们对进步的信念源于其认为"作为进步永恒链中积极参与的一环可以免遭彻底消失的命运"[⑤]。

第二,正是因为理性者相信理性高于一切,同时通过理性可以对抗死亡,所以他们追逐权力,喜欢控制。对于理性主义者来说,理性与创造和主宰世界的精神具有相同的性质。"他觉得他代表理性圣母有权发号施令和进行组织,有权强迫别人接受自己的看法,因为他要别人接受的都是好事:卫生、道德、民主等等……"[⑥]简单地说就是,理性者喜欢把自己的想法强加于人,喜欢贯彻执行自己的意志或想法,喜欢教育,好为人师。他追求权力,钟爱制度,因为权力和制度可以保证他们"合理性"地控制别人,甚至不惜使用暴力,使用任何手段(包括大炮)也不觉得有不当之处——他的最大危害也在于

[①] 赫尔曼·黑塞. 神学摭谈[M]//谢莹莹. 朝圣者之歌——黑塞诗歌散文集. 北京:中国广播电视出版社,2000:271.
[②] 赫尔曼·黑塞. 神学摭谈[M]//谢莹莹. 朝圣者之歌——黑塞诗歌散文集. 北京:中国广播电视出版社,2000:276.
[③] 赫尔曼·黑塞. 神学摭谈[M]//谢莹莹. 朝圣者之歌——黑塞诗歌散文集. 北京:中国广播电视出版社,2000:277.
[④] 赫尔曼·黑塞. 神学摭谈[M]//谢莹莹. 朝圣者之歌——黑塞诗歌散文集. 北京:中国广播电视出版社,2000:277.
[⑤] 赫尔曼·黑塞. 神学摭谈[M]//谢莹莹. 朝圣者之歌——黑塞诗歌散文集. 北京:中国广播电视出版社,2000:277.
[⑥] 赫尔曼·黑塞. 神学摭谈[M]//谢莹莹. 朝圣者之歌——黑塞诗歌散文集. 北京:中国广播电视出版社,2000:278.

第5章 黑塞青春叙事的文化批判与现实救赎

此：追求权力、滥用权力、喜欢发号施令、喜欢进行恐怖威吓。黑塞说，现在社会中很多人都是信仰理性者，"所有进步的、民主的、讲理的、社会主义作家们"[①]、革命者，他们发表演说，憎恨妨碍他们实现自己理性理想的虔诚者。

黑塞在这里虽然并未明确表明理性是他要批判的对象[②]，但是从他对理性者看似冷静客观的描述中还是可以看出，他把现代社会一切弊端的根源都归结到理性者身上，他认为正是理性带来现代社会的一切负面后果：对技术和进步的狂热崇拜，对自然和他者的征服欲、占有欲，对权力的迷恋等，正是这些导致了现代文明的衰落。

写于1910年的散文《城市》包含了黑塞一切对现代文化批判的思想，也成为他之后创作思想的一个纲领性概括。在这篇短文中，黑塞描绘了现代物质文明统治下传统自然文明的没落，现代城市的弊端，文明从发展到衰亡的发展轨迹，浓缩了一个现代化城市或国度，甚至整个文化、整个人类一生的发展历程。这里面包含了黑塞对技术理性破坏自然的忧患和对美国式大众文化的反感。

这篇短文中有很多现代城市初建时对原生态自然的破坏的描述："一只只野狗和惊恐万分的草原野牛"观看人们"熙熙攘攘"的工作，它们看到"翠绿的大地一下子布满了煤渣、垃圾和纸片的斑斑点点""第一阵刨刀声尖锐地划过吓坏了的大地上空，第一批猎枪射击声雷鸣似的消逝在群山深处，第一架铁锤在迅速锤击下发出了清脆的响声"。[③] 还有大量反映现代城市飞速发展和拥挤的词汇："一下子""迅速""几天后""接着""不久之后""随后""没过几个月"，

[①] 赫尔曼·黑塞. 神学摭谈[M]//谢莹莹. 朝圣者之歌——黑塞诗歌散文集. 北京：中国广播电视出版社，2000：278.

[②] 实际上，黑塞一生所追求的实现个体自身的和谐，以及对世界的解救之道就是，实现理性与敬畏（或虔诚者，也就是精神）的和解与协调统一。黑塞并不绝对否定理性，而是承认它的存在是社会的必然，因而不是要消灭它，而是接受它，探索理性与感性的平衡。参见赫尔曼·黑塞. 神学摭谈[M]//谢莹莹. 朝圣者之歌——黑塞诗歌散文集. 北京：中国广播电视出版社，2000：281.

[③] 赫尔曼·黑塞. 城市//黑塞小说散文选[M]. 张佩芬，王克澄，等，译. 上海：上海译文出版社，1999：388.

以及"涌进来"的人群，等等。① 我们到处看到受到"惊吓"的自然："惊恐万分的草原野牛""吓坏了的大地上空"，自然和空间被"割裂""截断"；城市建设之后留下来的"煤屑、垃圾/纸片斑斑点点，煤灰堆、污水潭、钢铁、坚硬的石头"。②

建成之后的城市开始出现现代城市的生活和"文化"："再过一年后，出现了小偷，拉皮条的，盗窃犯；出现了百货公司，一个反酒精组织，一个巴黎时装师，一座巴伐利亚啤酒馆。与邻近几个城市的竞赛更加快了进展的速度。从竞选演说到罢工斗争，从电影院到唯灵论者协会。这座城市已颇具规模，应有尽有"，"人们可在城里购到法国葡萄酒，挪威青鱼，意大利香肠，英国毛料，俄罗斯鱼子酱。无数二流歌唱家、舞蹈家和音乐家也纷纷以客座艺术家身份来到这个城市"。③ 这就是现代城市的所谓文化，类似黑塞在《玻璃珠游戏》里所说的"副刊文化"：物质繁荣，精神衰微，道德堕落，文化庸俗，等等。

现在，城市出现之前的自然世界只有在博物馆里才能看到。人们蜂拥前来观看再也无法在野外看到的自然。教师们带着年轻一代参观博物馆，使他们"懂得了发展和进步的庄严规律，如何从粗糙到精细，从动物到人类，从野蛮到有教养，从贫乏到富裕，从自然到文化"。④ 作家用冷静的语气描述的这一切具有一种强烈的反讽意味：人们盲目追求进步、追求发展而大肆破坏自然，然后在博物馆里缅怀逝去的自然。

这个城市经历一段时间的高速发展之后开始走向衰亡和没落，最后成为一片废墟。具有反讽意味的是，此时人们又开始重视和追求文化和精神，许多艺术家来到这座没落的城市废墟上探寻文化的遗迹。之后这片废墟重新被

---

① 赫尔曼·黑塞.城市[M]//黑塞小说散文选.张佩芬，王克澄，等，译.上海：上海译文出版社，1999：388.
② 赫尔曼·黑塞.城市[M]//黑塞小说散文选.张佩芬，王克澄，等，译.上海：上海译文出版社，1999：388.
③ 赫尔曼·黑塞.城市[M]//黑塞小说散文选.张佩芬，王克澄，等，译.上海：上海译文出版社，1999：389.
④ 赫尔曼·黑塞.城市[M]//黑塞小说散文选.张佩芬，王克澄，等，译.上海：上海译文出版社，1999：391.

第5章 黑塞青春叙事的文化批判与现实救赎

森林覆盖,重新回到原始自然的状态。黑塞在这篇充满寓意的小短文中阐释了他对于进步和发展的看法,人们对进步的崇拜所付出的代价不仅在于自然被破坏,还在于盲目的进步甚至会走向反面,走向文明的衰亡。黑塞的这一思想和认识在他之后的创作中继续得到体现。

5.2.2 黑塞对语言理性的质疑

认识论的理性主义认为,"在获取知识方面,理性比其他认识能力具有优越性"。[1] 理性者相信,人通过理性可以掌握一切知识,进而人可以通过知识追求科学和进步,以致掌控世界,掌控一切。这也正是启蒙理性兴起后弥漫欧洲的社会思潮,是绝大多数知识分子所信仰的。

但是黑塞在他的作品中表达了一个重要的观点,那就是,知识或真理无法言传,只有靠自身的体验去获得。人掌握知识并不能认识自我,个体的成长、自我的形成都只能靠个体去亲身经历和体验。因为每个人的体验都各不相同,都包含很多个体的感性认识,而感性的东西却无法用语言来表达。黑塞说:"一切知识的命运亦是如此。知识即变化,知识即体验。它并非一成不变。它的寿命只是瞬间。"[2]在黑塞看来,被理性主义奉为圭臬的理性并不能获取一切知识,尤其是感性的知识。个人对自我的认识,对自然的体验,对神性的感悟,这一切都是理性语言无法企及的。

黑塞的这个思想在《悉达多》中有很好的体现。悉达多起初对父辈的质疑表现在,他看到即使他父亲这样一位知识如此丰富的人,最纯粹最有学问的人,也仍然是一个渴求者、追寻者,这促使他反思知识是否真的能使人到达自我认识的中心。于是他经历三年的苦修,学了很多知识,但他仍然觉得不满足。他意识到,"在这个世界上,我知道得最少的,却是与我自己,与我悉达多相关的一切"。[3] 他意识到,他之所以对自己毫无所知,是因为他在害怕自己,在逃避自己,他在追求神性、真理的过程中迷失了自我。找回真正自我的路就是:体验生活,体验邪恶、爱欲与死亡。

---

[1] 陈嘉明. 现代性与后现代性十五讲[M]. 北京:北京大学出版社,2006:7.
[2] 赫尔曼·黑塞. 神学撷谈[M]//谢莹莹. 朝圣者之歌——黑塞诗歌散文集. 北京:中国广播电视出版社,2000:277.
[3] 赫尔曼·黑塞. 流浪者之歌[M]. 徐进夫,译. 上海:上海三联书店,2013:95.

黑塞自己曾说："在《悉达多》中，爱，而不是知识，占有最高地位，悉达多拒绝教条而以万物为一体的体验是中心。"①悉达多在觉醒后才意识到自己的身份危机，知识并不能帮他确立自我，自我只有在体验中才能得以确证。从此悉达多走上了自我体验的道路。他体验爱情、金钱、权力、欲望，等等，最终在经历了人世的一切之后，在河边悟道，找到内心的安宁。

黑塞关于知识无法传授的思想在《纳尔齐斯与歌尔德蒙》中有更深入的体现。歌尔德蒙在与吉卜赛女郎莉赛相爱的过程中意识到，理性认识需要语言，因为他发现自己与代表理性的纳尔齐斯一谈起话来就是很长的时间；而他跟女人学习爱和死亡，学习瞬间和永恒的真理的时候，是并不需要语言的。他和她在一起并不需要讲太多的话，只需要一个眼神、一个手势、一种触摸就可以传达他们之间的爱，在这里语言没有任何意义。人们妄想通过语言、通过理性来认识永恒，但是事实是没有什么是可以用语言说清楚、表达明白的，世人却"偏偏经常产生一种迫切的需要，去谈和去想这种永恒的人性"，所幸的是爱情并不需要过多的语言，否则的话它也会"充满误解和愚妄了"。②

小说很多地方详细写到在感性体验的过程中，歌尔德蒙发现语言以及理性的无用：在与莉赛交欢的过程中他们没有任何语言，只到了最后快结束的时候才"讲了几句无关紧要的话"，歌尔德蒙觉得他现在完全进入了一个无须语言的世界，"人们只用猫头鹰的啼叫相互引诱""他今天不再需要语言和思想……只需要那种无言的、盲目的、沉默的感受和摸索""他任她领自己到黑夜里去，到森林里去，到那个没有语言、没有思想、朦胧而神秘的国度里去……他什么都不再想了""既不回忆过去，也不思考未来"。③歌尔德蒙想到女人和爱情其实并不需要言语，一切尽在不言之中，他们靠眼睛，靠嗓音中某种特别的声韵，靠皮肤上某种光辉，靠这些无声的语言。这是感性的语言，这种语言精确而绝妙，但这不是理性的语言，靠理性的语言完全无法表达这一切感受。

---

① 赫尔曼·黑塞. 我的信仰[M]//谢莹莹. 朝圣者之歌——黑塞诗歌散文集. 北京：中国广播电视出版社，2000：285.
② 赫尔曼·黑塞. 纳尔齐斯与歌尔德蒙[M]. 杨武能，译. 上海：上海译文出版社，1998：118.
③ 赫尔曼·黑塞. 纳尔齐斯与歌尔德蒙[M]. 杨武能，译. 上海：上海译文出版社，1998：104.

第 5 章　黑塞青春叙事的文化批判与现实救赎

歌尔德蒙在与女人的爱情、在一朵花的脉络中看到语言的愚妄。人以为自己很强大，却无知到"不能和这一朵花交谈"，人与人之间也不能真诚交谈；与造物的能力相比，再伟大的诗人、再伟大的语言都是无能的，即便是伟大诗人维吉尔的诗歌也无法和这朵花的"这些螺旋形地向上生长的小小叶片的布局相比，在明朗机智和优雅含蓄方面不及它们的一半"，可是没有一个人能创造出这样一朵花来，"英雄不行，皇帝不行，教皇不行，圣者也不行"。[①] 这不仅是创造的力量，也是感性的力量，是任何理性、任何知识、任何语言都无法实现的。

歌尔德蒙通过爱情的经历，而不是通过思维或理性来了解生命力。"我懂得，对人类来说只有通过这条途径——通过结合的经历，而不是通过我们思维能够提供的任何知识——才有可能了解富有生命力的东西。"[②] 也正是在这种爱的行为中，他发现了他自己，了解了他自己的本质天性以及对生命力的感受能力和热爱。

《东方之旅》中也表达了作家对语言的质疑。H.H想要记叙东方之旅盟会的一切，但是他发现叙述很困难。作家在小说中借另一部作品主人公悉达多之口表示："文字不能很好地表达思想……对一个人有价值和智慧的事物，对另一个人却是毫无意义……"[③] 小说中引用了一首小诗："远游者常会看到/与他从前奉为真理大相径庭的事物/当他在家乡谈起这件事/人们往往一口咬定，说他说谎/因为冥顽之人不会相信/他们没有看到和清楚感觉到的东西/我也相信，缺乏相应经验的人将不会相信我的歌谣……"[④] 知识和真理无法传授，个体需要体验和经历才能有所感悟，H.H通过这首小诗表达了他所体会到的语言的无力和叙述的困难。

知识无法传授，这个"对黑塞来说非常重要的主导思想"[⑤]在《玻璃珠游戏》中占有重要的地位，小说中也反复表现了真理无法传授以及语言之无力的思

---

① 赫尔曼·黑塞. 纳尔齐斯与歌尔德蒙[M]. 杨武能，译. 上海：上海译文出版社，1998：119.
② 艾里希·弗洛姆. 爱的艺术[M]. 刘福堂，译. 桂林：广西师范大学出版社，2001：25.
③ 赫尔曼·黑塞. 东方之旅[M]. 蔡进松，译. 上海：上海三联书店，2013：57-58.
④ 赫尔曼·黑塞. 东方之旅[M]. 蔡进松，译. 上海：上海三联书店，2013：58.
⑤ Christoph Gellner. Zwischen Ehrfurcht und Revolte: Hesse und die Doppelgesichtigkeit der Religion[J]. Orientierung，1997(21)：230-232.

想。克乃西特去竹林找中国长老寻求真理的时候,对方总是沉默不语。音乐大师完全认识到语言之无力的圣哲,他在临终的时候完全放弃了语言,克乃西特努力想要跟他交谈,而他却"只是坐在他那光辉和微笑后面,……和我们完全隔绝了,他已抵达了一个我们无法企及的另一个世界,那里的法则与我们完全不同,凡是我向他叙述的我们世界里的一切,全都像雨滴落在石头上似的飞溅出去"。[①] 他讲的唯一一句话就是告诉克乃西特想要跟他交谈的努力是徒劳的。在克乃西特即将进入华尔采尔的学生年代之前,面对他希望有一种超越各种矛盾、人人都信仰的学说的感叹,音乐大师回答说:"真理是存在的,但是这种你所渴求的、绝对完美的、使人智慧的'学说',它并不存在。你也根本不要去追求一种完美的学说,朋友,而是要在你自身中去追求完善。神性就在你自身中,而不在任何一切概念和书本里。真理是要被体验的,而不是被传授的。"[②]

理性是否能使人认识自我,确定自己的身份?黑塞的回答是否定的。悉达多在佛陀那里苦修冥思还是没有认清自己,最后在感性世俗生活中找到本真自我,在奔腾不休的大河的"造物主"的语言中悟道。歌尔德蒙只有在自己对世俗生活的亲身体验中才能了解自我本性,最终认识自己。真理无法传授,知识无法使人认清自己。

黑塞的"真理无法靠传授获得"表达了对语言能力的反思。语言本质上也是一种理性思维方式,语言在传达感性体验中的无力反映了理性也有无法到达的地方。启蒙的理性主义认为知识具有"客观性、普遍性、必然性和确定性",因此"导致了理性的盲目乐观和僭越"。[③] 黑塞对知识的认识能力的有限性的反思,体现出他对启蒙理性主义的质疑。他把笔触对准现实世界的缺陷,他对现代理性社会的批判,对知识理性的质疑,对技术和进步戕害个体生命的担忧和批评,使其作品在现代性社会中具有重要的审美认知意义。

---

① 赫尔曼·黑塞. 玻璃球游戏[M]. 张佩芬,译. 上海:上海译文出版社,1998:247.
② Hermann Hesse. Das Glasperlenspiel[M]. Frankfurt a. M.:Suhrkamp Taschenbuch Verlag,1972:85.
③ 陈嘉明. 现代性与后现代性十五讲[M]. 北京:北京大学出版社,2006:10.

第 5 章　黑塞青春叙事的文化批判与现实救赎

5.2.3　黑塞对技术理性的反思

技术文明对人类的危害已经成为现代性的一个显著问题，正如英国学者德兰蒂所描述的，"当代的特征就是对科学和进步的强烈信念"。[①] 在当今社会，在人类盲目追求发展和进步的同时，负面后果已日益暴露，对此即使再短视的人都无法回避。在这样的时代，文学对技术文明的批判已经不是新鲜话题。但是在 20 世纪初期至中期，在很多人还对技术的发展唱赞歌的时候，黑塞就已经对此提出了批评。1946 年，在《歌德奖答谢辞——兼道德化思考》一文中，黑塞更是旗帜鲜明地指出，这个时代的两大弊病之一就是人类的"技术自大狂"。[②]

就像前面分析的短文《城市》中所描写的一样，黑塞在很多散文、杂文以及一些短篇小说中都专门探讨了这个问题，比如现代技术文明的发达造成很多新型城市的出现，越来越多城市的出现对自然造成了破坏，对自然界生存空间的压缩，以及城市中技术的扩张对人本性的压抑，对人的异化等。短篇小说《桑榆晚景》中表达了对工厂主韩林的批判与同情，韩林通过大规模扩建工厂积累财富的飞煌腾达的一生与其暮年落魄潦倒的凄凉晚景形成鲜明对比。[③] 小说中多处出现对城市的"俯视"，自然的风光与低地城市的对照等描写，表达了作家对自然的缅怀，对理性、科技、进步等思想的批判。在《堤契诺之歌》中，黑塞通过叙述一个"桃花源"的没落，反映了现代文明对自然的侵蚀和破坏。

黑塞的长篇小说也批判了现代人对技术、科学和进步的追求和崇拜，如《荒原狼》中就有很多相关描写。小说中"荒原狼"哈勒拜访的那位青年教授就是这种现代人的代表之一："他就住在这里，年复一年地做他的工作，看书，写文章，探索西亚和印度神话之间的联系，他在做这些事情的时候觉得其乐无穷，因为他相信他的工作的价值，相信科学（他是科学的奴仆），相信纯知

[①] 杰拉德·德兰蒂. 现代性与后现代性：知识，权力与自我[M]. 李瑞华，译. 北京：商务印书馆，2012：12.

[②] 见 1946 年黑塞《歌德奖答谢辞——兼道德化思考》. 引自赫尔曼·黑塞. 朝圣者之歌——黑塞诗歌散文集[M]. 北京：中国广播电视出版社，2000：298.

[③] 赫尔曼·黑塞. 黑塞小说散文选[M]. 张佩芬，王克澄，等，译. 上海：上海译文出版社，1999.

识的价值和知识积累的价值，因为他相信进步，相信发展。"[①]小说中"荒原狼"房东的侄子也是现代技术的狂热崇拜者，这个年轻人对科学技术的迷恋体现在他自己组装的业余产品——一架无线电收音机上。这个"勤劳"的年轻人每天晚上坐在家里摆弄安装这个机器，完全拜倒在"技术之神"面前。黑塞借"荒原狼"之口表达了技术对现代人生命的制约："……人们会发现，这一切正像今天刚刚发展起的无线电一样，只能使人逃离自己和自己的目的，使人被消遣和瞎费劲儿的忙碌所织成的越来越密的网所包围。"[②]

在《荒原狼》中作家还花了近 10 页的篇幅来描写魔术剧院的一个场景：人与机器的战争。哈勒进入魔术世界时看到一个嘈杂繁忙的世界，汽车到处追逐碾压人，把人压成肉酱；街道完全被汽车占据了，人们用枪扫射在头顶盘旋的飞机。到处是标语，一方面是呼吁打击机器，反对富人，炸毁工厂，还其土地；另一方面是赞美机器技术的发展。尤其值得注意的是前一种标语形式"粗狂""五颜六色""刺眼"[③]，像火炬一样鲜红，而后一种却非常漂亮优美，色彩柔和，文字巧妙风趣，象征人们对机器和技术的褒扬以及把机器、技术当作理性、秩序和美的代表。哈勒和他儿时"最有生活乐趣"[④]的、现在当了神学教授的朋友古斯塔夫一起向过往的汽车射击，杀死司机，烧毁汽车。这是一个被机器"高傲"控制的世界，面对它们，人也只能采取疯狂的失去理性的行动。

《东方之旅》中的盟会是一个由艺术家组成的团体，他们都是拒绝理性，追寻精神、心灵、感性、自然、信仰、魔幻和诗的世界的人。盟会的成员都"像朝圣者一般地生活"，他们的旅行完全拒绝铁路这种现代化技术的成果，甚至也不用手表，因为他们认为这类机械的设计是这个"受金钱、数字和时间所迷惑"的世界的成果，会"使生命失尽内涵"。[⑤] 当其中的一个年轻人因为遇到他以前的老师之后就开始质疑这个盟会，因为这个老师也总是不相信这个

---

① 赫尔曼·黑塞.荒原狼[M].赵登荣，倪诚恩，译.上海：上海译文出版社，1986：70.
② 赫尔曼·黑塞.荒原狼[M].赵登荣，倪诚恩，译.上海：上海译文出版社，1986：95.
③ 赫尔曼·黑塞.荒原狼[M].赵登荣，倪诚恩，译.上海：上海译文出版社，1986：192.
④ 赫尔曼·黑塞.荒原狼[M].赵登荣，倪诚恩，译.上海：上海译文出版社，1986：194.
⑤ 赫尔曼·黑塞.东方之旅[M].蔡进松，译.上海：上海三联书店，2013：62.

第 5 章　黑塞青春叙事的文化批判与现实救赎

盟会的宗旨。后来这个年轻人终于放弃盟会里"愚蠢的占星术""幼稚的漫游""繁文缛节的仪式""对魔法的重视""对生命与诗的混合","搭乘可靠的火车返回家乡,回到他有用的工作"中去了。[①] 但是不久盟会里的其他成员又听说这个年轻人到处寻找盟会,希望能够再回来,觉得离开盟会几乎活不下去,但是他再也找不到盟会,永远与它擦肩而过了。作家借盟会里一个队长之口说:很多年轻人,包括一些伟大和著名的人,他们在年轻的时候一度沐浴过光明的照耀,但是由于"理性和世界的嘲弄"[②],他们变得怯懦,经历失败、疲乏与幻灭,再次变得盲目。黑塞通过这个盟会组织表达了他对理性世界的批判以及对感性世界、诗的世界、想象世界的追求。

5.3　黑塞青春叙事的现实救赎

作家通过文学创作书写自己的创伤记忆,在虚构的文学世界中,与自己的过去和解,借此疗救自我、启迪读者。[③] 黑塞的小说写个体内心遭受分裂的痛苦,这些痛苦是他自身经历的反映。但他的痛苦不仅仅是个体的痛苦,也是特定时代社会群体的痛苦。黑塞通过叙事获得自我救赎,同时他的叙事也跨越时代,在不同环境、不同地域、不同时期的年轻人中间引起极大的共鸣,他们在这些叙事主体身上看到了自己的影子,看到了自己的经历和体验,他们通过阅读获得情感共鸣,释放内心苦闷,完成自我救赎。

有论者认为,黑塞在其作品中建立的乌托邦、审美性、对东方思想文化的敬仰是其为对抗现代社会的危机提出的救赎之路。[④] 笔者认为,对于遭受现代性社会戕害,饱受内心分裂之苦的现代青少年来说,黑塞指出了一种更具体的救赎之路,那就是以完满的个性进入不完美的世俗世界并为之服务,进而影响世界。

5.3.1　青春叙事对黑塞的自我救赎

黑塞自己的青春期也是一个充满危机的动荡时期。13 岁的时候(1890

[①] 赫尔曼·黑塞. 东方之旅[M]. 蔡进松,译. 上海:上海三联书店,2013:65.
[②] 赫尔曼·黑塞. 东方之旅[M]. 蔡进松,译. 上海:上海三联书店,2013:67.
[③] 鞠梅. 创伤叙事与文学救赎——谢宏创作论[J]. 中国文学研究,2021(01):168-173.
[④] 刘丹. 黑塞小说中的现代救赎主题[D]. 江南大学,2016:6.

年），黑塞为准备报考神学院进入哥宾根的拉丁语学校学习。1891年暑假黑塞参加了符腾堡州的邦试，跟黑塞早期小说《在轮下》中的汉斯一样获得了第2名（总共79名候选人）的好成绩，同年秋季黑塞作为奖学金生进入毛尔布隆神学院学习。神学院里面全部是14～18岁左右的男孩子，是正处在青春期的孩子们。进入神学院最初的一段时间黑塞还是过得很愉快的，跟寄宿生室友和老师们的关系处得不错。但是不久后他开始出现精神危机，因为他想要成为诗人，而不是当神学家。"我的危机从神学院开始。青春期的需要和职业选择相遇，因为我当时已经完全清楚，除了做一个诗人之外我不想干别的，但是我也知道，那是一个不被承认的职业并且不会带来面包。"[①]他开始写一些充满激情的狂热的诗歌，而他的狂热对教师们来说被认为是会危害到其他同学的危险。不久之后（1892年5月），黑塞逃离神学院，回家之后被父母当成"问题儿童"送往精神病院。父母已经对他彻底失望，不知道如何去挽救他。在精神病院里，黑塞曾几度想自杀，不得已被父母接回家。之后又被送往斯图加特的一家精神病院，这期间还根据他自己的愿望被送入文理中学学习，但也没有待多久就被要求退学。1893年10月黑塞被送到一家书店当学徒，3天之后即逃回家。大半年之后，17岁的黑塞被送往当地的一家机械厂当学徒工。体力劳动对少年黑塞有治疗作用。但是在这里，黑塞这个昔日的优等生慢慢变成一个忧伤的、苍白的、简单的学徒工，受到周围人的嘲笑和幸灾乐祸的歧视，这跟《在轮下》中汉斯所经历的一样。在这里待了一年多之后，18岁的黑塞进入图宾根的一家书店当伙计，这一干就是3年。在这里已经进入成年早期的黑塞找到了自己的价值和身份，他大量阅读，与志同道合的朋友组织读书会，写诗歌，出版诗集，发表小说，从此进入自由作家的行列，完成了自己的身份蜕变。

黑塞很早的时候就有反叛心理。"在我14岁行坚信礼的时候，我已经相当怀疑，不久以后我就开始形成自己的思想和完全世界性的幻想，尽管我对父亲母亲生活在其中的那种虔信主义顺从非常热爱和尊敬，但我觉得还是有某种不满足的，某种屈从的，也可以说是乏味的东西在我的青春期之初常常

---

① 弗尔克·米歇尔斯.黑塞画传[M].李士勋，译.上海：上海人民出版社，2008：47.

第5章　黑塞青春叙事的文化批判与现实救赎

进行激烈的反抗。"①黑塞从神学院逃走之后，查恩博士的医生证明如此描述："他……只带着当天下午的课本，没穿大衣，身上没有钱，在野外过了一夜，在被找到并被带回来之后，毫无悔过之意，也不愿说出离开的原因……一个引人注目的特征就是他对自己的父亲极为反感。"②

黑塞的父母亲虽然很开明，很爱孩子们，不会随便殴打或关禁闭，但是偶尔也会有打手的惩罚："面对尊敬的父亲打手的惩罚，我通常是采取抗拒或沉默的态度，但是我幼小的内心却觉得这种惩罚是无法言传的痛苦、怨恨和屈服……光是责打和抗拒并不够，惩罚的痛苦核心是逼我一定要认识到耻辱，并且请求原谅……"③同时，整个家庭的孩子"生活在一种严格的法律之下，这种法律认为年轻人，他的自然倾向、素质、需要和发展很值得怀疑，绝不准备对我们与生俱来的天赋、才能和特征给予支持或者根本不准备去表示恭维。这是一种虔信主义基督徒的原则，认为人的意志压根儿就是恶的，必须首先打破这种意志，人才能在上帝的爱和基督教的团体中获得疗救。"④

这与《在轮下》中汉斯父亲的教育方式相似。汉斯很恭顺地面对父亲的训诫，没有反抗。但是倔强的黑塞并不按照父亲的意愿生活，而是走自己的道路。他对父亲的反叛在后来的作品如《德米安》《悉达多》等小说中都有明显的反映。黑塞后来写道：

"在困难的斗争之后，我也向父母亲让步了，愿意经受职业和学徒的训练，作为图书零售商，我早就把目光瞄准了自己的目标，这是一种适应和一种暂时的妥协。为了不再依赖父母亲，我首先成了图书零售商，这也是为了向他们表明，在必要的情况下我自己能够掌握自己并过一种市民的生活，但是对我来说，这从一开始就只是一种通向目标的跳板和弯路。"⑤

---

① 弗尔克·米歇尔斯. 黑塞画传[M]. 李士勋, 译. 上海：上海人民出版社，2008：27.
② 弗尔克·米歇尔斯. 黑塞画传[M]. 李士勋, 译. 上海：上海人民出版社，2008：47.
③ Lewis W. Tusken. A Mixing of Metaphors: Masculine-Feminine interplay in the novels of Hermann Hesse[J]. The Modern Language Review, 1992(3)：626-635.
④ 弗尔克·米歇尔斯. 黑塞画传[M]. 李士勋, 译. 上海：上海人民出版社，2008：49.
⑤ 弗尔克·米歇尔斯. 黑塞画传[M]. 李士勋, 译. 上海：上海人民出版社，2008：59.

黑塞虽然暂时"向父母让步了",但他并不是妥协,放弃自我,而只是为了更好地实现自我,展示了他的自我意识和实现自我的坚强决心。《在轮下》中,考试之前汉斯曾焦虑如果考不上怎么办,黑塞自身的经历中也有这么一问。黑塞参加邦试之前的数月,后来成为宗教哲学家的同学海因里希·赫莫令克提出一个问题:如果考不上,以后干什么?黑塞回答:"考上考不上,我都不会在意,然后我将成为一个自由自在的作家。"①

如果说黑塞书写青春期的动因很大程度上与其自身的强烈自我意识、反叛心理与社会现实(包括父母家庭的教育与学校体制教育)的冲突造成的个人体验有关,那么他弟弟汉斯的悲惨经历对他造成的内心创伤也是他的《在轮下》创作的最大动因。汉斯·吉本拉特的悲惨命运是黑塞亲弟弟的真实写照,就连小说主人公的名字都与弟弟的名字一样。

黑塞在《忆我的弟弟汉斯》一文中提到写作《在轮下》的动机。他在回忆汉斯的生命历程的时候,觉得汉斯的生活就是他自己生活的镜像。汉斯跟他哥哥一样就读于拉丁学校,这个给他带来许多麻烦的学校对汉斯来说是一个十足的悲剧,"后来我作为青年作家在《车轮下》中愤怒地清算了这样的学校,促使我写那本书的,除了我自己的经历,就是汉斯痛苦的学校生活"。② 汉斯是一个"十分善良、听话并准备承认权威的孩子",但是他不太会学习,所以总是被老师盯住,受他们的折磨、讽刺和惩罚,"因为太诚实"而几乎被要了命,"自从他们在学校里把他的脊椎骨打断以来,他就总是处在车轮之下"。③

弟弟汉斯后来走上了自杀的道路,他的悲惨命运展示了一个情愿过感性生活的人在理性社会中的不幸。其实汉斯除了学习成绩不好之外,在其他方面是很有天赋的人。他很热爱音乐,会发明和制作很多小玩意,是个有想象力和创造力的人。而且他很喜欢孩子,并受到很多人的欢迎和喜爱,为他们带来欢乐。实际上,弟弟汉斯的形象在后来很多作品中都有反映,比如那个不愿栖息于市民社会,到处流浪,以自己的天赋为市民带来欢乐,受到大家

---

① 弗尔克·米歇尔斯.黑塞画传[M].李士勋,译.上海:上海人民出版社,2008:41.
② 赫尔曼·黑塞.忆我的弟弟汉斯[M]//谢莹莹.朝圣者之歌——黑塞诗歌散文集.北京:中国广播电视出版社,2000:346.
③ 弗尔克·米歇尔斯.黑塞画传[M].李士勋,译.上海:上海人民出版社,2008:38.

第5章 黑塞青春叙事的文化批判与现实救赎

喜爱的克诺普。只不过克诺尔普能够放弃市民生活，追随自己的内心天性去流浪，而汉斯没有这种勇气，他只能屈从于市民角色，过着不幸的生活。

在1953年创作的《邂逅过去》一文中黑塞重新谈起《在轮下》一书，"我想用小汉斯·吉本拉特的形象和故事表达当年的危机，……我写作是要让自己从那段历史中解脱出来，而我当年不够成熟，又欠深思熟虑，于是就摆出一副批判和控诉的姿态，批判那些置小吉本拉特于死地的力量，也就是当年几乎置我于死地的那些力量：学校、神学、传统、权威""但是不管书写得好抑或不好，其中毕竟蕴含着我的一段受煎熬的真实生活"。[①] 如论者所说，黑塞头15年的写作是对早期经历的一种"清算和痛苦的精确重构"，只有再把它们刻画出来，把它们从过去的朦朦胧胧的记忆储存中解放出来，转换成当代的形象和意识之后，这种早期创伤经历才能转化为他未来的所有发展和形变可以承受的有利因素。[②]

黑塞少年时期的这段"受煎熬"的创伤经历对他之后的生活影响很大。他之后的生活中很多问题实际上也是他少年时期所遇到的问题的延续：一个想要成为真正诗人的人在这个理性秩序的社会中的困境。他通过写作来"完成自我精神救赎和对少年时代心理创伤的疗救"[③]，同时也反思是什么东西造成这种"置人于死地"的力量。

5.3.2 黑塞青春叙事的社会救赎

黑塞是世界上作品阅读量名列前茅的德语作家之一，尤其是每个时代每一次社会动荡之后，他的作品就会掀起一阵阅读热潮。黑塞的作品对现代年轻人的现实意义已引起各学科各种视角的关注，如教育学、青少年问题研究、心理分析与治疗等都把黑塞的作品人物作为分析的对象。1972年Volker Michels专门写过一篇文章，题目叫《赫尔曼·黑塞——永远属于青年一代的

[①] 赫尔曼·黑塞. 邂逅过去[M]//谢莹莹. 朝圣者之歌——黑塞诗歌散文集. 北京：中国广播电视出版社，2000：434.

[②] Volker Michels. Hermann Hesse, immer wieder Autor der jungen Generation: "Renaissance" dieses Schriftstellers und einige ihrer Gründe[M]// Volker Michels. Über Hermann Hesse. Zweiter Band 1963-1977. Frankfurt a. M.: Suhrkamp Taschenbuch Verlag, 1982: 136.

[③] 陈壮鹰. 从心灵黑洞走向现实荒原——感受黑塞小说中创伤记忆的自我救赎[J]. 德国研究. 2010(01)：57-62.

作家：这位作家的"复兴"及其原因》，文中写道：

> "关于童年时代、少年时代和青春期的时期黑塞知道得很多。我还从来没有遇到一个具有这种才能的作家。我觉得黑塞对儿童和青少年的了解比任何一个儿童医生或者心理学家、性学家都多。他描写了这么一种青年时期，在这个时期，个体的发展方向要么由其他人确定，从而走向一种适应、胆小怕事或不自主的生活，要么通向自己的生活。"①

即使今日，就如美国教授罗伯特·奈所评论的："黑塞的小说仍然把握得住年轻的想象力。"②黑塞在世界范围内不同寻常的影响是源于他对完整性生活和充满意义的生活的指引；青年们通过黑塞的人物找到了精神的方向。

笔者认为，他之所以被世人所喜爱，尤其是被动荡时代的青年人喜爱，不仅仅在于他书写了青年人必须要经历的成长阶段的内心动荡和困苦迷惑，更在于他反映了社会变迁、文化震荡对青年个体寻求自我认同和社会认同时的影响；不仅在于他努力探索自我完善与救赎的途径，更在于他并不如前人大多认为的那样只关注自我内心，而是探索个体——有天赋和精神追求的个体积极面对世俗社会的途径。

1976年一篇关于黑塞的现实性的论文里写到，一个作家的现实性不仅仅在于他对其时代大事的表现，如果只反映这个时代现有的习惯、意见、不安和要求，那还不够，作家的现实性更应该体现在他着力记录和表现这个时代所欠缺的，表现这个时代不愿意接受的，被这个时代简化了的东西，作家应该有责任重新表现现实应该具有的广度和多样化。③ 对于黑塞来说，他这个时

---

① Volker Michels. Hermann Hesse, immer wieder Autor der jungen Generation: Die "Renaissance" dieses Schriftstellers und einige ihrer Gründe[M]// Volker Michels. Über Hermann Hesse. Zweiter Band 1963-1977. Frankfurt a. M.: Suhrkamp Taschenbuch Verlag, 1982: 136.

② Robert Nye. Why the Young Are Reading Hesse[J]. Christian Science Monitor, 1974, 4(10): 5. 转引自：夏光武. "黑塞热"在美国[J]. 外国文学评论, 2005(3): 90.

③ Edmond Beaujon. Die Aktualität Hermann Hesses[M]// Volker Michels. Über Hermann Hesse. Zweiter Band 1963-1977. Frankfurt a. M.: Suhrkamp Taschenbuch Verlag, 1982: 436.

第 5 章　黑塞青春叙事的文化批判与现实救赎

代所欠缺的不仅仅是个体自我的独立，更欠缺一个完整性的世界，欠缺爱、信仰，欠缺个体对社会的责任感，欠缺行动和献身的勇气。

在黑塞这里，最有价值的不在于对青春期"绝望的命运"的描写，而是积极反思造成这种危机的文化根源，积极探索反抗的路径，思考在外界理性秩序的强大归训力量的压制下，人如何超越危机，挣脱束缚，成为自己，同时又与这种理性社会和谐相处。与传统青春期小说和后现代青春期小说相比，黑塞对精神、对意义的追寻尤为可贵。他的质疑和救赎精神对于后现代平面的、单向度的社会中青年人追求多样性、完整性生命具有积极价值。黑塞对现代性社会中个体青春成长的独特思考，对于当下青年具有独特的审美和教育价值。这也是本书的价值所在。

对黑塞来说，青少年时期是现代社会无法回避的一个人生阶段。它代表一种变化和改变的必要预备期，展现了与其他人生阶段的区别和灵活性（应变能力）；青少年时期不是一次性的、与年龄相关的、纯生物学上的确定，而是生命的一个必然阶段，也是成长为人的道路上的必经阶段。[①] 因此我们只能像接纳我们的生命一样接纳青春期的不稳定、迷惘和困苦。

黑塞的成人理论以及阶段论可以帮助我们理解他对青春期阶段价值的认识。在《神学摭谈》中，黑塞把人的成人过程分为三个阶段，童年是起始阶段，是无罪、不需担负责任的阶段，就好比人类的天堂；第二个阶段开始走向有罪，这个阶段人的善恶意识开始觉醒，需要应对社会文化道德对人提出的要求，这个阶段通常会以绝望告终，从而进入第三阶段，人要么走向灭亡，要么走向精神的第三境界，即超越，或者信仰。[②] 笔者认为，黑塞这里所说的第二阶段就是青春期阶段，这个阶段的觉醒、失落抑或绝望就是辛克莱们所经历的青春期危机，但也只有经历了这个阶段的觉醒，人才可能最终成为人，最终达到超越或信仰的境地。因此，黑塞的小说人物都是经历并通过了一个一个的阶段，开始了新的人生旅程。在《玻璃珠游戏》中，克乃西特还专门做

[①] Volker Michels. Hermann Hesse, immer wieder Autor der jungen Generation: Die "Renaissance"dieses Schriftstellers und einige ihrer Gründe[M]// Volker Michels. Über Hermann Hesse. Zweiter Band 1963-1977. Frankfurt a. M.: Suhrkamp Taschenbuch Verlag, 1982: 137.

[②] 赫尔曼·黑塞. 神学摭谈[M]//谢莹莹. 朝圣者之歌——黑塞诗歌散文集. 北京：中国广播电视出版社，2000：271.

了一首关于"阶段"的诗：

> 如同鲜花凋萎，青春会变老，/生命的每个阶段都曾鲜花怒放，/每一智慧，每一德行都曾闪耀光彩，/却不能够永恒存在。/我们的心必须听从生命的召唤，时刻准备送旧迎新，毫不哀伤地勇敢奉献自己，为了另一项全新职责。每一种开端都蕴含魔术力量，它将保护我们，帮助我们生存……"①

黑塞的好友及出版商彼得·苏尔坎普（Peter Suhrkamp）曾说，从来没有一个作家像黑塞那样，不断地把自己的"尸体"埋在身后，然后重新开始一个新的阶段；每一次埋葬和每一次新的阶段都因现实的、真切的困苦而发生；但是当人们过后再回望整个存在的时候，可以看到留下来的是一个整体的存在。② 黑塞以及他的人物都是这样不断经历痛苦的炼狱，不断向前，永不放弃。虽然每个阶段会有困苦，但是回望来路，他会发现，人生只有经历这些痛苦的阶段才能连缀成一个整体。因此，对于年轻人来说，黑塞所给的启示之一就是，接纳青春期的迷茫、彷徨和痛苦，因为这是整个完整人生必然存在的一部分。

在黑塞前期的作品中，他所有人物的目的只有一个，就是获得自我内心的完善和完满。而获得内心完满的前提是承认恶的存在，承认黑暗世界、世俗世界的存在，承认自我和社会的不完美。黑塞反对西方世界的"二元对立"，旗帜鲜明地反对理性至上、物质功利至上的社会思潮。但是黑塞并不是要消除"恶"的存在，消除黑暗世界或者世俗世界，只生活在纯粹精神王国里。因为他知道，纯粹的精神王国不可能存在，就像他在《玻璃珠游戏》中所建立的卡斯塔里王国，那终究只是一个乌托邦，所以他的克乃西特最后要逃离这个乌托邦，进入世俗世界。

---

① 赫尔曼·黑塞. 玻璃球游戏[M]. 张佩芬，译. 上海：上海译文出版社，1998：437.
② Volker Michels. Hermann Hesse, immer wieder Autor der jungen Generation: Die "Renaissance"dieses Schriftstellers und einige ihrer Gründe[M]// Volker Michels. Über Hermann Hesse. Zweiter Band 1963-1977. Frankfurt a. M. Suhrkamp Taschenbuch Verlag，1982：137.

第5章　黑塞青春叙事的文化批判与现实救赎

　　在黑塞这里，无论是个体的拯救还是文化的新生都走的是融合善恶对立、走向整体的道路。理性与感性的对立永恒存在，重视自我天性的个体与重视实用和物质功利的社会之间的对立也永恒存在，作为人的任务就是接受这个矛盾的存在，接受不完美的存在，经历这个矛盾，在阴与阳的对立中达到圆融汇通。黑塞针对青春期危机提出的超越善恶对立，走向整体融合的思想对于处于现代性危机的世界来说具有重要的文化价值。

　　现代社会中年轻人面临的是信仰的失落，世界的分崩离析，恐惧感、危机感是普遍的现代性情绪，而消费性社会带来的五花八门的信息更是让青少年无所适从。青春期少年在现代社会中所面临的认同危机感比任何一个时代都要严峻。个体如何面对这个充满危机、动荡、混乱的时期？黑塞给出的答案是，把它当作完整生命的一部分而接纳它。

　　对于现代年轻人来说，面对令人眼花缭乱的世界，实现自身的同一性，获得自身的完满和谐不是一件容易做到的事情，实现自身对高尚精神生活的追求与丑陋的现实生活之间的和解也不是一件容易的事。然而，更难的是以自身完满的个性来为丑陋现实世界服务和献身，也就是把自身的完满与社会的完善联系起来，并承担责任，这是现代年轻人的一个共同问题。

　　张弘在其《黑塞与东西方文化的整合》一书的结语中提出一个"需要深入反思的尖锐问题"："在中国这个上千年来一直是群体先于个体的国度，什么才是人和社会共同均衡发展的道路？"[①]正如张弘所提出的问题，关于人与社会的发展，在这个一直被看作是只关注个体内心的作家黑塞这里一直是反复思考的问题。即便他的早期作品中没有明显的体现，至少在后期的作品中几乎可以被看作是主题之一。黑塞曾经写下如下文字：

　　　　"我对我们这时代的信心越少，对人类的腐化越看得真，我就越加觉得不要以革命去对付这种堕落，而要更加相信爱的魔力。对一件大家谈论不休的事保持沉默，就已经是做到点事了。对人和事物不怀敌意地笑笑，在小事上和私人的事上多付出一点爱，以此补

[①] 张弘，余匡复. 黑塞与东西方文化的整合[M]. 上海：华东师范大学出版社，2010：475.

救世界上爱的缺乏；……我很高兴《荒原狼》中已谈到：世界从来也不是天堂，……它一向是，并且任何时候都是不完善、都是肮脏的，为了使人能忍受，使它有价值，它需要爱，需要信仰。"①

正如黑塞所说，世界从来都不是完美的。在现代社会，在已经步入消费社会的当下中国，年轻人所面对的从来都不是一个完美的社会。他们的自然天性往往会面对一个精神堕落、物质欲求占据上风的世界。那么面对这个不完美的世界，人们是悲观失望，还是随波逐流？是消极逃避还是愤世嫉俗？黑塞面对这个问题是乐观的、积极入世的。

---

① Hans-Jürgen Schmelzer. Auf der Fährte des Steppenwolfs: Hermann Hesses Herkunft, Leben und Werk[M]. Stuttgart. Leipzig: Hohenheim Verlag, 2002: 259.

结　语

　　青春期是一个现代性命题，青春期问题浓缩了整个现代人的存在问题。因此青春叙事本身也是现代性叙事。自启蒙运动以来，西方高扬理性的旗帜，追求科学技术，追求进步、财富、发展，人的一切感性需求都受到压制，都成为不道德，成为恶。具有自然天性、重视感性、情感，渴求精神生活，追求自我天性解放，渴望实现自我的青少年在这样的社会中往往会受到重重束缚和压制，感受多重矛盾冲突，遭受迷茫焦灼和内心分裂之苦。如果说现代社会是理性至上的社会，那么我们可以把一切重视自然天性、情感、生命本能，一切对艺术、对美、对生命价值的追求，一切对传统对父辈的质疑，一切为实现自我而作的反叛，一切与理性规则相违背的行为都归结为感性的世界。因此我们可以说青春期少年成长中面临的所有冲突都大致可以归结为感性与理性的冲突。

　　黑塞的小说以具有感性天性，追求精神生活和美的理想的青少年个体为对象，描写主人公经历青春期危机的种种分裂、焦灼的内心情绪。黑塞不是只描绘这些危机，他一直在思考是什么造成了现代社会青少年的危机。在他的作品中，青少年个体面临的冲突首先表现为"孩子父母的权威和他灵魂深处潜伏着的需要之间的斗争"。[①] 而父母的权威也是整个社会传统的反映，是整个社会、整个教育系统，甚至宗教体系都浸淫于欲望之中，并把他们的欲望

---

　　① 古斯塔夫·缪勒. 文学的哲学[M]. 孙宜学，郭洪涛，译. 桂林：广西师范大学出版社，2001：179.

强加于年青一代人身上。在这样的体系中，一部分有天赋的青少年无法摆脱危机，而成为"局外人""边缘人"、流浪者，走上异化的道路。从《在轮下》中就隐约出现的"黑暗世界和母亲的缺失对汉斯悲剧命运的影响，到后来的悉达多、辛克莱、歌尔德蒙等人都是经历了"恶"的世界的洗礼才最终找到了自我，黑塞发现"荒原狼"们的不幸命运在于青春期缺乏"恶"的滋养，也就是感性世界的缺失造成了他们内心生命的不完整。

那么在理性张扬的现代性社会中人如何解决这种造成青春期危机的"感性世界缺失"的现象？黑塞的作品一直在探讨这个问题。因为意识到现代性社会中感性世界与理性世界的失衡，从《德米安》到《荒原狼》再到《纳尔齐斯歌尔德蒙》，黑塞一直在努力探索理性与感性、光明与黑暗、善与恶等矛盾对立面的调和及融合。他创造的以德米安为代表的"未来人"形象就是超越善恶对立，在恶中发现了神圣的辩证统一思想。《荒原狼》中以幽默来超越精神与世俗的鸿沟，幽默本身就是一种包含善恶的整体性思想的体现。及至《纳尔齐斯歌尔德蒙》中代表纯粹精神和理性追求的神学家纳尔齐斯，与代表感性和艺术审美的艺术家歌尔德蒙，二人之间的互相倾慕、互相提点、互相补充，尤其是最后歌尔德蒙对纳尔齐斯的一番话在后者心里"引起熊熊燃烧的火焰"，不仅表达了感性对理性至上的冲击，更表达了二者的互相融合。他们虽然是对立的两个形象，但是表达了理性对感性的渴望，以及理性与感性互相吸引和尊重的倾向。辛克莱最终认识到自己神道与魔道的统一而获得新生。"荒原狼"最终有信心以超越世俗的幽默对抗世俗，悉达多和歌尔德蒙也是在意识到纯粹的理性世界无法使自己认识和实现真实的自我，最终在经历和体验感性生命和世俗世界的过程中获得成长。

黑塞对完整世界的理解使他认识到，世界上从来不可能只存在纯粹精神，精神必须依赖世俗而存在，它需要世俗世界提供营养来促进自身的发展，没有世俗的存在精神会衰亡，反之亦然，没有了精神世界的存在，世俗世界也会走向毁灭。作为社会性的人，从来无法只生存在纯粹精神/理性的世界里，人始终无法摆脱世俗世界的牵绊。黑塞在《玻璃珠游戏》中创建了一个乌托邦式的纯粹精神王国，但他通过克乃西特的观察和思考，明确地展示了乌托邦的缺陷：个人当然可以逃避到乌托邦，但是这个乌托邦也是完全脱离了现实，

结　语

远离历史和人世的，它也有自己的危机，如果世俗世界不再给予它物质及政治系统的支持的话，它终究有一天也会坍塌。小说中这个精神王国的人自认为远离世俗世界，但仍然从它那里获取支持，就像精英知识分子虽然自认为与普通人民隔绝一道鸿沟，但仍然是来自普通人民一样。因此，克乃西特，这个黑塞的理想人物仍然要走出精神王国，他要做的就是在精神与世俗之间建立一个联系，让精神服务于世俗。克乃西特在这么做的时候达到了自身的完满，实现了自我的意义，这也正是黑塞毕生探索的追求精神生活的人的最终出路和最高级的生命意义，那就是承认并接受世俗世界（也是不完美的世界）的存在，进入这个凡俗世界并为之服务，甚至为之献身。

现代社会理性的泛滥造成人与社会、人与自然、人与上帝的三重疏离。这种人与外界的疏离状态也造成人自身的分裂和异化，进而造成个体自我身份意识的错位。那么，现代人在努力重建个体与世界关系的过程中，其首要任务到底是先改造社会，还是先建立自我、完善自我，恢复人的本性？革命者认为要先改造这个世界，才能恢复个人自身的完整性，从而建立人与世界的正常关系。而对于黑塞这样的艺术家来说，现代人的首要任务就是先重建自我，进而重建自我与世界的关联。在黑塞这里，重建人与世界的关联有一个很重要的前提不是改造世界，而是承认社会的不完美。实际上，个人与社会的本质和任务就已经决定了二者的永恒对立。在个人看来，社会永恒不完美。现代社会有良知的知识分子所要做的就是关怀个体的生命及存在的意义，通过重新建构完满个体来影响社会，服务社会。黑塞就是这样的知识分子，他及其创作的人物在这个混乱的社会中找寻自我的同时，也在寻找个体走向世界的完善之途。作为一个继承了浪漫派精神的、具有强烈个体意识的内向化作家，黑塞认为人首先要实现自我个性的完善。但他并非像很多批评者所说只重视自我而忽略世界，他自身以及他的人物都是从孤立自我的世界走向整体、融合和超越的世界，他们在建构自我的同时也重新建构了世界和文化。

黑塞的青春叙事有两条路径。一方面，黑塞继承了狄尔泰对成长小说，或者说对青春个体的认识，对青春成长持乐观主义精神，认为人一定能走向成熟，人能通过自我教育，获得自身完满，比如《德米安》中的辛克莱，比如悉达多、克乃西特等。同时黑塞也继承了经典成长发展小说的传统，秉持歌德时代的"入世"精神，比如《东方之旅》中的服务精神，克乃西特的入世和献身。另一方面，黑塞的青春叙事也体现出青春期的现代性特征。黑塞对青春期的现代性特征有清醒的认识，自我意识的萌发、对父辈的反叛、与社会环境和传统道德要求之间的冲突、焦虑、孤独、恐惧、爱无能等是现代青春期少年的生存常态。即使小说主人公最后实现了自我，达到内心完满，他们在成长过程中也遭遇了严重的内心困境。

传统青春叙事有某种固定的结构模式，比如幼稚—受挫—释怀—长大成人[①]，黑塞的作品在很大程度上也呈现出这种结构模式。但是黑塞的青春叙事还有一个深层的发展逻辑，即主人公的内心困境—自我内在建构—融入环境—寻求社会认同。他的主人公都经历了青春期困境，都在努力探索自我突破和自我实现的途径，他后期小说的主人公甚至打破自我的藩篱，进入世俗世界为之服务和献身，这个叙事逻辑显示出黑塞的现实关怀精神。此外，黑塞的青春叙事主体大多为中产阶级市民青年，他们的成长体验、生存困惑以及他们的追求代表的是中产阶级群体的思想意识、文化状态和现实问题。

黑塞的青春叙事的价值不仅仅在于他书写了青年人必须要经历的成长阶段的内心动荡和困苦迷惑，更在于他反映了社会变迁、文化震荡对青年个体寻求自我认同和社会认同时的影响；不仅在于他努力探索自我完善与救赎的途径，更在于他探索个体——有天赋和精神追求的个体积极面对世俗社会的途径。他对现代性文化的质疑、批判，尤其是积极建构，使他在文学史和思想史上赢得了一定的地位。但是，正如一个作家之所以能超越不同时代和空间而获得永恒普遍的价值，就是因为其作品的多样性和深邃性一样，黑塞的创作也因为这一点具有了永无止境地多样阐释的可能性。

---

① 张国龙.成长小说的叙事困境及突围策略[J].当代作家评论，2019(3)：18-24.

参考文献

一、德文文献

(一) 黑塞著作

[1] Hermann Hesse. Gesammelte Werke[M]. Volker Michaels. Frankfurt a. M.：Suhrkamp Verlag，1970.

[2] Hermann Hesse. Gesammelte Briefe[M]. Dritter Band 1936-1948. In Zusammenarbeit mit Heiner Hesse，Hrsg. Von Ursula und Volker Michels. Frankfurt a. M.：Suhrkamp Verlag，1982.

[3] Hermann Hesse. Eine Literaturgeschichte in Rezensionen und Aufsäaetzen[M]. Herausgegeben von Volker Michels. Frankfurt a. M.：Suhrkamp Verlag，1975.

[4] Hermann Hesse. Politik des Gewissens：Die politischen Schriften (1914-1932)[M]. Band 1. Frankfurt a. M.：Suhrkamp Verlag，1977.

[5] Hermann Hesse. Politik des Gewissens. Die politischen Schriften (1932-1964)[M]. Band 2. Frankfurt a. M.：Suhrkamp Verlag，1977.

[6] Hermann Hesse. Der Steppenwolf[M]. Frankfurt a. M.：Suhrkamp Verlag，1976.

[7] Hermann Hesse. Das Glasperlenspiel[M]. Frankfurt a. M.：Suhrkamp Taschenbuch Verlag，1972.

[8] Hermann Hesse. Siddhartha. Eine indische Dichtung[M]. Frankfurt a. M.：Suhrkamp Taschenbuch. 1974.

[9] Hermann Hesse. Knulp[M]. Frankfurt a. M.：Insel Taschenbuch，1979.

[10] Hermann Hesse. Eigensinn，Autobiographische Schriften[M]. Hanburg：Rowohlt Verlag，1981.

[11] Hermann Hesse. "Verliebt in die verrückte Welt": Betrachtungen, Gedichte, Erzählungen, Briefe[M]. Frankfurt a. M.: Insel Verlag, 2003.

（二）黑塞研究文献

[1] Adrian Hsia. Hermann Hesse und China. Darstellung, Materialien und Interpretation [M]. Frankfurt a. M.: Suhrkamp Taschenbuch Verlag, 1981.

[2] Andreas Solbach. Hermann Hesse und die Modernisierung. Kulturwissenschaftliche Facetten einer literarischen Konstante im 20. Jahrhundert[M]. Frankfurt a. M.: Suhrkamp Verlag, 2004.

[3] Bernhard Zeller. Hermann Hesse Selbstzeugnissen and Bilddokumenten[M]. Reinbek bei Hamburg: Rowohlt Taschenbuch Verlag, 1963.

[4] Birgit Lahann. Hermann Hesse: Dichter für die Jugend der Welt. ein Lebensbild[M]. Frankfurt a. M.: Suhrkamp Taschenbuch Verlag, 2002.

[5] Christoph Gellner. Hermann Hesse und die Spiritualität des Ostens[M]. Düsseldorf: Patmos Verlag, 2005.

[6] Christiane Völpel. Hermann Hesse und die deutsche Jugendbewegung, Eine Untersuchung über die Beziehung zwischen dem Wandervogel und Hermann Hesses Frühwerk[M]. Bonn: Bouvier Verlag, 1977.

[7] Franz Pelz. Bidlungsmächte und Bildungsprinzipien im Werke Hermann Hesses[D]. Universität Freiburg Verlag, 1960.

[8] Gunnar Decker. Hermann Hesse. Der Wanderer und sein Schatten[M]. München: Hanser Verlag, 2012.

[9] Günter Baumann. Hermann Hesses "Demian" im Lichte der Psychologie C. G. Jungs. Based on Materialien zu Hermann Hesse "Demian" [M], Hg. Volker Michels, Frankfurt a. M.: Suhrkamp Verlag, 1997.

[10] Günter Baumann. Der Heilige und der Wüstling. Tiefenpsychologische Grundlagen von Siddhartha und Der Steppenwolf[DB/OL]. (2003-2-9)[2014-4-28]. http://www.gss.ucsb.edu/projects/hesse/papers/baumann-zurich3.pdf.

[11] Hans-Jürgen Schmelzer. Auf der Fährte des Steppenwolfs. Hermann Hesses Herkunft, Leben und Werk[M]. Stuttgart. Leipzig: Hohenheim Verlag, 2002.

[12] Helga Esselborn-Krumbiegel. Hermann Hesse, Literaturwissen für Schule und Studium [M]. Stuttgart: Philipp Reclam jun. GmbH. & Co., 1996.

参考文献

[13] Helga Esselborn-Krumbiegel. Hermann Hesse: Unterm Rad [M]. Stuttgart: Reclam, 1996.

[14] Helga Esselborn-Krumbiegel. Erläuterungen und Dokumente: Hermann Hesse. Unterm Rad[M]. Stuttgart: Philipp Reclam jun. GmbH & Co., 2000.

[15] Helga Esselborn-Krumbiegel. Hermann Hesse Demian. Erläuterungen und Dokumente [M]. Stuttgart: Philipp Reclam jun. GmbH & Co., 1991.

[16] Helga Esselborn-Krumbiegel. Hermann Hesse[M]. Stuttgart: Philipp Reclam jun. GmbH & Co., 1996.

[17] Hendrik Licht. Hermann Hesses "Steppenwolf". zwischen Adoleszenz und Bildungsroman[D], Universität Kassel, 2003.

[18] Carsten Cansel. Zwischenzeit, Grenzüberschreitung, Aufstörung- Bilder von Adoleszenz in der deutschsprachigen [M]. Heidelberg: Universitätsuerlag Winter GmbH Heidelberg, 2011.

[19] Heribert Kuhn. Hermann Hesse. Der Steppenwolf. Text und Kommentar [M]. Frankfurt a. M.: Suhrkamp Basis Bibliothek, 1999.

[20] Johannes Cremerius. Hermann Hesse und Sigmund Freund[DB/OL]. (1999-8-8)[2023-12-20]. https://hesse.projects.gss.ucsb.edu/papers/cremerius.pdf.

[21] Joachim Bark. Epochen der Deutschen Literatur, Gesamtausgabe[M]. Stuttgart: Ernst Klett Verlag GmbH, 2001.

[22] Jürgen Below. Hermann Hesse Bibliographie: Sekundärliteratur 1899-2007[G]. Berlin, New York: Walter De Gruyter, 2007.

[23] Jürgen Below. Hermann Hesse: Kompilationen zum sekundären Schrifttum, Darstellungen(3): Darstellungen und Beiträge zur Darstellung 1907—2002[DB/OL]. (2003-2)[2014-4-28]. http://www.gss.ucsb.edu/projects/hesse/publications/below03.pdf.

[24] Julius Bach. Der deutsche Schülerroman und seine Entwicklung[D]. Uni. Münster/Westf. 1922.

[25] Käte Nadler. Hermann Hesse. Naturliebe, Menschenliebe, Gottesliebe[M]. Leipzig: Koehler & Amelang Verlag, 1956.

[26] Kartin Marquardt. Hermann Hesses "Unterm Rad" als literarische Bildungskritik [M]// zur sozialen Logik literarischer Produktion. Die Bildungskritik im Frühwerk von Thomas

Mann, Heinrich Mann und Hermann Hesse als Kampf um symbolische Macht. Würzburg: Königshausen & Neumann, 1997.

[27] Laszlo V. Szabo. Der Einfluss Friedrich Nietsche auf Hermann Hesse: Formen des Nihilismus und seiner Ueberwindung bei Nietsche und Hesse[M]. Wien: Praesens Verlag, 2007.

[28] Martin Pfeifer. Hesse – Kommentar zu Sämtlichen Werken[M]. München: Winkler Verlag, 1980.

[29] Maria-Felicitas Herforth. Erläuterungen zu Hermann Hesse Unterm Rad. Königs Erläuterungen und Materialien[M]. Hollfeld: Bange Verlag, 2009.

[30] Martin Pfeifer. Hermann Hesses weltweite Wirkung: Internationale Rezeptionsgeschichte[M]. Frankfurt a. M.: Shurkamp Verlag, 1977.

[31] Regina Haumann. Die Amerikanisierung der Weimarer Republik[M]. München: GRIN Verlag, 2003.

[32] Serge Glitho. Vergewaltige Kindheit und Identitätskrise: Hermann Hesses "Unterm Rad"[M] // Ders.: Schule und Eigensinn. Untersuchungen zu Schulkonflikten in afrikanischen und deutschsprachigen Romanen. Pfaffenweiler: Centaurus, 1999.

[33] Theodore Ziolkowski. Der Schriftsteller Hermann Hesse: Wertung und Neubewertung[M]. Deutsch von Ursula Michels-Wenz. Frankfurt a. M.: Suhrkamp Verlag, 1979.

[34] Volker Michels. Materialien zu Hermann Hesses Siddhartha[G]. Frankfurt a. M.: Suhrkamp Taschenbuch Verlag, 1986.

[35] Volker Michels. Die Einheit hinter den Gegensätzen: Religonen und Mythen von Hermann Hesse[G]. Frankfurt a. M.: Suhrkamp Verlag, 1986.

[36] Volker Michels. Über Hermann Hesse, Erster Band 1904-1962[G]. Frankfurt a. M.: Suhrkamp Taschenbuch Verlag, 1979.

[37] Volker Michels. Über Hermann Hesse, Zweiter Band 1963-1977[G]. Frankfurt a. M.: Suhrkamp Taschenbuch Verlag, 1982.

(三)其他德文文献

[1] Carsten Gansel. Der Adoleszenzroman. Zwischen Moderne und Postmoderne[A] // Günter Lange(Hrsg.). Taschenbuch der Kinder-und Jugendliteratur. Band 1. Baltmannsweiler: Schneider Verlag, Hohengehren, 2000.

[2] Carsten Gansel. Moderne Kinder-und Jugendliteratur. Ein Praxishandbuch für den

参考文献

Unterricht[M]. Berlin: Cornelsen Scriptor, 1999.

[3] Christoph Gellner. Zwischen Ehrfurcht und Revolte: Hesse und die Doppelgesichtigkeit der Religion[J]. Orientierung, 1997(21): 230-232.

[4] Dirk Wippert. Hermann Hesse: Guru oder Idylliker in der Gartenlaube. Die Rezeption der Werke Hermann Hesses unter deutschen Studenten[M]. Frankfurt a. M.: Suhrkamp Taschanbuch, 2003.

[5] Eva Zimmermann. "Der Dichter sucht Verständnis und Erkanntwerden": neue Arbeiten zu Hermann Hesse und seinem Roman Das Glasperlenspiel[M]. Berlin: Peter Lang International Academic Publishers, 2002.

[6] Fox Dirk. Die Praxis sollte das Ergebnis des Nachdenkens sein. Hermann Hesse[J]. Datenschutz und Datensicherheit, 2020, 44(11): 709-715.

[7] Gábor Kerekes, Orsolya Erdödy. Hermann Hesse, Humanist und Europäer: I. Internationale Hermann-Hesse-Gedenkkonferenz in Ungarn [M]. Budapest: ELTE Germanistisches Inst., 2005.

[8] Heinrich Kaulen. Jugend-und Adoleszenzromane zwischen Moderne und Postmoderne[J]. 1000 und 1 Buch, 1991(1): 4-12.

[9] Juliane Schulze. Adoleszenz in der Provinz[D]. Düsseldorf: Heinrich-Heine-Universität Düsseldorf, 2008.

[10] Helga Esselborn-Krumbiegel. Gebrochene Identität: Das Spiegelsymbol bei Hermann Hesse[R/OL]. (2002-7)[2014-12-24]. http://www.gss.ucsb.edu/projects/hesse/papers/Esselborn-spiegel.pdf.

[11] Katharina Seemann. Wir sollen heiter Raum um Raum durchschreiten: Initiationsmodelle in Hermann Hesses Das Glasperlenspiel[M]. Saarbrücken: VDM Verlag, 2008.

[12] Malischke, Andreas. Ideal und Wirklichkeit in Hermann Hesses, Das Glasperlenspiel [M]. Hamburg: Diplomica Verlag GmbH, 2008.

[13] Nancy Thuleen. Individuen als Aussenseiter in der modernen deutschen Literatur[EB/OL]. (1993-4-26)[2014-10-26]. http://www.nthuleen.com/papers/154aussen.html

[14] Otto Basler. Der späte Hermann Hesse. (HHP digital 2013)[2014-12-20]. http://www.gss.ucsb.edu/projects/hesse/papers/documents/basler-otto-final-Aug24.pdf

[15] Roy Pascal. Johann Wolfgang von Goethe "Willhelm Meister" [A]// Janet Mullane, et

al. Nineteenth-Century Literature Criticism（Vol. 20）. Detroit：Gale Research Inc.，1989.

[16]Sonia Vowinckel. Erziehung und Bildung im Werk des Intellektuellen Hermann Hesse[M]. GRIN Verlag，2010.

[17]Sonja Riedel. Utopie als alternative Ordnung：Hermann Hesses"Glasperlenspiel"und Arno Schmidts"Gelehrtenrepublik"vor dem Hintergrund der Gattung"Utopie"[M]. München：Grin Verlag，2013.

[18]Carsten Cansel. Zwischenzeit，Grenzüberschreitung，Aufstörung- Bilder von Adoleszenz in der deutschsprachigen [M]. Heidelberg：Universitätsuerlag Winter GmbH Heidelberg，2011.

二、英文文献

[1]Barry Stephenson . Veneration and revolt ：Hermann Hesse and Swabian Pietism[J]. Religion & Literature，2011，1(43)：221-223.

[2]Emanuel Maier. The Psychology of C. G. Jung in the Works of Hermann Hesse[DB/OL]. (1999-7)[2023-12-20]. https：// hesse. projects. gss. ucsb. edu/papers/maier. pdf

[3]Franco Moretti. The Way of the World：The Bildungsroman in European Culture[M]. London：Verso，1987.

[4]Georg Lukas. Wilhelm Meister's Years of Apprenticeship as an Attempted Synthesis[A] // Janet Mullane，et al. Nineteenth-Century Literature Criticism（Vol. 20）. Detroit：Gale Research Inc.，1989.

[5]Georgina Edwards. Language Games in the lvory Tower：Comparing the Philosophical Investigations with Hermann Hesse's The Glass Bead Game[J]. Journal of Philosophy of Education，2019(4)：669-687.

[6] Harold Bloom. Hermann Hesse[M]. Broomall：Chelsea House Publishers，2003.

[7]Jarrod M Wall，A Jungian interpretation of the death of Hermine in Hermann Hesse's "Steppenwolf"[D]. California State University，Dominguez Hills，2006.

[8]Karl Leydecker. German Novelists of the Weimar Republic：Intersections of Literature and Politics[G]. NY：Camden House，2006.

[9]Lewis W. Tusken. A Mixing of Metaphors：Masculine-Feminine interplay in the novels of Hermann Hesse[J]. The Modern Language Review，1992，3(87)：626-635.

[10] Martin Swales. New Media，virtual Reality，flawed Utopia? Reflections on Thomas

Mann's "Der Zauberberg" and Hermann Hesse's "Der Steppenwolf" [G] // Ingo Cornils, Osman Durrani. Hermann Hesse Today/Hermann Hesse Heute. Amsterdem: Rodopi, 2005: 33-40.

[11] Michael P. Sipiora. Hesse's Steppenwolf: A Comic-Psychological Interpretation [J]. Janus Head, 2011(12): 123-147.

[12] Peter Roberts. Education, Society, and the Individual: Reflections on the Work of Hermann Hesse[J]. Journal of Educational Thought, 2009, 2(43): 93-108.

[13] Rose M. Tekel. The Pilgrim without a Map: the Religious Vision of Hermann Hesse [D]. Concordia University, 2006.

[14] William Crooke. Mysiticism as Modernity: Nationalism and the Irrational in Hermann Hesse, Robert Musil, and Max Frisch[M]. Oxford: Peter Lang, 2008.

[15] Walter Naumann. The Individual and Society in the Work of Hemrann Hesse[J]. Monatshefte, 2011, 1(41): 33-42.

三、中文文献

(一)黑塞著作

[1] 赫尔曼·黑塞. 在轮下[M]. 张佑中, 译. 上海: 上海译文出版社, 1997.

[2] 赫尔曼·黑塞. 轮下[M]. 潘子立, 译. 北京: 人民文学出版社, 1989.

[3] 赫尔曼·黑塞. 朝圣者之歌——黑塞诗歌散文集[M]. 北京: 中国广播电视出版社, 2000.

[4] 赫尔曼·黑塞. 纳尔齐斯与歌尔德蒙[M]. 杨武能, 译. 上海: 上海译文出版社, 1998.

[5] 赫尔曼·黑塞. 东方之旅[M]. 蔡进松, 译. 上海: 上海三联书店, 2013.

[6] 赫尔曼·黑塞. 乡愁[M]. 陈晓南, 译. 上海: 上海三联书店, 2013.

[7] 赫尔曼·黑塞. 黑塞小说散文选[M]. 张佩芬, 王克澄, 等, 译. 上海: 上海译文出版社, 1999.

[8] 赫尔曼·黑塞. 流浪者之歌[M]. 徐进夫, 译. 上海: 上海三联书店, 2013.

[9] 赫尔曼·黑塞. 悉达多[M]. 张佩芬, 译. 上海: 上海译文出版社, 2013.

[10] 赫尔曼·黑塞. 德米安: 埃米尔·辛克莱的彷徨少年时[M]. 丁君君, 谢莹莹, 译. 上海: 上海人民出版社, 2009.

[11] 赫尔曼·黑塞. 黑塞散文选[M]. 张佩芬, 译. 天津: 百花文艺出版社, 1997.

[12] 赫尔曼·黑塞. 读书随感[M]. 李映荻, 译. 上海: 上海三联书店, 2013.

[13] 赫尔曼·黑塞. 荒原狼[M]. 赵登荣, 倪诚恩, 译. 上海: 上海译文出版社, 1986.

[14] 赫尔曼·黑塞. 荒原狼[M]. 李世隆,刘泽珪,译. 桂林：漓江出版社,1986.

[15] 赫尔曼·黑塞. 玻璃球游戏[M]. 张佩芬,译. 上海：上海译文出版社,1998.

[16] 赫尔曼·黑塞. 艺术家的命运[M]. 吴忆帆,译. 上海：上海三联书店,2013.

[17] 赫尔曼·黑塞. 婚约——中短篇小说选[M]. 张佩芬,王克澄,等,译. 上海：上海译文出版社,2007.

[18] 赫尔曼·黑塞. 黑塞的智慧[M]. 上海：文汇出版社,2002.

(二)黑塞研究专著及德国文学文化专论

[1] 彼得·盖伊. 施尼兹勒的世纪：中产阶级文化的形成：1815—1914[M]. 梁永安,译. 北京：北京大学出版社。2006.

[2] 彼得·盖伊. 魏玛文化：一则短暂而璀璨的文化传奇[M]. 刘森尧,等,译. 合肥：安徽教育出版社,2005.

[3] 卞虹. 成为你自己——对赫尔曼·黑塞小说中的人性主题的考察[M]. 北京：企业管理出版社,2014.

[4] 卞谦. 理性与狂迷——20世纪德国文化[M]. 北京：东方出版社,1999.

[5] 丁建弘,李霞. 德国文化：普鲁士精神和文化[M]. 上海：上海社会科学院出版社,2003.

[6] 方在庆,朱崇开,孙烈,等. 科技革命与德国现代化[M]. 济南：山东教育出版社,2020.

[7] 弗尔克·米歇尔斯. 黑塞画传[M]. 李士勋,译. 上海：上海人民出版社,2008.

[8] 高中甫,宁瑛. 20世纪德国文学史[M]. 青岛：青岛出版社,1998.

[9] 谷裕. 现代市民史诗——十九世纪德语小说研究[M]. 上海：上海书店出版社,2007.

[10] 谷裕. 隐匿的神学：启蒙前后的德语文学[M]. 上海：华东师范大学出版社,2010.

[11] 谷裕. 德语修养小说研究[M]. 北京：北京大学出版社,2013.

[12] 韩耀成. 德国文学史(第4卷)[M]. 南京：译林出版社,2008.

[13] 马剑. 中学西渐——黑塞与中国文化[M]. 北京：首都师范大学出版社,2010.

[14] 田杰. 从"青年猴"到"宇宙猿"：关于青年的历史叙事与解读[M]. 上海：华东理工大学出版社,2019.

[15] 王滨滨. 黑塞传[M]. 上海：华东师范大学出版社,2007.

[16] 余匡复. 德国文学史[M]. 上海：上海外语教育出版社,1991.

[17] 叶隽. 德语文学研究与现代中国[M]. 北京：北京大学出版社,2008.

[18] 张建伟. 德意志研究2018[M]. 武汉：武汉大学出版社,2019.

[19]张弘,余匡复.黑塞与东西方文化的整合[M].上海:华东师范大学出版社,2010.

[20]张佩芬.黑塞研究[M].上海:上海外语教育出版社,2006.

(三)其他著作(国内部分)

[1]白乙拉,陈中永.发展与教育心理学[M].西安:陕西师范大学出版社,2007.

[2]陈嘉明.现代性与后现代性十五讲[M].北京:北京大学出版社,2006.

[3]C. G.荣格.荣格文集:原型与原型意象[M].长春:长春出版社,2014.

[4]杜维明,卢风.现代性与物欲的释放[M].北京:中国人民大学出版社,2008.

[5]崔光辉.现象的沉思:现象学心理学[M].济南:山东教育出版社,2009.

[6]龚维义,刘新民.发展心理学[M].北京:北京科学技术出版社,合肥:安徽大学出版社,2004.

[7]胡强.康拉德政治三部曲研究[M].北京:中国社会科学出版社,2008.

[8]季水河.多维视野中的文学与美学[M].北京:东方出版社,2002.

[9]季水河,周忠厚.马列文论研究(第15辑)[M].湘潭:湘潭大学出版社,2010.

[10]李增庆.青春期科学:青春期生理、心理、行为与保健[M].武汉:华中科技大学出版社,2004.

[11]刘万伦,田学红.发展与教育心理学[M].北京:高等教育出版社,2011.

[12]刘小枫.沉重的肉身[M].北京:华夏出版社,2007.

[13]刘岩.母亲身份研究读本[M].武汉:武汉大学出版社,2007.

[14]倪文杰,张卫国,冀小军.现代汉语辞海 注音、释义、词性、构词、连语[M].北京:人民中国出版社,1994.

[15]加藤嘉一.致困惑中的年轻人[M].南京:凤凰出版社,2012.

[16]万俊人.清华哲学年鉴2001[M].保定:河北大学出版社,2002.

[17]汪民安.现代性[M].南京:南京大学出版社,2012.

[18]汪民安.色情、耗费与普遍经济:乔治·巴塔耶文选[M].长春:吉林人民出版社,2003.

[19]汪民安.文化研究关键词[M].南京:江苏人民出版社,2019.

[20]王成兵.当代认同危机的人学解读[M].北京:中国社会科学出版社,2004.

[21]王凤才.批判与重建——法兰克福学派文明论[M].北京:社会科学文献出版社,2004.

[22]王玮."笑"之纵横[M].上海:上海社会科学院出版社,1988.

[23]王岳川.二十世纪西方哲性诗学[M].北京:北京大学出版社,1999.

[24]邢来顺,吴友法.德国通史(第四卷):民族国家时代(1815-1918)[M].江苏人民出版

社，2019.

[25]乐黛云.文化传递与文化形象[M].北京：北京大学出版社，1999.

[26]章仁彪.哲学导论新编[M].上海：同济大学出版社，2005.

[27]张亚婷.中世纪英国文学中的母性研究[M].北京：中央编译出版社，2014：

[28]张英伦.外国名作家传[M].北京：中国社会科学出版社，1979.

[29]张志平.词语与现象[M].桂林：漓江出版社，2015.

(四)其他著作(译著)

[1]阿尔弗雷德·格罗塞.身份认同的困境[M].王鲲，译.北京：社会科学文献出版社，2010.

[2]艾布拉姆斯.欧美文学术语词典[M].朱金鹏，朱荔，译.北京：北京大学出版社，1990.

[3]安德鲁·本尼特，尼古拉·罗伊尔.关键词：文学、批评与理论导论[M].汪正龙，李永新，译.桂林：广西师范大学出版社，2007.

[4]安东尼·吉登斯.现代性与自我认同：现代晚期的自我与社会[M].赵旭东，方文，等，译.北京：三联书店，1998.

[5]埃里克·H.埃里克森.同一性：青少年与危机[M].孙名之，译.杭州：浙江教育出版社，1998.

[6]奥斯瓦尔德·斯宾格勒.西方的没落[M].吴琼，译.上海：三联书店，2006.

[7]Barbara A. Turner.沙盘游戏疗法手册[M].陈莹，姚晓东，译.北京：中国轻工业出版社，2016.

[8]本雅明.发达资本主义时代的抒情诗人[M].张旭东，魏文生，译.北京：生活·读书·新知三联书店，2007.

[9]柏格森.笑——论滑稽的意义[M].徐继曾，译.北京：中国戏剧出版社，1980.

[10]查尔斯·泰勒.现代性之隐忧[M].程炼，译.北京：中央编译出版社，2001.

[11]DavidR. Shaffer.发展心理学：儿童与青少年(第六版)[M].邹泓，等，译.北京：中国轻工业出版社，2005.

[12]戴维·D.诺尔蒂.光速思考：新一代光计算机与人工智能[M].王春琮，译.北京：中信出版社，沈阳：辽宁教育出版社，2003.

[13]丹尼尔·贝尔.资本主义文化矛盾[M].任晓晋，译.上海：上海三联书店，1989.

[14]恩斯特·卡西勒.卢梭问题[M].王春华，译.南京：译林出版社，2009.

[15]F. 菲利普·赖斯，金·盖尔·多金.青春期——发展、关系和文化[M].陆洋，林磊，

陈菲,译. 上海:上海人民出版社,2009.

[16]冯亚琳,阿斯特莉特·埃尔. 文化记忆理论读本[M]. 余传玲,等,译. 北京:北京大学出版社,2012.

[17]弗洛姆著. 爱的艺术[M]. 刘福堂,译. 桂林:广西师范大学出版社,2001.

[18]弗洛姆. 爱的艺术[M]. 亦非,译. 北京:京华出版社,2005.

[19]戈登·马里诺. 存在主义救了我[M]. 王喆,柯露洁,译. 北京:北京联合出版有限公司,2019.

[20]古斯塔夫·缪勒. 文学的哲学[M]. 孙宜学,郭洪涛,译. 桂林:广西师范大学出版社,2001.

[21]韩瑞. 假想的"满大人":同情、现代性与中国疼痛[M]. 袁剑,译. 南京:江苏人民出版社,2013.

[22]赫伯特·马尔库塞. 单向度的人:发达工业社会意识形态研究[M]. 刘继,译. 上海:上海译文出版社,2008.

[23]赫尔曼·海塞. 陀思妥耶夫斯基的上帝[M]. 斯人,等,译. 北京:社会科学文献出版社,1999.

[24]霍克海默. 批判理论[M]. 李小兵,等,译. 重庆:重庆出版社,1989.

[25]卡伦·霍妮. 精神分析的新方法[M]. 缪文荣,译. 北京:台海出版社,2019.

[26]卡伦·霍妮. 我们时代的神经症人格[M]. 霍文智,译. 北京:北京理工大学出版社,2019.

[27]杰拉德·德兰蒂. 现代性与后现代性:知识,权力与自我[M]. 李瑞华,译. 北京:商务印书馆,2012.

[28]科佩尔·S. 平森. 德国近现代史:它的历史和文化(上、下册)[M]. 范德一,林瑞斌,何田,译. 北京:商务印书馆,1987.

[29]劳伦斯·斯坦伯格. 青少年心理学[M]. 梁君英,董策,王宇,译. 北京:机械工业出版社,2015.

[30]吕迪格尔·萨弗兰斯基. 荣耀与丑闻——反思德国浪漫主义[M]. 卫茂平,译. 上海:上海人民出版社,2014.

[31]罗尔夫·E. 缪斯. 青春期理论[M]. 周华珍,等,译. 上海:上海社会科学院出版社,2014.

[32]罗宾·麦考伦. 青少年小说中的身份认同观念:对话主义建构主体性[M]. 李英,译. 合肥:安徽少年儿童出版社,2010.

[33]罗洛·梅.人的自我寻求[M].郭本禹,方红,译.北京:中国人民大学出版社,2008.

[34]尼尔·波兹曼.童年的消逝[M].吴燕莛,译.桂林:广西师范大学出版社,2011.

[35]尼采.道德的谱系[M].北京:中国政法大学出版社,2003.

[36]尼采.查拉图斯特如是说[M].周国平,等,译.北京:北方文艺出版社,1987.

[37]马尔库塞.爱欲与文明[M].黄勇,薛民,译.上海:上海译文出版社,2005.

[38]马克斯·韦伯.新教伦理与资本主义精神[M].马奇炎,陈婧,译.北京:北京大学出版社,2012.

[39]马塞尔·达内西.酷:青春期的符号和意义[M].孟登迎,王行坤,译.成都:四川教育出版社,2011.

[40]乔恩·萨维奇.青春无羁:狂飙时代的社会运动(1875—1945)[M].章艳,等,译.长春:吉林出版集团有限责任公司,2010.

[41]乔治·巴塔耶.文学与恶[M].董澄波,译.北京:北京燕山出版社,2006.

[42]乔治·巴塔耶.色情史[M].刘晖,译.北京:商务印书馆,2003.

[43]齐美尔.社会是如何可能的:齐美尔社会学论文选[M].林荣远,译.桂林:广西师范大学出版社,2002.

[44]让-查尔斯·拉葛雷.青年与全球化:现代性及其挑战[M].陈玉生,冯跃,译,北京:社会科学出版社,2007.

[45]萨特.词语[M].潘培庆,译.北京:生活·读书·新知三联书店,1989.

[46]桑原武夫.文学序说[M].陈秋峰,译.郑州:黄河文艺出版社,1985.

[47]史蒂文·卢卡斯.个人主义[M].阎克文,译.南京:江苏人民出版社,2001.

[48]威廉·格斯曼.德国文化简史[M].王旭,译.桂林:广西师范大学出版社,2017.

[49]乌尔夫·迪尔迈尔,安德烈亚斯·格斯特里希等.德意志史[M].孟钟捷,葛君,徐璟伟,译.商务印书馆,2018.

[50]伊恩·伯基特.社会性自我:自我与社会面面观[M].李康,译.北京:北京大学出版社,2012.

(五)学位论文

[1]戴辰羽.赫尔曼·黑塞的《荒原狼》与马克斯·弗里施的《能干的法贝尔》中对工具理性的批判性反思[D].大连外国语大学,2018.

[2]梁黎颖.以堤契诺为名,与大自然为邻——从生态批评的视角解读赫尔曼.黑塞的《堤契诺之歌》[D].同济大学,2009.

[3]李炜伟.危机中的希望——黑塞的《玻璃珠游戏》[D].北京大学,1993.

[4]刘丹.黑塞小说中的现代救赎主题[D].江南大学,2016.

[5]马涛.黑塞小说的对话性[D].武汉大学,2005.

[6]齐雪莉.多重理论视阈下的"艺术家生存"困境研究[D].西北师范大学,2011.

[7]徐烨.市民时代的艺术浪子——论托马斯曼小说中的"艺术家困境"[D].华东师范大学,2007.

[8]王铮.从"青春无悔"到"残酷青春"——对新时期以来中国青春叙事变迁的一种考察[D].上海:上海社会科学院,2015.

[9]杨欣."不朽者"作为记忆中的形象及其指向的价值意义:赫尔曼·黑塞小说《荒原狼》的文化学探讨[D].四川外语学院,2010.

[10]詹春花.黑塞与东方——论黑塞文学创作中的东方文化与中国文化因素[D].华东师范大学,2006.

[11]张细珍.中国当代小说中的艺术家形象研究(1978—2012)[D].首都师范大学,2013.

[12]张雪梅.法兰克福学派大众文化批判理论[D].山东师范大学,2013.

[13]王磊.赫尔曼·黑塞作品中的统一思想——以《德米安》为例.西南交通大学[D],2018.

(六)期刊论文

[1]卞虹.寻找自我——从心理分析学角度解读《德米安》[J].外国文学,2012(2):83-89.

[2]陈从阳,吴友法.拥抱与抗拒——美国大众文化在魏玛共和国[J].武汉大学学报(人文科学版),2006(6):768-774.

[3]陈静.黑塞与分析心理学[J].社会心理科学,2004(2):27-29.

[4]陈敏,戴叶萍.《东方之旅》中尼采与老庄思想共存现象及其探究[J].德国研究,2012(1):95-105.

[5]陈壮鹰.从心灵黑洞走向现实荒原——感受黑塞小说中创伤记忆的自我救赎[J].德国研究,2010(1):57-62.

[6]陈彦.从伯林看黑塞:埃米尔·辛克莱的"浪漫少年时"[J].中国图书评论,2009(6):72-76.

[7]陈思和.欲望——时代与人性的另一面:试论张炜小说中的恶魔性因素[J].文学评论,2002(6):62-71.

[8]邓红凤.大众文化的崛起与20世纪西方文学[J].文史哲,1998(3):13-18.

[9]顾梅珑,张弘.走近"魔术剧"与"玻璃球游戏"——1949—2003年中国黑塞研究述评[J].杭州师范学院学报(社会科学版),2005(6):99-103.

[10]韩笑.中国现代小说的青春叙事[J].湖北社会科学,2016(4):147-152.

[11] 何芳. 欧美青少年文化的发展历程——评《青春无羁——狂飙时代的社会运动(1875—1945)》[J]. 当代青年研究, 2011(8): 77-80.

[12] 樊桦. 以文字熔炼灵魂之药——由《轮下》分析小说中人物生成对作者的救赎意义[J]. 辽宁省交通高等专科学校学报, 2006(4): 73-75.

[13] 胡继华. 生命的悖论与游戏的衰落——评赫尔曼·黑塞《玻璃球游戏》[J]. 外国文学, 2009(2): 46-54.

[14] 蓝瑛波. 青春期: 一个动态的概念[J]. 中国青年研究, 2002(1): 45-47.

[15] 梁黎颖, 丁伟祥. 献给堤契诺的文字、诗歌与画——走进黑塞的《堤契诺之歌》[J]. 德国研究, 2008(1): 58-62.

[16] 黄燎宇. 艺术家, 什么东西?!——评托马斯·曼的两篇艺术家小说[J]. 外国文学评论, 1996(1): 52-61.

[17] 黄琴. 青春叙事的审美伦理悖思[J]. 当代青年研究, 2017(6): 53-57.

[18] 鞠梅. 创伤叙事与文学救赎——谢宏创作论[J]. 中国文学研究, 2021(1): 168-173.

[19] 刘保昌. 女性 死亡 国民性——关于《废都》与《荒原狼》的对读[J]. 山东社会科学, 2002(5): 102-105.

[20] 陆玉林. 现代性境域中青年问题的理路[J]. 中国青年政治学院学报, 2012(5): 1-7.

[21] 马江风. 黑塞小说的道德内涵的辨证解读[J]. 文学界(理论版), 2012(5): 167-168.

[22] 买琳燕. 走近"成长小说"——"成长小说"概念初论[J]. 解放军外国语学院学报, 2007(4): 96-99.

[23] 沈湘平. 现代人的生存焦虑[J]. 山东科技大学学报(社会科学版), 2005(3): 15-17.

[24] 孙胜忠. 成长小说的缘起及其概念之争[J]. 山东外语教学, 2014(1): 73-79.

[25] 孙潇, 顾玮. "呼愁"之伤——"80后"作家笔下的城市青春叙事[J]. 太原大学学报, 2015(3): 97-101.

[26] 田杰. 青春叙事中的历史记忆——改革开放40年青年发展与文化现代性[J]. 中国青年社会科学, 2018(2): 7-21.

[27] 王彬. 青少年问题与现代性[J]. 中国青年政治学院学报, 2010(3): 8-12.

[28] 王龙洋. 论"十七年"文学的青春叙事[J]. 青海社会科学, 2019(2): 172-175.

[29] 王晓德. "美国化"与德国反美主义的文化释读[J]. 世界历史, 2008(2): 24-25.

[30] 王晓德. 关于德国"美国化"的历史思考——一种文化的视角[J]. 德国研究, 2007(4): 39-49.

[31] 王晓德. 美国大众文化的传播与欧洲的"美国化"——以两次世界大战之间为例[J]. 社

会科学战线，2007(1)：157-163.

[32] 王晓升. 发达工业社会中的现代性问题——评马尔库塞对发达工业社会意识形态的批判[J]. 南京社会科学，2018(12)：9-17.

[33] 吴端. 近代"青年"观念的形成与展开——以近代日本青年主义发展的过程为例[J]. 当代青年研究，2010(11)：1-9.

[34] 吴华英. 西方经典《荒原狼》在中国的艰难经典化[J]. 湖北第二师范学院学报，2011(4)：4-6.

[35] 夏光武. "黑塞热"在美国[J]. 外国文学评论，2005(3)：83-91.

[36] 谢昌逵. 作为社会创造物的青春期——一个人类发展史视角的新解释[J]. 当代青年研究，2008(10)：1-8.

[37] 谢莹莹. 生命之爱与尘世之怯——独行者赫尔曼·黑塞(一篇虚构的访谈录)[J]. 外国文学，1997(6)：3-13.

[38] 肖巍. 女性与哲学：倾听不同的故事[J]. 华中科技大学学报(社会科学版)，2010(3)：68-70.

[39] 徐岱，李娟. 自我之舞——20世纪青春叙事的一种解读[J]. 浙江大学学报(人文社会科学版)，2008(3)：64-71.

[40] 许燕. "谁"的安东妮亚？——论《我的安东妮亚》与美国化运动[J]. 外国文学评论，2011(2)：133-144.

[41] 杨宏芹. 试论"恶魔性"与莱维屈恩的音乐创作——关于托马斯曼的《浮士德博士》研究[J]. 当代作家评论，2002(2)：55-61.

[42] 易晖. "市场"里的"波希米亚人"——论90年代小说中知识分子形象的认同危机[J]. 文学评论，2003(5)：167-174.

[43] 张国龙. 成长小说的叙事困境及突围策略[J]. 当代作家评论，2019(3)：18-24.

[44] 张弘. 东西方文化整合的内在之路——论黑塞的《东方之旅》[J]. 华东师范大学学报(哲学社会科学版)，2010(4)：81-88.

[45] 张佩芬. 架起一座"魔术桥梁"——谈赫尔曼·黑塞的《玻璃球游戏》[J]. 读书，1990(6)：64-70.

[46] 郑海娟. "万有"之路——读黑塞《玻璃珠游戏》[J]. 伊犁师范学院学报(社会科学版)，2012(2)：81-85.